Hans Dölzer

Kurbelwellen weinen nicht

Motorrad-Krimi

www.motorrad-krimi.de

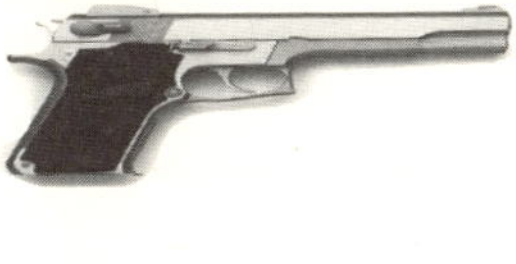

Da hilft kein Zorn, da hilft kein Spott,
da hilft kein Weinen, hilft kein Beten –
die Nachricht stimmt: Der liebe Gott
ist aus der Kirche ausgetreten.
Erich Kästner

Eins

Die Grashalme kitzeln sie im Gesicht, sobald sie sich ducken. Mama legt schon wieder den Zeigefinger vor den Mund zum Zeichen, daß sie mucksmäuschenstill sein soll. Dabei weiß sie es doch: Das Spiel heißt »Mucksmäuschen«, und es kommt darauf an, von den Katzen nicht erwischt zu werden. Die Katzen, das sind diese Männer in Uniformen. Ab und zu schlendert eine solche Katze den Bahndamm entlang, der vor ihr und Mama liegt. Dann ducken sie sich beide ins hohe Gras und sind still wie die Mäuschen.

Wenn sie nur nicht so müde wäre! Ganz früh hat Mama sie geweckt und ihr das grüne Kleid angezogen. Dann hat Mama den kleinen Rucksack vollgepackt. Sie sind zum Bahnhof gegangen und lange, lange mit dem Zug gefahren. Und schließlich sind sie ausgestiegen und durch die Felder und Wiesen gelaufen. Dann hat Mama ihr das Mucksmäuschen-Spiel erklärt, und bald darauf haben sie mit ihm begonnen.

Sie mag ihre Mama, aber manchmal versteht sie sie nicht. Zum Beispiel abends, wenn sie schon im Bett lag, war Mama noch einmal weggegangen. Wenn sie dann wiederkam, hörte sie, wie sich Mama an den Küchentisch setzte und etwas in ein Glas einschenkte. Irgendwann begann es dann in der Küche zu poltern, und Mama sagte laut etwas, was sie nicht verstand. Manchmal hatte es am nächsten Morgen in der Küche eklig nach Erbrochenem gerochen, und Mamas Gesicht sah ganz alt aus. Wenn sie dann versucht hatte, die Mutter mit einem kleinen Witz zum Lachen zu bringen, hatte Mama nur tief geseufzt und sie noch trauriger angesehen. Da hatte sie es mit den Witzen bleibenlassen.

Jetzt steht die Sonne schon tief. Und sie ist so müde! Sie hat es Mama zugeflüstert, aber die hat zurückgeflüstert, daß sie es noch über den Bahndamm schaffen müßten. Dann könnte sie schlafen.

Das Feld mit dem hohen Gras ist zu Ende, und vor ihnen liegt der Schotterhang, den sie hinauflaufen müssen, wenn keine Katze zu sehen ist. Mama schaut nach links und rechts. Und dann faßt sie ihre Hand, springt empor, beginnt zu laufen und zieht sie hinter sich her. Sie kann kaum mit Mama Schritt halten.

Sie stolpert. Mama fängt sie auf und hält ihr gleichzeitig den Mund zu. Dann reißt sie sie am Arm weiter. Es tut weh. Aber sie beißt die Zähne zusammen. Das ist jetzt kein Spiel mehr. Sie spürt, daß Mama Angst hat, also hat auch sie Angst. Sie weiß nicht, wovor, vielleicht Angst vor den Männern, von denen jetzt hoffentlich keiner auftaucht.

Mama keucht. Jetzt sind sie oben auf dem Damm und müssen auf der anderen Seite wieder hinunter. Ein paar Schottersteine kommen ins Rollen, als sie mehr rutschen als laufen. Die Steine poltern und machen Krach, aber sie hat keine Zeit, sich nach den Männern umzusehen. Unten steht ein kleiner Wald, und als sie ihn erreicht haben, will sie stehenbleiben und verschnaufen. Aber Mama zieht sie weiter. Erst eine ganze Weile später halten sie an. Mama hockt sich hin und sieht sie aus großen flackernden Augen an.

Später gehen sie weiter. Als sie aus dem Wäldchen hinaustreten, setzt ihr fast das Herz aus: Vor ihnen steht ein Mann mit einem Gewehr über der Schulter. Er hat ihnen den Rücken zugewandt. Aber nun hört er etwas hinter sich und dreht sich um. Mit der gleichen Bewegung hat er das Gewehr in der Hand. »Stehenbleiben!«, bellt er.

Zwei

Adelshausen. Jonas ließ das Dorf hinter sich und schwang in das Pfieffetal hinab, unter der schwindelhohen Eisenbahnbrücke hindurch, die seit einigen Jahren die Gegend verschandelte und in deren Streckenverlauf bereits mehrere ICEs katastrophal verunglückt waren.

Die Sommersonne des Jahres 2009 wärmte Jonas' Rücken, und der Fahrtwind trug den Duft von frischem Heu heran und, wenn die Straße hin und wieder am Waldrand entlangführte, von Nadelbäumen und Harz. Der luftgekühlte Einzylinder unter ihm brummte beruhigend, unbeeindruckt von der vergangenen Autobahnhetze. Die lange steile Stichstraße nach Melsungen hinunter lag hinter ihm, auf der in den letzten Jahrzehnten die Bremsen so vieler LKW versagt hatten, daß man wie auf Rennstrecken einen Notausgang mit Bremskies anlegen mußte. Vorbei an jener großen Firma, die in den Neunzigern zahlreiche Kliniken mit infizierten Implantaten aus menschlicher Hirnhaut beliefert hatte und deren frömmelnder Chef dennoch das Bundesverdienstblech umgehängt bekam, näherte sich Jonas auf seiner Montesa nun dem Ziel der Reise. »1309 – 2009«, begrüßten ihn die Schilder, »700 Jahre Spangenberg«.

Lächerlich! Das Städtchen war viel älter. Vor sieben Jahrhunderten waren die Stadtrechte des Fleckens lediglich erneuert worden, bestanden hatten sie schon vorher. Doch das verlor sich im Dunkel der Geschichte, und die Bürger hatten mangels anderer Daten das älteste bekannte Schriftstück von 1309 zum Anlaß genommen, nun ein zünftiges Stadtfest zu feiern.

Als Journalist legte Jonas Wert auf Präzision im Ausdruck. Und wenn er auch zugeben mußte, daß »700 Jahre Erneuerung der Stadtrechte Spangenbergs« ein zu sperriger Titel gewesen wäre, so störte ihn doch die Verkürzung, die suggerierte, hier hätten sich die ersten Siedler erst lange nach der blutigen Christianisierung durch Bonifatius niedergelassen.

Das Schloß kam in Sicht. Jonas nahm das Gas zurück. Er rollte am Ortsschild vorbei, am Pfieffe-Flüßchen entlang.

Hier hatte die Ratte gesessen.

***

Er steht am Eingang der Siedlung. Das Unwetter hat den Bach zu einem reißenden Strom anschwellen lassen, der die Melsunger Straße überschwemmt hat und sie entlangschießt. Mit anderen Kindern hat sich der Junge unter die Erwachsenen gemischt, die auf den mageren Strauch starren, der mitten aus den braunen Fluten ragt, von der Strömung gebeutelt. An seine Äste hat sich eine große Ratte geklammert, die wohl durch die wildgewordene Pfieffe aus ihrem Bau gespült wurde.

Einer der erwachsenen Männer verschwindet und erscheint kurz darauf mit einem Karabiner. »Die knall ich ab«, meint er und wird von den anderen bis an den Rand des Wasserstroms durchgelassen.

Die Ratte schwankt auf ihrem Strauch. Sie kann weder ausweichen noch wegrennen. Jonas betrachtet das Tier bei dessen Versuch, sich an den Zweigen vor den Strudeln zu retten. Neben ihm legt der Mann langsam die Büchse an und zielt. Der Knall des Schusses ist nicht so laut wie Jonas befürchtet hat. Die Ratte läßt den Strauch los und stürzt in die Fluten. Jonas kann nicht erkennen, ob sie getroffen ist oder nur flüchten will. Sie taucht unter und nicht wieder auf. Jonas hofft für das Tier, daß es unverletzt überlebt. Es hatte doch niemandem etwas getan. Jonas hat keine Angst vor ihm gehabt.

Doch im Gesicht des Schützen hat er Angst gesehen. Angst und Haß.

***

Jojo. Schon seit der Grundschule hing Jonas Jordan der Spitzname an, der sich allerdings auch aufdrängte. Er hatte ihn schnell akzeptiert angesichts weit schlimmerer Verballhornungen, unter denen andere Kinder litten. Viel hatte er jedoch nicht mit dem Spielzeug gemein. Weit entfernt von dessen Tempo und Gelenkigkeit, löste er Aufgaben statt durch Drehen und Wenden viel lieber mit Nachdenken und Systematik. Und das dauerte seine Zeit.

Als Jonas älter wurde, Marionetten kennenlernte und damit zusammenhängende Metaphern, sah er sich noch weniger als ein Objekt, das sich durch Schnüre fernsteuern ließ wie ein Jo-Jo. Sobald er begann, sich für Motorräder zu interessieren, konnte er allerdings dem Spielzeug wieder etwas abgewinnen, lautete der alte deutsche Begriff doch »Rollrädchen«.

Seit Jojo sprechen gelernt hatte, war er berüchtigt für seine große Klappe. Ein Grund dafür mochte seine Herkunft aus einer Pfarrersfamilie sein, ein anderer sein unstillbarer Lesehunger. Das lose Mundwerk hatte sein Gutes: Früh schon erhielt Jonas Dämpfer, wenn er mal wieder angegeben oder vorlaut etwas behauptet hatte, das einer Prüfung nicht standhielt. So lernte er schneller als stille Zeitgenossen, Aussagen, die er traf, zuvor auf Wasserdichtigkeit zu testen.

Dann aber, im Besitz der Beweise, konnte Jojo austeilen. Natürlich machte er sich damit Feinde, wozu in der Oberschule vornehmlich Lehrer gehörten, die in ihrer Mehrzahl nicht nur pädagogische, sondern oft auch noch fachliche Nieten waren. Folglich mangelte es ihnen an Souveränität, was sie mit dem Einsatz ihrer unverdient verliehenen Macht wettzumachen suchten. Selten konnten sie sich durchsetzen, zumindest hatten sie keine lange Freude an ihren Erfolgen.

Umso mehr spürte Jojo das Verlangen, sich für Mitschüler einzusetzen, die sich nicht so gut wehren konnten wie er. Ungerechtigkeiten empörten ihn so sehr, daß er auch auf sich selbst keine Rücksicht nahm. In der neunten Klasse hatte einst die unfähige Schnepfe von Deutschlehrerin einem Mädchen eine Sechs verpaßt, einzig aufgrund der völlig haltlosen Vermutung, sie habe die Hausaufgabe sicherlich nicht selber geschrieben. Jojo hatte einige peinliche Fakten aus dem Vorleben der Lehrerin gekannt und diese ihr daraufhin vor der ganzen Klasse lautstark um die Ohren gehauen. Die Schnepfe verließ heulend das Klassenzimmer, und Jojo wäre beinahe von der Schule geflogen. Aber die Sechs für seine Mitschülerin war vom Tisch.

Was wird aus einem Menschen wie Jojo, der kämpft, wenn man Schwache zu demütigen versucht? Er studierte Rechtswissenschaften, bis ihm aufging, daß nicht alle Menschen vor dem Gesetz gleich sind. Er brach das Studium ab und ergriff einen Beruf, der noch mehr verrufen war als der eines Anwalts: Journalist.

Mit Mitte Vierzig hatte sich Jojo mit Technik-Reportagen einen Namen geschaffen. Recherchieren, Belege suchen, Schlüsse ziehen, scharf formulieren: Das war es, was ihm lag.

Nun, zehn Jahre später, war die Garage gefüllt mit Motorrädern mit und ohne Seitenwagen: mehrere MZs, zwei Yamaha-Gespanne, eine Garelli. Und die Montesa, auf der er saß. Jeder andere halbwegs Interessierte hätte das Motorrad für eine Honda gehalten. Jojo aber bestand auf Montesa, denn erstens stand es so in den Papieren, und zweitens wurde das Fahrzeug ja tatsächlich in den Montesa-Hallen im spanischen Santa Perpétua de Mogoda bei Barcelona gebaut, die sich Honda in den 1980ern lediglich unter den Nagel gerissen hatte.

Jojos loses Mundwerk war geblieben, nur sein Äußeres hatte sich mittlerweile verändert: Sein dichtes dunkles Haar begann zu grauen, die Brillen wurden stärker, und allmählich glich der Umriß seiner Körpermitte mehr und mehr dem Spielzeug, das sich mit seinem Spitznamen verband. Allein seine Größe von einhundertfünfundsechzig Zentimetern hatte sich nicht verändert. »Ein Mann wie ein Baum«, hatten sie in den Abschlußklassen gespottet, »man nennt ihn Bonsai.«

Und nun war er also auf dem Weg zurück, zurück in die Stadt, die er vor dreiundvierzig Jahren hatte verlassen müssen, zurück in die Kindheit, zurück in die steilen Gäßchen, die er heute bequem mit seiner Montesa bewältigen konnte.

So hatte er gedacht. Bis er vor einem Verbotsschild stand, flankiert von mittelalterlich kostümierten Wächtern. Anläßlich des Stadtfestes war die Altstadt natürlich für Kraftfahrzeuge gesperrt. Jojo mußte das Motorrad abstellen, Helm und Handschuhe verstauen und sich zu Fuß auf den Weg machen. Schon als Kind hatte er die Sträßchen hinaufschnaufen müssen. Jetzt, mit fast achtzig Kilo, fiel es dem Journalisten nicht gerade leichter.

Die frühe Nachmittagssonne beschien den gepflasterten Marktplatz, der, umringt von reich geschnitzten Fachwerkhäusern stolzer Patrizier, beherrscht wurde vom alten Rathaus und dem Liebenbach-Brunnen, der allerdings heute von einer Bühne verdeckt wurde. Jung und Alt drängte sich vor den Marktständen und auf den Bänken, und zahlreiche Feiernde waren der Aufforderung gefolgt, zu dem Fest in mittelalterlichen Kostümen zu erscheinen. Schon vor Monaten waren dafür von engagierten Bürgern Handarbeitskurse und Schnittmuster angeboten worden, und die Einwohner Spangenbergs hatten regen Gebrauch davon gemacht.

Jojo stand und staunte. Er hatte es fast vergessen, wie die Bürger des Liebenbach-Städtchens waren: lebensnah und zupackend, lautstark und voller Streitlust, die jedoch sofort verflog, wenn es darum ging, zusammenzuhalten.

***

Als Jonas die Hauptbühne umrundete, sah er die beiden Sterbenden. Das Mädchen hatte sich an den jungen Mann geschmiegt und versuchte mit letzter Kraft, sich an ihm aufzurichten. Doch auch er war dem Tod nahe, kniete zitternd, stützte sich mit der rechten Hand auf die Erde und umfing mit der linken liebevoll das Mädchen.

So lange Jojo denken konnte, begleitete ihn die Bronzeplastik der beiden jungen Leute auf dem Liebenbach-Brunnen. Im Mittelalter, so ging die Legende, als in der Stadt noch kein Wasser floß und die Bürger es sich mühsam aus weit entfernten Quellen holen mußten, hatten sich der arme Küfergeselle Kuno und die schöne Bürgermeistertochter Else ineinander verliebt. Ihr hartherziger Vater aber wollte der Verbindung nicht zustimmen und meinte, wenn er eine unerfüllbare Bedingung daran knüpfe, würde nichts aus der Heirat werden. Er sagte also Kuno seine Else zu, wenn dieser innerhalb kurzer Frist von weit entfernter Quelle eine Wasserleitung in die Stadt lege. Kuno begann wie ein Berserker zu hacken und zu graben, schleppte Tonrohre und Eimer, und das Mädchen half heimlich mit. Wochenlang ging das, und die beiden schufteten bis ans Ende ihrer Kräfte. Tatsächlich konnten sie zum allerletzten Termin der Frist die Leitung fertigstellen, und in Spangenberg floß endlich Wasser. Doch am Ziel sanken sich die beiden Liebenden nach ihrer übermenschlichen Anstrengung tot in die Arme. Seitdem fließt in der Stadt der Liebenbach.

1902 war der Brunnen neu gestaltet worden, gekrönt von den beiden Symbolfiguren des Städtchens. Mittlerweile hatte Grünspan die bronzenen Gestalten überzogen. Der Zufall aber wollte es, daß der Regen im Gesicht des Jünglings eine weiße Spur hinterlassen hatte – es sah aus, als ob er weinte.

***

»Was is dann das fürn Gewürje un Gemähre?«

Wie ein Déjà-vu fuhr es Jonas durch den Kopf, als er die Worte hinter sich hörte. Wie lange hatte er den Dialekt seiner Kindheit nicht mehr vernommen? Er wandte sich nach dem Sprecher um.

Ein dicker älterer Herr hatte sich vor dem Fleischerstand aufgebaut und deutete auf die ausgelegte Ware. Offensichtlich beherrschte er zwar das nordosthessische Idiom, nicht jedoch die einheimische Spezialitätenkarte. Und so war es kein Wunder, daß die resolute Metzgersfrau im Wagen empört zurückblaffte: »Das 'Gewürje un Gemähre' is Weckewerk, junger Mann! Un besseres kriejen Se sonst nirjens!«

In der Tat, dachte Jonas. Kassel und sein Umland hätten es eher verdient, aufgrund des Speckkuchens und Weckewerks berühmt zu werden als wegen zweifelhafter Oberbürgermeister wie Philipp Scheidemann und Hans Eichel. Oder der Erfindung der Parkscheibe.

Wie viele ursprünglich aus der Not geborene Gerichte war Weckewerk zu einer schmackhaften regionalen Spezialität aufgestiegen. Schweinebrät und beim Schlachten anfallendes minderwertiges Fleisch wurden mit altbackenen Brötchen durch den Wolf gedreht, vermengt und gewürzt und schließlich als Wurst in Därme gefüllt. Alternativ konnte es wie hier auf dem Stadtfest frisch in der Pfanne angebraten werden. Dazu wurden Essiggurken, Pellkartoffeln und Rote Bete gereicht.

Dem Besucher allerdings war das nicht geheuer, und er erwarb stattdessen zwei Exemplare einer *Ahlen Worscht*, einer weiteren Spezialität, so hart luftgetrocknet, daß der Metzger mit ihr sein nächstes Schlachtschwein hätte erschlagen können.

Jonas zog die Motorradjacke aus. Ihm war warm, und das nicht nur wegen des Sommertags und des steilen Anstiegs in die Oberstadt. Ihn umfingen lang vergrabene Empfindungen aus Kindheitstagen, Erinnerungen an Indianerspiele, Kirmesbuden und dämmerlichtige Scheunen, in denen er dem tanzenden Staub zugesehen hatte, tanzend in den Sonnenstrahlen, die durch die Ritzen der Bretterwände fielen.

Und einen ganz bestimmten Staub wollte er sich heute wieder ansehen. Ob es noch so war wie damals, als er vor fünfzig Jahren mit seinem Freund Heinz das Geheimnis teilte? Oder ob man es gefunden und würdig aufbewahrt hatte? Er würde es gleich erfahren, im Programmheft des Stadtfestes war eine Führung durch die Stadtkirche angekündigt.

Jonas trat durch die Pforte.

Drei

»Komm rein!« Jonas folgt Heinz' Mutter in die warme Küche. Hier riecht es gut nach Knödeln und Bratensoße. »Magst etwas?«

Jonas nickt. Wenn doch auch seine Mutter immer so fröhlich wäre! Die rundliche Frau stellt einen Teller vor den Jungen hin. Ihre Knödel sind genau genommen keine Knödel. Sie füllt den Teig, vermischt mit gerösteten Speckwürfeln, in eine Gugelhupf-Kuchenform und gart ihn dann im Wasserbad – eine Spezialität aus ihrer böhmischen Heimat. Schließlich wird die Form auf eine Platte gestürzt, ein großer Knödelkuchen. Sie schneidet ein Stück ab, legt es Jonas auf den Teller und gießt etwas Bratensoße darüber. Sein Freund erscheint, auch er bekommt einen Teller.

»Gehen wir nachher wieder rüber?«, fragt Heinz mit vollem Mund. Jonas nickt, er weiß, was der andere Junge meint. Als Sohn einer Pfarrersfamilie kennt sich Jonas aus mit der alten Stadtkirche, weiß, wie man durch die Tür hinter der Orgel auf den Speicher über dem Kirchenschiff kommt. Oft schon sind die beiden Jungs dort hinaufgestiegen, sind im Zwielicht über das Gewölbe geklettert, haben den Staub von Jahrhunderten gerochen und Ritter und Henker gespielt. Denn auf dem Speicher lagern Schätze in ungeheurer Menge. Schätze, mit denen man vorsichtig umgehen muß, denn zu leicht zerbrechen sie.

Gruselig ist es dort auf dem Kirchenboden, allerdings lange nicht so gruselig wie im Keller unter dem Seitenschiff, wo der alte Küster an kalten Wochenenden die Koksheizung anfeuert. Mit seiner Beinprothese sieht er dann aus wie der Teufel vor seinem Höllenloch und scheucht die Kinder, wenn er sie bemerkt, wieder hinauf, indem er die Schaufel schwingt.

Doch oben auf dem Speicher sind die beiden ungestört. Ihre Spielzeuge liegen in Mengen herum, und Heinz ist stolz, daß er einen Freund hat, der das Geheimnis teilt.

***

»Achten Sie auf den Weg, stolpern Sie nicht!« Die junge Frau scharte eine Menge Besucher um sich, die sich die geheimen Räume der Kirche ansehen wollten. Sie teilte sie in Gruppen von etwa zwanzig Personen auf, mehr paßten nicht auf einmal auf den Kirchenboden. Durch eine unscheinbare Tür hinter der Orgel ging es auf schiefen Stufen zwischen allerlei Gerümpel hinauf.

Es sah anders aus, als Jojo es in Erinnerung hatte. Zur Sicherheit der Besucher hatte man den Raum über der Kuppel des Kirchenschiffs mit einem Holzsteg und Geländern ausgerüstet und Leuchten angebracht. Der Staub und Dreck aus Jonas' Erinnerung war verschwunden.

Und nun erkannte er, wonach er suchte. Sieben große Holzkisten hatte man auf den Bruchsteinen des Kirchenbodens aufgestellt, der Deckel einer von ihnen wurde mit einer Latte offen gehalten. Die Kiste war randvoll gefüllt.

Mit Totenschädeln.

Große Schädel von Erwachsenen und kleine von Kindern. Dazwischen Menschenknochen, die einmal zu Armen, Beinen, Becken, Brustkörben gehört haben mochten.

Mit einer Mischung aus Faszination und Widerwillen starrten die Besucher auf die Gebeine. »Sind die Kisten alle voll?«, fragte schließlich ein junger Mann.

»Ja«, bestätigte die Führerin. »Der Kirchplatz war im Mittelalter der Friedhof. Als er aufgelöst und verlegt wurde, schaffte man die Gebeine auf den Kirchenboden. So nehmen wir es jedenfalls an. Genauer können wir das erst sagen, wenn die Knochen wissenschaftlich auf ihr Alter geprüft worden sind.«

»Die Kisten sehen aber doch recht neu aus«, wagte ein Schulmädchen zu zweifeln.

»Das sind sie auch«, erwiderte die junge Frau. »Wir haben die Gebeine erst bei einer Renovierung vor zwei Jahren gefunden. Sie lagen überall herum, und wir haben sie dann in die Kisten gepackt.«

Nun mußte Jonas widersprechen. »Das kann nicht sein, daß man nichts von den Gebeinen wußte. Ich bin in Spangenberg aufgewachsen, und wir haben als Kinder in den sechziger Jahren mit diesen Knochen gespielt.«

Die Frau schien irritiert. »Dann muß das wohl in Vergessenheit geraten sein. Wir waren auf jeden Fall von dem Fund überrascht, keiner wußte davon.« Sie wechselte nun zur eigentlichen Geschichte der romanischen Kirche, ihren Aus- und Umbauten und dem Schicksal im Dreißigjährigen Krieg. Um den Turm zu besichtigen, mußte die Besuchergruppe nochmals aufgeteilt werden, die Treppe war zu eng.

Als Jonas wieder im Kirchenschiff stand, warteten schon die

nächsten. Bevor aber die junge Frau die Führung wiederholte, wandte sie sich an Jojo: »Sie haben tatsächlich als Kind mit den Gebeinen gespielt?«

»Ja, ich wohnte gleich nebenan. Mein Vater war Pfarrer.«

»Das interessiert mich«, meinte die Frau. »Hätten Sie nachher etwas Zeit? Ich habe hier meine letzte Führung, und danach würde ich mich gerne mit Ihnen darüber unterhalten.«

Jonas stimmte zu, und sie verabredeten sich.

***

Sie gaben sich die Hände.

»Jordan. Jonas Jordan.«

»Beate Aschenbrenner. Ich bin Historikerin und kümmere mich ein wenig um die hiesige Kirchengeschichte.«

Der Kellner kam. Schlank, schwarze Haare, freundlich: Südländer. Wahrscheinlich Italiener, wenn das Bistro schon *Da Silvio* hieß. Also auch hier gaben deutsche Gastronomen auf, weil sie es einfach nicht so gut wie ihre ausländischen Kollegen verstanden, schmackhaftes Essen mit Behaglichkeit und Freundlichkeit zu verbinden.

»Einen doppelten Espresso, bitte«, bestellte Aschenbrenner.

»Das gefällt mir«, meinte Jonas.

»Was gefällt Ihnen?«

»Daß Sie korrekt 'Espresso' sagen statt wie die meisten Ignoranten 'Expresso'.«

»Nachdem sie 'Zutschini' und 'Gnotschi' gegessen haben«, spann die Frau lächelnd den Faden weiter. »Es fehlte noch, daß die Banausen von 'Schpadschetti' reden.«

»Bevor sie in ihrem 'Karmann Dschiha' ins Reihenhaus zurückfahren.« Diese Frau wurde Jonas sympathisch. Wie alt mochte sie sein? Jojo schätzte sie auf Ende Zwanzig. Ihr schmales Gesicht würde er nicht unbedingt als hübsch bezeichnen, aber wenn sie lächelte, drückte dies eine Offenheit aus, die ihn sofort für sie einnahm. Ihr schwarzes Haar mit dem praktischen Kurzschnitt paßte gut zu den grauen Augen und den hohen Wangenknochen. Aschenbrenner hatte zu ihren Jeans eine dunkelblaue kurzärmelige Bluse gewählt. Die robuste weinrote Wetterjacke, sinnvoll in der staubigen Kirche, hatte sie nun über den Stuhl gehängt.

»Sie haben als Kind in der Kirche gespielt?«, kam sie zum Thema.

»Ich bin in Spangenberg aufgewachsen. Mein Vater war hier ab 1955 elf Jahre lang Pfarrer.«

»Evangelisch oder katholisch?«, fragte die Frau.

Jonas sah ihr in die Augen und schwieg. Irritiert schaute sie zurück, bis sie verstand. »Entschuldigung. Klar: Wäre er katholischer Pfarrer gewesen, hätte er keinen Sohn gehabt.«

»Einen katholischen Priester«, meinte Jonas, »nennen alle Leute 'Vater'. Außer die eigenen Kinder. Die nennen ihn 'Onkel'.«

Beate Aschenbrenner lächelte leicht gequält. Das Bonmot schien ihr nicht zu gefallen. »Erzählen Sie mir von dem Kirchenboden, Herr Jordan«, bat sie ihn.

»Nennen Sie mich Jojo. Alle machen das«, entgegnete er.

»Gut. Und mich rufen sie Bea. Das ist kürzer und passt eher. Man kann ja nicht ständig komplett glücklich sein.«

»Mein Bruder«, begann Jojo, »war ein paar Jahre älter. Ich profitierte als Jüngerer natürlich von seinen Spielsachen, die er mir ohne Streit überließ. Eines Tages fand ich in seinem Zimmer einen Totenschädel. Er meinte, er habe ihn vom Kirchenspeicher.«

»Kirchenspeicher?«, unterbrach Bea.

»Nun ja, hier sagt man 'Boden'. Ich lebe schon so lange in Süddeutschland, wo man unter 'Boden' nur den Fußboden versteht. Alles unter dem Dach heißt dort 'Speicher'.«

»Die Sprache ist wohl nicht nur zwischen Deutschland und Italien verschieden. Auch innerhalb des Landes.«

»Allerdings«, bestätigte Jojo. »Wissen Sie zum Beispiel, was ein Teppich ist?«

Bea wußte nicht, ob ihr Gegenüber sie auf den Arm nehmen wollte. »Na, Auslegeware, Teppichboden zum Beispiel. Oder heißt das 'Teppichspeicher'?«

Jojo mußte lachen. »Nein, 'Teppichboden' stimmt schon. Aber in Baden ist 'Teppich' noch etwas anderes. Es bedeutet 'Zudecke'. *'Sie legte sich aufs Sofa und zog sich den Teppich bis zum Kinn.'* Beispielsweise.«

»Nee, oder?« Bea schaute zweifelnd.

»Wir können gerne einmal miteinander einen Sprachkurs in deutschen Dialekten machen.« Jojo wechselte zum eigentlichen

Thema zurück. »Jedenfalls zeigte mir mein Bruder, wie man auf den Kirchenboden kommt. Ab da habe ich mit einem Schulfreund häufig dort gespielt. Es hört sich vielleicht makaber an, aber zunächst wollten wir mit den Schädeln Fußball spielen. Die waren aber nach dem zweiten Tritt kaputt. Dann gab's halt 'Ritter und Henker'. Damals waren die Gebeine auf dem ganzen Gewölbe verstreut.«

»So, wie wir sie gefunden haben.« Aschenbrenner hatte aufmerksam zugehört.

»1966 wurde mein Vater pensioniert, und wir zogen von Spangenberg weg«, fuhr Jojo fort. »Dann war natürlich Sense mit dem Totentanz.«

»Wir haben etwa sieben Kubikmeter Gebeine in die Kisten gepackt«, erklärte nun Bea. »Wir wollen sie in Gießen auf ihr Alter untersuchen lassen. Das Institut für Rechtsmedizin hat uns schon zugesagt. Direkt nach dem Stadtfest geht der Transport dorthin.«

»Das Ergebnis würde mich auch interessieren«, meinte Jojo. »Ich bin Journalist und könnte mir eine Reportage dazu vorstellen.«

»Dann tun wir uns doch zusammen«, schlug Bea vor. Sie nippte an ihrem Espresso. »Vielleicht sollten wir dafür zum Du übergehen?«

»Einverstanden«, freute sich Jojo. Er nahm die glasierte Kakaobohne in den Mund, die zu dem Espresso gereicht worden war. »Machst du die Untersuchungen ehrenamtlich?«, wollte er dann wissen.

»Nein. Ich habe in Marburg Kirchengeschichte studiert. Unter anderem. Später habe ich eine Projektstelle in Kassel bekommen, beim Landeskirchenamt. Teilzeit. Aber ich finde das so interessant, daß ich auch viel Freizeit da hineinhänge.«

»Die Geschichte der Spangenberger Kirche?«

»Nicht nur. Aber durch den Knochenfund steht das natürlich im Vordergrund.« Gedankenverloren lutschte die junge Frau an ihrem Kaffeelöffel und betrachtete Jojos Hosenträger. »Du fährst Motorrad?«, fragte sie dann angesichts seiner Hose und der Stiefel.

»Ja, das Wetter lädt natürlich dazu ein. Ich bin Motorrad-Journalist, und dazu sollte es gehören, daß man auch selber fährt.«

»Für welche Zeitschrift?« Bea schien interessiert.

»Welche mir gerade meine Berichte abnimmt. Ich bin Freelancer und arbeite für verschiedene Verlage.«

»Was fährst du?« Die Historikerin legte den Kopf ein wenig schief.

Wer diese Frage stellt, dachte Jonas, kennt sich aus. »An welchem Wochentag?«, fragte er grinsend zurück. »Ich habe sieben Maschinen stehen. Hier bin ich mit einer sechsfünfziger Montesa.« Er war gespannt, ob Bea diese alte spanische Marke kannte.

»Da kann ich nicht mithalten.« Bescheiden sah sie in ihre leere Espresso-Tasse. »Ich verfüge nur über eine kleine Guzzi und eine Voxan.«

Jojo, der bisher geglaubt hatte, mit seinen Motorrädern ein wenig prahlen zu können, bekam nun seinerseits Stielaugen. »Eine französische Voxan? Davon fahren ja höchstens eine Handvoll herum.«

Die Frau nickte. »Ich hab sie mir direkt vom Importeur geholt, im Odenwald.«

»Den kenn' ich.« Jojo war begeistert. »Das ist bei mir fast um die Ecke. Ich würde sie mir ja gerne mal ansehen.«

Bea lehnte sich zurück. »Da mußt du mit nach Landefeld kommen, da wohne ich derzeit zur Miete. Die Voxan nehme ich nur für Langstrecken. Zur Zeit bin ich mit der Guzzi unterwegs.«

Landefeld, erinnerte sich Jonas, war ein Dörfchen östlich der Stadt, das mittlerweile eingemeindet war. In seiner Kindheit, das wußte er noch, hatte es dort kaum Telefone gegeben, so daß eine Familie ihren Apparat zum öffentlichen machte. Das hatte für den Telefonbesitzer den Vorteil, daß er geringere Gebühren zahlte, allerdings den Nachteil, daß er für andere Dorfbewohner Anrufe entgegennehmen und jene dann herbitten mußte, damit sie erneut angerufen werden konnten.

Laut fragte Jojo: »Eine V35?« Die dreihundertfünfziger Moto Guzzi war die kleinste Zweizylinder-Viertaktmaschine, die die Hallen des italienischen Werks je verlassen hatte.

»Eine sechsfünfziger TT«, korrigierte Bea.

Erneut war es an Jonas zu staunen. Die V65 TT war ein seltenes und völlig verkanntes Motorrad, das auch heute noch, lange nach seiner Bauzeit, als leichte Enduro viele Konkurrenten ausstechen konnte.

Jonas Jordan mochte Frauen, die selbst Motorrad fuhren. Er war der Meinung, daß dies auf Selbständigkeit und Unabhängigkeit hindeutete. Und wenn es auch durchaus nicht wenige Frauen gab, denen statt ein souveräner eher ein neurotischer Charakter zum Führerschein verholfen hatte, so war andererseits diese Eigenschaft unter männlichen Motorradfahrern noch weit häufiger anzutreffen.

Bevor sie aufbrachen, tauschten sie die Handynummern. Jonas gab ihr seine Visitenkarte, und Bea versprach, ihn anzurufen, sobald sie die Ergebnisse der Knochenanalyse bekommen hatte.

Vier

Kann sich ein sechsjähriges Kind verlieben? Allerdings. Und wie! Noch Jahrzehnte später würde sich Jojo an das Gefühl erinnern. Er hatte Lara in der ersten Klasse kennengelernt. Da rief man ihn noch Jonas, die Kinder waren noch zu klein, um sich mehr oder weniger böse Spitznamen auszudenken.

Als die Grundschule einst gebaut worden war, hatte Deutschland noch keinen Weltkrieg gesehen, wenn ihn auch verbrecherische Generäle, gierige Industrielle und ein geltungssüchtiger Hohenzoller in Berlin bereits heimlich vorbereiteten. Die Klassenzimmer waren auch fünfzig Jahre später noch mit jenen antiquierten Schulbänken aus Holz versehen, deren Pulte Aussparungen für Tintenfässer enthielten. Die Toiletten befanden sich in einem Außengebäude und stanken entsetzlich.

Jonas und seine über dreißig Mitschüler lernten tatsächlich noch mit Griffel und Schiefertafel schreiben. Und vorne saß das Klischee: die unverheiratete alte Lehrerin mit Dutt, das Fräulein Fondergrün, eine Seele von Mensch.

Im Gegensatz zu den meisten Kindern seiner Klasse, die aus Bauersfamilien stammten, konnte Jonas bereits vor der Schule weitgehend lesen und schreiben – ein Privileg der Bessergestellten und nicht etwa Zeichen sogenannter »Begabung«. Jedenfalls war er immer schnell mit seinen Aufgaben fertig, sprang auf und half anderen Kindern bei den schweren Kurven der lateinischen Schreibschrift. Die Lehrerin hinderte ihn nicht.

Ein Mädchen tat es ihm nach, sie war ein kluger Kopf. Zwar prahlte sie nicht wie Jonas, war aber schlagfertiger. Lara wohnte am Bromsberg, und nach der Schule lief Jonas schon mal freiwillig einen Umweg, um sie ein Stück nach Hause zu begleiten. Lara war ein fröhliches Mädchen, und auf einem der Heimwege dichtete sie spontan ein bekanntes Lied um: *Ein Furz ging in die Küche und stahl dem Koch ein Ei. Da nahm der Koch den Löffel und schlug den Furz zu Brei. Da kamen viele Fürze und gruben ihm ein Grab ...*

Sechsjährige können sich kugeln über solche Verse, und sie dürfen es ja auch. Ist unbelastetes Lachen nicht das Vorrecht von Kindern? Jonas jedenfalls schloß Lara umso mehr ins Herz.

Dann war Lara weg. Sie erschien einfach nicht mehr. Nicht am nächsten Tag, nicht in der nächsten Woche. Der Platz in ihrer Schulbank blieb leer, und keines der anderen Kinder schien sich zu wundern. Es war, als hätte es Lara nie gegeben.

Die alte Lehrerin unterrichtete weiter in ihrer freundlichen Art, und Jonas hockte still vor seiner Schiefertafel. In den Pausen tobten die Klassen auf dem Schulhof herum, während der Junge auf der Treppe des Eulenturms saß, Teil der alten Stadtmauer. Hin und wieder sah er auf und suchte etwas zwischen den wuselnden Kindern. Doch er fand es nicht. Lara kehrte nicht zurück.

Jonas trauerte. Doch er fragte nicht. Es gibt Fragen, die man mit knapp sieben Jahren nicht stellt. Dazu gehört, warum das geliebte Mädchen nicht mehr zur Schule kommt. Dies zu fragen, würde heißen, Geheimes zu offenbaren. Und damit dem Spott der Erwachsenen ausgesetzt zu sein. Jonas trug schwer am Schmerz durch Laras Verschwinden. Es mußte nicht noch Salz in die Wunde gestreut werden, indem er ausgelacht wurde von Eltern und Lehrern.

Lehrern wie zum Beispiel Grundlach. Wilfried Grundlach, Sportlehrer.

***

»Die Knochen aus Spangenberg sind da!« Die ältere Sekretärin in Pumps, sittsam geschlossener Bluse und hochgesteckten Haaren legte den Hörer wieder zurück und schaute Alois Kleiber an, den LKW-Fahrer, wie er in Latzhose und Basecap dastand und wartete.

»Ich habe dem Doktor Bescheid gesagt. Wo stehen Sie? Sie fahren am besten rechts am Gebäude vorbei und die erste Einfahrt hinunter. Der Doktor erwartet Sie unten im Hof.«

»Haben Sie Leute zum Abladen?« Kleiber hatte schon häufiger bei Universitäten angeliefert und wußte, daß es dort selten jemanden gab, der niedere Tätigkeiten wie etwa körperliche Arbeit verrichten wollte.

»Leute?«, fragte die Frau zurück. »Wieviel ist denn das?«

»Sieben große Kisten, ein ganzer LKW voll. Sieben Kubikmeter.«

»So viel?« Die Frau war sichtlich überfordert. Üblicherweise gab es maximal drei oder fünf Leichen von einem Unfall oder einem Kapitalverbrechen. Aber sieben Kubikmeter?

Kleiber seufzte. Klar, dachte er, das studierte Gesindel machte sich nicht die Hände schmutzig. Dafür verdiente es auch fünfmal so viel wie er. Nun gut, eine Ladebühne hatte er am Wagen, er brauchte dann nur noch etwas zum Rollen. »Haben Sie wenigstens einen Hubwagen?«, fragte er resigniert.

»Einen was?« Die Frau fingerte nervös an ihrer Betonfrisur. »Unser Hausmeister müßte auch dort sein. Der kann Ihnen sicherlich helfen.«

Erneut seufzend zog der Fahrer ab.

Das Institut für Rechtsmedizin der Universität Gießen residierte in einem alten Backsteingebäude aus Kaisers Zeiten. Und damals gab es keine Fünfzehntonner, die rückwärts eine Rampe hinunter in einen Hof rangiert werden mußten, der im Tiefparterre lag. Alois Kleiber fluchte lästerlich, während er versuchte, den LKW möglichst unbeschädigt durch die schmale Einfahrt zu bringen. Hinter dem Wagen sprang ein Männlein in weißem Kittel herum und fuhrwerkte planlos mit den Händen durch die Luft. Offenbar stellte es sich das unter hilfreichem Einweisen vor.

Kleiber achtete nicht weiter auf den Rumpelstilz und hatte lediglich ab und zu Sorge, ihn nicht zu überfahren, wenn er mal wieder hinter dem LKW aus dem Blickfeld der Spiegel verschwand.

Schließlich hatte der Wagen den Hof erreicht. Und, oh Wunder, außer den alten Toten im Laster gab es keine aktuelleren darunter. Rumpelstilz hatte überlebt. Und, oh Wunder zum Quadrat, der Weißkittel zog tatsächlich einen Hubwagen aus dem Kellertor.

Leute zum Abladen waren allerdings keine vorhanden. So begann denn Alois Kleiber, unter Tarif entlohnt, schicksalsergeben mit der Arbeit, während der nach A16 bezahlte Doktor der Rechtsmedizin zuschaute.

Wenigstens stand er nicht im Weg.

***

Sie hatten sie beide in ein Haus gebracht, wo viele andere wohnten. Mama hatte es »Durchgangslager« genannt und war ganz zufrieden gewesen. Und dann waren sie und Mama in ein Zimmer gebracht worden, und drei Männer hatten sie ganz lange ausgefragt. Die meisten Fragen hatte sie nicht verstanden, und sie hatte gespürt, wie Mama immer verwirrter wurde und Angst bekam.

Ein paar Tage später hatten sie nur Mama geholt und sie alleine in dem großen Schlafsaal mit den fremden Frauen zurückgelassen. Mama hatte geweint, als sie zurückkam. Und hatte plötzlich, sie wußte nicht, woher, eine Schnapsflasche in der Hand, die sie halb austrank. Ab diesem Tag war Mama immer häufiger betrunken gewesen.

Eines Tages hatten sie Mama mitgenommen. Sie hatte sich gewehrt und den Namen ihrer Tochter geschrien, aber es hatte nichts genutzt. Auch sie hatte geweint, aber bald darauf war sie in einem Auto weggebracht worden, in eine andere Stadt.

Und nun hat sie dort ein eigenes Zimmer in einem großen Haus. Der Mann, der hier wohnt, ist lieb zu ihr und sagt, daß sie jetzt hier wohnen bleiben kann, und daß sie bald mit anderen Kindern in die Schule kommt. Er ist mit ihr in seinem Auto einkaufen gefahren, und sie haben schöne Sachen zum Anziehen gekauft. Und zu essen hat sie immer genug.

Aber Mama ist weg. Sie weiß nicht, wohin sie sie gebracht haben, und der Mann sagt, die Mutter sei krank und müsse erst gesund werden. Aber sie glaubt ihm nicht.

Mama, wo bist du? Es ist hier nicht schlecht, und der Mann und seine Frau sind nett. Aber ich möchte wieder mit dir zusammen sein und in unsere alte Wohnung zurück. Auch wenn es dort nicht so warm ist wie hier und ich kein eigenes Zimmer habe und es nicht so viele verschiedene Sachen zu essen gibt. Können wir nicht wieder zusammen spielen? »Mucksmäuschen« kann ich inzwischen gut, ich kann ganz lange still sein.

***

»Kannst du wieder abholen.« Ohne vom Schreibtisch aufzublikken, drückte der Disponent den Frachtzettel Alois Kleiber in die Hand. »Ach du Scheiße!«, meinte der, nachdem er den Zettel gelesen hatte. »Das Rumpelstilzchen!«

»Bitte?« Nun sah der andere doch auf.

»Ach, die haben an ihrer Uni eine arschenge Einfahrt, und dann hüpft dort so'n Studierter rum wie'n Gummiball«, meinte der LKW-Fahrer. »Gib mir wenigstens diesmal nen Hubwagen mit, wer weiß, ob dort noch einer steht.«

»Solchen Leuten steht doch schon lange keiner mehr.« Der Disponent grinste anzüglich. »Und bei denen in den Kisten hat sich das ja auch erledigt.«

Kleiber gingen die ewigen Zoten des Kollegen auf die Nerven, und er sah zu, daß er vom Hof kam.

In Gießen mußte er warten, bis ein Leichenwagen die Rampe freigegeben hatte. Dann setzte er seinen LKW durch die Einfahrt zurück in den Hof. Diesmal ließ sich der Weißkittel nicht blicken. Stattdessen erschien ein beleibter älterer Mann, angetan mit Arbeitsschuhen, einer blauen Schürze und Handschuhen. »Kommst wegen der Knochen? Ich bin hier der Haus-Sklave, ich helf dir.«

Er schnaufte gewaltig, packte aber nach Kräften mit an beim Aufladen der Kisten. Als sie fertig waren, hockten sich beide auf die Ladebühne des LKWs. Kleiber bot dem anderen eine Zigarette an, und schweigend rauchten sie ein paar Züge.

»Irgendwelche uralten Knochen aus ner Kirche«, begann der Fahrer das Gespräch.

»Ja«, meinte der andere, »die haben den ganzen Kram Stück für Stück untersucht. Aber irgendwas war da faul. Plötzlich sind die ganzen Laborratten aufgeregt ...«

»Laborratten?«, unterbrach Kleiber.

»Na, die Helfer, Studentinnen, der Doktor und alle«, erklärte der Hausmeister und fuhr fort: »Jedenfalls wurden sie ganz hektisch und haben ein paar Knochen x-mal unter den Scanner gelegt. Die sind dann wohl auch nicht zurückgepackt worden in die Kisten.«

»Dann wird's wohl das Skelett vom vorletzten Papst gewesen sein«, flachste der Fahrer. »Der, den sie nach dreiunddreißig Tagen umgebracht haben. Die eigenen Leute.«

»Gab's da mal was im Mittelalter?« Der Hausmeister schien nicht sehr bewandert in Kirchengeschichte.

»Von wegen Mittelalter. Das war in den Siebzigern, kurz vor dem Polen-Paule. Da hatten sie in Rom aus Versehen einen gewählt, der die ganze Korruption der Kirche beseitigen wollte, den Betrug, die Geldschacherei und so. Da mußte er halt über die Klinge springen. War noch recht jung und kerngesund. Und nach dreiunddreißig Tagen als Papst lag er morgens tot im Bett. Eine Obduktion haben sie nicht zugelassen und ihn schnell verbuddelt.«

Der Hausmeister hatte einen Tabakkrümel auf der Zunge und spuckte aus. »Soll doch jeder glauben, was er will«, meinte er. »Die glauben eben ans Geld. Mich lassen sie zum Glück in Ruhe.«

»Glaubst du.« Kleiber grinste.

Nur ein Stockwerk höher saß der Leiter der Rechtsmedizin am Telefon, eben der, den Alois Kleiber so respektlos als Rumpelstilz bezeichnet hatte. Doktor Auer mochte zwar keine Koryphäe im Kistenabladen sein, aber in forensischer Anthropologie machte ihm so leicht niemand etwas vor.

»Ich kann es nur bestätigen, Frau Aschenbrenner«, sagte er gerade. »Alle Skelette sind über dreihundert Jahre alt. Bis auf eins.

Fünf

»Mändy-Schackeliiinääää! Komm da weg!« Die Kettensägenstimme der jungen Mutter mit Leggins und Schulterpolstern durchschnitt den Supermarkt wie ein abstürzender Düsenjäger die Luft von Ramstein. Das vierjährige Mädchen, das mit seinem Namen fürs Leben gestraft war, ließ sich nicht ablenken. Mit weit geöffneten Augen und Mund starrte es die beiden Außerirdischen an, die einen gefüllten Einkaufswagen zur Kasse schoben.

Na gut, Jojo mußte zugeben, daß er in voller Motorradmontur, mit Rucksack und lehmverkrusteten Stiefeln nicht gerade einen hochsommerkompatiblen Eindruck machte. Doch was war das schon im Vergleich zu Jürgen, seinem Begleiter, der aus lauter Faulheit den Helm aufbehalten hatte? Noch dazu mit geschlossenem und verspiegeltem Visier?

»Nimm den Topf ab, ich sag's dir!«, zischte Jojo ihm zu. »Spätestens an der Kasse rufen sie die Hundertzehn!«

Seit geraumer Zeit schon mischte er mit bei der kleinen Untergrund-Motorradzeitschrift, die sich seit über dreißig Jahren behauptete und die zweimal jährlich ein Treffen veranstaltete, jedes Mal an einem anderen Ort Deutschlands. Es hatte sich günstig ergeben, daß das diesjährige Motorradtreffen von *STRESS PRESS International* im Habichtswald bei Kassel stattfand, eine knappe Stunde Fahrt vom Spangenberger Stadtfest entfernt.

Jonas hatte sein Zelt vom Gepäckträger geschnallt und sich zum Aufbauen einen Platz weit entfernt vom Lagerfeuer gesucht, denn dort, das wußte er aus leidvoller Erfahrung, wurde man nicht nur laut, sondern auch lange beschallt.

Gemeinsam mit Kumpel Jürgen hatte er sich danach auf die Suche nach einem Supermarkt gemacht, denn es galt, Verpflegung für ein ganzes Wochenende zu bunkern. In aller Regel waren nämlich die *STRESS-PRESS*-Tage sogenannte Nichts-Treffen: Keine Zimmer, keine Duschen, keine Konservenmusik, keine Verpflegung. Und schon gar keine »Bühnen-Events« mit viertklassigen Rockgruppen und Mädchen, die bereits vor Kaiser Nero getanzt hatten und beim Strippen schon mal über ihren Busen stolperten. Nichts also – das mochte Jojo.

Tatsächlich bequemte sich nun Jürgen zur Abnahme des Helms, was den Supermarkt vermutlich vor dem Einsatz der GSG 9 rettete. Die junge Mutter hatte ihre Brut mittlerweile eingefangen und ins Kindergitter des Einkaufswagens geknotet, bevor sie der von den beiden Motorradfahrern am weitesten entfernten Kasse zustrebte.

Kurz überlegte Jojo, ob man jenen Wagen nicht praktischerweise übers Lagerfeuer schieben und auf ihm grillen konnte, wenn man das kleine Mädchen gegen die doch sicherlich sehr viel nahrhaftere Mutter austauschte. Er verwarf den Gedanken jedoch wieder, da ihm erneut das Bild eines Spezialeinsatzkommandos in den Sinn kam.

Nachdem sie ihre Motorräder neben den Zelten abgestellt hatten, schlenderte Jojo zur Einfahrt des Platzes. Immer wieder trafen neue Treffengäste ein. Da schraddelte Kilian auf seiner umlackierten BMW an. Kilian, den Bürokraten erst kürzlich aus seinem Haus vertrieben hatten, einem alten Bahnhof, weil dieser nur eine Sickergrube besaß und keinen Anschluß ans Kanalnetz. Kilian war Sanitäter und hatte oft an der ICE-Strecke zu tun, wo es galt, die Reste sowohl derer einzusammeln, die das Leben verdrossen hatte, als auch derjenigen, die als Reisende zu viel Vertrauen in funktionierende Radsätze besessen hatten.

Wo blieb Line? Die stämmige Kriminalkommissarin (»Ich komme nicht aus Wuppertal, sondern aus Barmen! Wuppertal gibt's nicht!«) hieß mit vollem Namen Céline Nautile und entstammte einer alten Hugenottenfamilie. Jojo hatte es aufgegeben, dies dem einen oder anderen Ignoranten zu erklären. (»Hottentotten? Die Line ist aber doch ziemlich hellhäutig?«) Line, die neben ihrem Motorradgespann noch Fahrräder, eine Segelyacht, Fallschirme, Pferde sowie einen Ehegatten betrieb, hatte Jonas mit ihrer reichen Berufserfahrung schon manchen Tip gegeben, was den Umgang mit Kriminellen betraf.

Jojo schlenderte zum Lagerfeuer, wo sich die meisten bereits versammelt hatten. Die Dunkelheit hatte sich über den Platz gesenkt, und von dem Holzstoß loderten Flammen empor, eifrig gefüttert von zahlreichen Kindern, die in Beiwagen oder auf Soziusplätzen mitgereist waren.

Obwohl er keinen Anruf erwartete, schaltete Jojo sein Mobiltelefon ein und steckte es in die Tasche. In dem Augenblick, als er Line auf der anderen Seite des Feuers entdeckte, vibrierte das Handy.

***

»Sie haben einen neuen Anruf. Bitte wählen Sie Ihre Mailbox an«, lautete die automatische SMS.

Jojo entfernte sich vom Lagerfeuer und suchte eine Stelle, wo es etwas leiser war. Bea hatte auf die Box gesprochen: »Ruf mich doch bitte zurück. Es gibt Neuigkeiten bezüglich der Kirchengebeine, da hätte ich gerne deinen Rat.«

Jojo sah auf die Uhr. Es war fast halb zehn abends. Bea hatte kurz nach fünfzehn Uhr angerufen. Er wählte ihre Nummer. Schon nach dem zweiten Klingeln nahm sie ab. »Schön, daß du zurückrufst. Hast du eigentlich nie dein Handy eingeschaltet?«

»Nur wenn ich es brauche oder einen Anruf erwarte. Wer was will, kann ja auf die Mailbox sprechen.«

Das war wohl die falsche Antwort, Beas Stimme kühlte merklich ab: »Könnte es dich möglicherweise trotzdem interessieren, was sie in Gießen über die Knochen herausgefunden haben?«

Frauen! Jojo verdrehte die Augen, atmete durch und gab sich Mühe, das Handy wieder aufzutauen: »Das interessiert mich allerdings. Hast du dich schon darum gekümmert?«

»Ja, und ich habe den Bericht schriftlich vorliegen.« Bea war wieder in ihrem Element. »Es ist so, wie wir vermutet hatten: Die Gebeine sind alle Hunderte von Jahren alt und stammen wohl vom ehemaligen Friedhof. Aber jetzt kommt der Hammer, ich lese mal vor: 'Ausnahme: Skelett eines Kindes, fast vollständig erhalten, weiblich, Todesalter etwa sieben Jahre, Todesjahr zwischen 1961 und 1963. Letale Ursache vermutlich Erwürgen, da ein zugehöriges gebrochenes *os hyoideum* isoliert werden konnte.' Sag mal, war das nicht deine Zeit?«

»Ja, da war ich auch sieben«, bestätigte Jojo. »Aber was ist denn ein *os hyo*... wie?«

»Zungenbein«, erklärte Bea. »Das mußte ich auch erst mal nachschlagen. Das bricht wohl, wenn jemand erwürgt wird. Gab es denn damals in Spangenberg ein vermißtes Mädchen, das nie gefunden wurde?«

»Das weiß ich nicht«, gab Jojo zu. »Das müßte man erst einmal recherchieren. Weiß denn die Polizei Bescheid?«

»Die Rechtsmedizin in Gießen hat von sich aus gleich die Kasseler Kripo informiert, die wollen wohl kommende Woche in Spangenberg auftauchen. Es wäre vielleicht gut, wenn du dann auch hier wärst.«

»Kein Problem.« In Jojo war der journalistische Schnüffler erwacht. »Ich bin jetzt in der Nähe von Kassel und komme am Sonntag Nachmittag rüber. Meinst du, du kannst mir für ein paar Nächte ein Zimmer besorgen?«

»Das Stadtfest ist vorbei, ich denke, da gibt's wieder freie Betten im *Liebenbach*. Ich kümmere mich drum.«

Sie verabredeten sich für Montag, und Jojo drückte die rote Taste. Ihm kam ein furchtbarer Verdacht.

***

Als die Tür aufschwang, begrüßte der Grauhaarige die beiden jungen Männer mit Sarkasmus. »Fein, daß Sie schon kommen. Wir wollten ja auch erst vor zwanzig Minuten beginnen.« Als der Blonde zu einer Entschuldigung Luft holte, winkte der Alte ab. »Setzen Sie sich, und hören Sie zu!«

Zu viert saßen sie um den kleinen Besprechungstisch. Mit seinen altersfleckigen Händen sortierte der Grauhaarige einen Stoß beschriebener Blätter vor sich. Schließlich schob er die Lesebrille nach vorne und blickte die drei Männer über den Rand hinweg an. »Wir müssen mal wieder die Suppe auslöffeln, die andere eingebrockt haben«, begann er und erläuterte die Situation. »Können Sie sich denken, was unsere Aufgaben sind?«, fragte er zum Schluß. »Weil dieser studierte Erbsenzähler in Gießen so pedantisch nachgeschaut hat, müssen wir jetzt die Folgen verhindern.«

»Wer wird mit den Ermittlungen beginnen?«

»Ich nehme an, die Kollegen Streifenhörnchen aus Kassel. Aber das lassen Sie meine Sorge sein, die bremsen wir aus. Dann käme noch diese junge Frau in Frage, die den Plunder nach Gießen geschickt hat. Wenn die zu neugierig werden sollte und womöglich noch weitere Schnüffler einspannt, wären Sie an der Reihe, meine Herren.«

»Was ist mit dem Pfarrer?«

»Eine Pfarrerin. Die wird von ihren Vorgesetzten zur Brust genommen und steht uns nicht im Weg. Und der Weißkittel in Gießen ist Beamter. Ihre Zielpersonen, meine Herren, sind die Amateure. Ich bitte um Vorschläge.« Der Alte lehnte sich zurück und verschränkte die Arme.

»Ich denke, wir starten das übliche Drei-Stufen-Programm«, überlegte der mit dem Pferdeschwanz. »Überwachen, warnen, stoppen.«

»Telefone, Handies?«, fragte der Dunkelhaarige.

»Gut!«, lobte der Alte. »Die Nummern liegen vor, die Technik ist bereit. Aber Kontaktpersonen müßten Sie ermitteln«, wandte er sich an die beiden Spätkommer. »Ich erwarte wöchentliche Berichte.« Er drehte den Kopf zu dem Mann mit dem blonden Igelschnitt: »Ich darf Sie erinnern, daß unser Budget begrenzt ist.« Er nannte einen fünfstelligen Betrag. »Ich will nichts hören von ungenehmigten Extratouren. Das letzte Mal hat ja wohl gereicht!«

***

»Hallo, Bullin!« – »Hi, Schwallsatztechnologe!« Grinsend hauten sich Line und Jojo zur Begrüßung Kosenamen um die Ohren, die bei anderen leicht zu Messerstechereien geführt hätten. Vor Jahren, als sie sich noch nicht persönlich kannten, hatten sie Beiträge des jeweils anderen in *STRESS PRESS International* mißverstanden und sich schriftlich übel beschimpft. Längst waren die Meinungsverschiedenheiten ausgeräumt, doch die Injurien hatten sie augenzwinkernd beibehalten, sehr zum Schrecken mancher Uneingeweihter, die diese aufschnappten. Einmal hatte sich gar ein Bekannter zum Mediator berufen gefühlt und mit »Ich liebe euch doch alle!« zwischen sie gestürzt. Da sie beide jedoch zurückwichen, hatten ihn seine alkoholbedingt runden Füße übergangslos zum Lagerfeuer weitergetragen, wo er glücklicherweise von einer lachenden Frauengruppe vor dem Schicksal als Grillwürstchen bewahrt wurde.

Céline Nautile, die alle nur Line nannten, teilte mit Jojo das Schicksal, untergroß zu sein. Doch was ihr an Körperlänge mangelte, hatte sie in Auffassungsgabe gesteckt. Ihr langes dunkelblondes Haar hatte sie meist zu einem motorradkompatiblen Zopf geflochten. Die blauen Augen blinzelten vergnügt aus einem rundlichen Gesicht, dem man nicht ansah, daß es den Armleuchtern dieser Welt heftige Schweißausbrüche verschaffen konnte, gerieten sie unglücklicherweise in Lines Zugriff. Sie war mit Leib und Seele Polizistin, wobei sich sicherlich mancher fragte, ob dies nicht mit ihrer Intelligenz kollidieren mußte. Doch möglicherweise war ja die Kripo Barmen noch ein IQ-Reservat, sofern es sich nicht um das Staatsschutz-Kommissariat handelte.

Jojo brannten einige Fragen auf den Nägeln, und so dauerte es nicht lange, bis er Line von dem Knochenfund berichtete.

»Das fällt in die Zuständigkeit der Kollegen von der Kriminaldirektion Kassel.« Line kannte sich auch außerhalb Barmens aus. »Die werden das allerdings sicherlich weitergeben an untergeordnete Dienststellen. Das ist schließlich kein aktueller Fall.«

»Meinst du, ich könnte da selbst ermitteln«, fragte Jojo, »ohne daß ich den Kriminalen im Weg bin?«

»Das kommt auf die Kollegen an.« Line wiegte den Kopf. »Manche haben nichts dagegen, andere sind da sehr empfindlich.« Sie überlegte kurz. »Soll ich mal dort vorfühlen? Ich glaube, ich kenne dort jemanden, der mit mir in der Ausbildung war.«

Jojo war begeistert. »Das wäre natürlich toll. Aber ich will dir keine Mühe machen.«

»Ach was.« Line zwinkerte. »Für Schmierfinken habe ich eine Schwäche. Ich ruf dich an, wenn ich was erfahre, okay?«

Dankbar begann Jojo mit den Vorbereitungen zu *peche flambée*. Das süße alkoholische Getränk war seit vielen Jahren traditioneller Begleiter aller *STRESS-PRESS*-Treffen. Niemand konnte mehr sagen, wer es wohl einst kreiert hatte. Am wahrscheinlichsten war es eine Kollektiverfindung mehrerer bereits benebelter Köpfe, entstanden in der zufälligen Anwesenheit von idealen Zutaten wie Benzinkocher, Sprühsahne, Schokostreuseln, Rum und Eierlikör, nicht zu vergessen die Pfirsiche. Ähnlich mußte das Leben auf der Erde entstanden sein.

Jojo warf seinen alten Juwel-Benzinkocher an, der, ungeachtet der Tatsache, daß er einst in der DDR produziert wurde, im Volksmund »Challenger« genannt wurde, in makabrer Erinnerung an das US-amerikanische Space-Shuttle, das 1986 in die Luft stieg und dort explodierte. Während der Juwel gefährlich vor sich hin fauchte, öffnete Jojo eine Dose mit Pfirsichen, leerte sie in den Camping-Kochtopf und zerschnitt darin die halben Früchte mit seinem Fahrtenmesser in mundgerechte Stücke.

Der Supermarkt hatte guten dreijährigen *Havana Club* im Angebot gehabt. Jojo gab den Rum hinzu, wobei er darauf achtete, daß es nicht über eine Simplex-Mischung hinausging, schließlich war der Abend noch lang, und er wollte sich durchaus noch mit Freunden bei vollem Bewußtsein unterhalten. Nun galt es, die Mischung auf dem Kocher zu erhitzen und gleichzeitig neben Line noch weitere Bekannte zu finden, die ihre Metallbecher dabei hatten. Letzteres stellte sich als das geringste Problem heraus, da *peche flambée* so beliebt war, daß die Stresser und -innen eher ihre Motorräder als ihre Becher vergaßen, um ja das Getränk nicht zu versäumen.

Der optische Höhepunkt war gekommen, als die Flüssigkeit im Topf heiß, der Alkohol aber noch nicht verflogen war. Ein Feuerzeug sorgte für die Entzündung des Flambierens, und fasziniert betrachteten Erwachsene und Kinder die große blaue Flamme, die nun über dem Topf tanzte. Jetzt mußte es schnell gehen. Mit einem Teller wurde die Flamme gelöscht, der Topfinhalt in die Becher verteilt und Schlagsahne, Eierlikör und Schokostreusel (in dieser Reihenfolge!) darauf gegeben. Die Augen der Kostenden schlossen sich in Entzücken, wenn sie den heißen Rum-Pfirsich-Sud unter der kühlen Sahne herausschlürften. Wer nun einen Löffel besaß, war klar im Vorteil und konnte die alkoholgetränkten Pfirsichstücke, Sahne, Eierlikör und Streusel stilvoll genießen. Bei anderen ohne Besteck mußte eben eine lange Zunge herhalten.

Nach vielen Variationsversuchen im Lauf der Jahre, etwa mit Heidelbeeren, reinem Alkohol oder Kokosflocken, die allesamt katastrophal endeten, hatte sich das ursprüngliche Grundrezept als das verträglichste erwiesen. Lediglich den Rum konnte man ohne eruptive Folgen gegen guten Wodka ersetzen. Und dann gab es natürlich noch die Mischungsstufen: Simplex, Duplex, Triplex, was jeweils auf die zugegebene Alkoholmenge hinwies.

In kaum fünf Minuten war das Ritual beendet. Doch schnell verschwanden einige zu ihren Zelten und Motorrädern, um Zutaten für neue Runden herbeizuschaffen. Das Wochenende war noch lang.

Sechs

Ein größerer Gegensatz als zwischen Kiefer und Kuminz war kaum denkbar. Karl Kuminz war zweiundfünfzig Jahre alt, etwa einen Meter siebzig groß und von beträchtlicher Fülle. Man wußte nicht recht, ob sein Körpergewicht von über hundert Kilogramm Ursache oder Wirkung einer ungeheuren Trägheit darstellte, mit der er sämtlichen Anforderungen des Lebens begegnete. Er war vielleicht nicht gerade glücklich, aber zufriedenstellend mit einer ebenso umfangreichen Frau verheiratet, wobei sich mancher, der die beiden kannte, fragte, wie sie es geschafft hatten, auf natürlichem Wege ein Kind zu zeugen.

Konrad Kiefer war das Gegenstück. Mit seinen sechsundzwanzig Jahren und hundertsiebenundachtzig Zentimetern spindeldürr, befand er sich in ständiger Bewegung. Kaum einmal saß er zehn Sekunden still, hatte immerfort etwas zwischen den Händen, an dem er herumfingerte, und rutschte, wenn er im Auto saß, so intensiv auf den Polstern herum, daß bald jeder Sitz durchgescheuert war. Der enorme Bewegungsdrang machte auch vor seinem Mundwerk nicht halt, so daß er unausgesetzt plapperte, was ihm im kargen Bekanntenkreis den Beinamen »oszillierender Unterkiefer« eingebracht hatte. Daß er weder verheiratet war noch überhaupt in einer Beziehung lebte, lag demnach an zweierlei: Erstens hätte eine interessierte Frau äußerst sportlich sein müssen, um Kiefer als *perpetuum mobile* zu folgen, zweitens wäre Immunität gegen seinen chronischen Sprechdurchfall vonnöten gewesen. Und taube Marathonläuferinnen waren rar.

Kuminz und Kiefer waren Polizeibeamte. Trotz ihrer körperlichen und charakterlichen Gegensätze waren sie dazu verurteilt, gemeinsam Wach- und Streifendienst in Melsungen und Umland abzuleisten, da der Revierleiter darauf achtete, daß in einem Team immer ein junger Polizist einem älteren, erfahrenen zugeteilt wurde.

Nun erschöpfte sich Kuminz' Erfahrung darin, seit dem Beginn seiner Laufbahn jeder Arbeit weitgehend aus dem Weg gegangen zu sein. Er hatte Jahre auf dem Klo der Spangenberger Dienststelle zugebracht und war, soweit es seine Trägheit erlaubte, erbost gewesen, als jene aufgelöst wurde und er ab da von Melsungen aus Streife fahren mußte. Außer ihm selbst fiel das allerdings niemandem auf, sieht man von den Spangenberger Bäckern und Metzgern ab, die ihn als Stammkunden verloren. Trotz alldem war Kuminz eines Tages zum Polizeiobermeister befördert worden, einem »Dreimaster«, wie es im internen Jargon hieß, was sich auf die drei Sterne auf seinen Schulterklappen bezog. Der Grund dafür war möglicherweise, daß der für Beförderungen zuständige

Entscheidungsträger, ein begeisterter Fußballfan, sich an jenem Tag gefreut hatte, daß sein Verein in die Regionalliga aufgerückt war.

Kiefer hingegen war ehrgeizig, was ihm bereits eine Versetzung eingebracht hatte, weil ihn im nordhessischen Landkreis Waldeck-Frankenberg weder Kollegen noch Vorgesetzte ertragen konnten. Schon die Ausbildung hatte er seinerzeit mit dem Ziel begonnen, einst Polizeichef zu werden, was jedoch durch seinen Intelligenzquotienten verhindert wurde, der nur knapp über Körpertemperatur lag. So stockte seine Karriere noch immer bei zwei Sternen, dem Polizeimeister. Wenn allerdings der derzeitige Ministerpräsident Hessens und sein Innenminister noch länger regieren sollten, bestand dennoch eine wenn auch geringe Chance für Kiefers Beförderung, und zwar aufgrund zweier Fakten: zum einen wegen nacktem Personalmangel, weil Dienst und Besoldung bei der Polizei immer unattraktiver wurden. Zum anderen, weil aus Wiesbaden die Order kam, daß geistige Fähigkeiten nicht länger Kriterien für die Beförderung von Beamten sein dürften. Im Gegenteil: Was machte es denn für einen Eindruck in der Öffentlichkeit, wenn ein einfacher Polizist klüger wäre als die Regierenden des Bundeslandes?

Ein Punkt allerdings verband die sonst verschiedenen Streifenbeamten Kuminz und Kiefer: ihre gemeinsame Abneigung allem Schreibkram gegenüber, der auf einem Revier anfällt. So waren beide wenig erfreut über ihren Dienstplan, der sie für diesen Sonntag im Spätsommer 2009 vorsah. Ihnen stand ein ereignisloses Restwochenende bevor, was bedeutete, daß sie in der Dienststelle Stunden mit dem Ausfüllen von Formularen zubringen mußten, mit Protokollen und Berichten, Stundenlisten und Abrechnungen. Im Grunde hatte hauptsächlich Kiefer darunter zu leiden, da er wußte, daß sein Kollege den halben Tag auf dem Klo zubringen würde.

Als Kuminz und Kiefer ihren Dienst um sieben Uhr dreißig antraten, war die Ablage für Unerledigtes gut gefüllt. Erwartungsgemäß verschwand der Ältere sogleich, was Kiefer zum wiederholten Male veranlasste, mißmutig darüber nachzugrübeln, ob sein Kollege unter chronischer Diarrhoe litt. Schließlich griff er sich seufzend den Stapel aus der Ablage, um die Vorgänge nach

»hat noch Zeit« und »eilig« zu sortieren, was im Grunde jedoch auf die Kriterien »unangenehm« und »äußerst unangenehm« hinauslief.

Beim Durchblättern der Schnellhefter und Klarsichthüllen stutzte Kiefer. Ein einzelnes Blatt, offensichtlich gefaxt, fesselte seine Aufmerksamkeit. Kaum hatte er es überflogen, hellte sich sein Gemütszustand auf: Das konnte die Lösung für heute sein! Und wenn er es recht überdachte, war die Sache durchaus eilig. Kiefer drehte sich in Richtung Klotür. »Karl«, rief er, »äääh, drück die Spülung! Wir müssen!«

***

Als die Glocken an diesem Sonntag um Zwanzig vor Zehn das Vorläuten beendet hatten, bot sich den Spangenberger Kirchgängern ein seltsames Bild. Um das gesamte Gotteshaus waren Moniereisen in das Pflaster gerammt und zwischen ihnen lange rotweiße Absperrbänder gespannt worden. Auf der Straße parkte höchst verkehrswidrig ein Polizeiauto. Vor der Kirchenpforte stand Laura Nissen, die Pfarrerin, im Talar. Ihr Gesicht war gefährlich rot angelaufen, und sie schimpfte auf einen mageren Polizisten in einer Lautstärke ein, die ihre Stimme bis zum Rathaus trug. Sie mußte sich dabei ständig drehen, denn der Beamte tänzelte fortwährend um sie herum, während seine Arme spastisch zuckten.

Etwas entfernt stand ein zweiter Polizist, deutlich älter und fetter, der verlegen seine Hände hinter dem Rücken knetete und verzweifelt versuchte, nicht dazuzugehören. Er schwieg, während sein dünner Kollege fistelte: »Aber das ist ein Tatort, Frau ähh, da müssen Fingerabdrücke und die Spurensicherung, es ist absolut verboten, jetzt dahinein, im Namen des Gesetzes sind wir verpflichtet, der Täter könnte doch noch, das muß abgesperrt bleiben, geht gar nicht, müssen Sie doch, wichtige Ermittlungen, Tatort, aber.«

»Ich weiß, daß es Ermittlungen gibt«, rief die Pfarrerin mit Stentorstimme, »aber die jüngsten Knochen sind fünfzig Jahre alt und liegen in Gießen. Und die anderen Gebeine sind dreihundert Jahre alt und sind nicht in dieser Kirche zwischengelagert, sondern in der Friedhofskapelle.« Sie holte Luft und ignorierte völlig den Redeschwall ihres Gegenüber, der diesen keine Sekunde unterbrochen hatte. »Wollen Sie an einem Sonntag Morgen fünfzig Jahre alte Fingerabdrücke suchen? Entfernen Sie das lächerliche Absperrband und geben Sie die Pforte frei!«

Der dicke Polizist watschelte nun auf ein Moniereisen zu und nestelte an dem Band herum, was seinen Kollegen bewog, sofort zu ihm zu springen und auf ihn einzureden: »Karl, laß das Band dran, Tatort, Spuren, wir können doch nicht, wir müssen ...«

Laura Nissen hatte kurz entschlossen die Kirchentür geöffnet und riß nun das Plastikband von ein paar Stäben, damit der Weg frei wurde für die Kirchgänger, die sich mittlerweile in großer Zahl versammelt hatten, unter ihnen etliche Neugierige, die wahrscheinlich außerhalb Weihnachten nie an eine Gottesdienst-Teilnahme gedacht hätten. Der Dünne ließ nun von seinem Kollegen ab und stürzte zurück zur Pforte, zog einen Stift und Block und redete auf die Gemeindemitglieder ein: »Bleiben Sie stehen, ich muß Ihre Personalien, Sie sind wichtige Zeugen, geben Sie mir Ihre Anschrift ...«

Einer der ersten der Menge, die in die Kirche strömte, war Wilhelm Kannenreicher, Chef des örtlichen Kirchenchores, versehen mit der Körpergröße eines Basketballers, dem Schultergürtel eines Hammerwerfers und der Laune eines angeschossenen Nashorns. Er bedachte den dünnen Polizisten mit einem von der Genfer Konvention verbotenen Blick, packte ihn wortlos an der Jacke, hob ihn mühelos hoch und setzte ihn mehrere Schritte entfernt wieder ab, wo er nicht im Weg stand. Dann drehte er sich um und scheuchte die restlichen Kirchgänger mit einer Handbewegung durch die Pforte, nagelte den jungen Polizisten noch einmal mit einem Blick fest, wo er stand, trat selber ein und schloß die Tür hinter sich. Der Gottesdienst konnte beginnen.

»Das ... das ist ja ... da müssen wir doch ...«, stammelte Kiefer, doch Kuminz war schon zu ihrem Dienstwagen gegangen, hatte sich mit lautem Schnaufen in den Fahrersitz fallen lassen und den Motor gestartet. Nun beeilte sich sein Kollege, neben ihm Platz zu nehmen, und noch im Wegfahren konnten Passanten beobachten, wie der Dünne im Auto wild gestikulierte und auf den verbissen schweigenden Fahrer einredete.

Sieben

Das Gasthaus *Am Liebenbach* war alt, aber sauber. Seine Besitzer hatten bisher keinen Wert darauf gelegt, für viel Geld der Mode zu folgen und sogenannte »Wellness-Bereiche« anzubauen. Es wäre sicherlich auch ein vergeblicher Versuch gewesen, Schicki-Micki-Touristen in diesen verträumten Winkel zu locken, das überließ man besser den Betreibern der Gastronomie für den Geldadel auf Schloß Spangenberg.

Auf der *Liebenbach*-Speisekarte hieß es daher noch »Würstchen mit Kartoffelsalat« und nicht »Porcmousse im Darmsäckchen an Carpaccio vom Erdapfel«, und die Spangenberger konnten sich hier zum Stammtisch treffen, ohne ihre Oma verpfänden zu müssen. Das Gasthaus lag etwas außerhalb der Stadt romantisch am Südhang, und Jojo genoß an diesem Montag Morgen sein Frühstück auf der sonnenbeschienenen Terrasse mit dem Pfieffetal unter sich.

Gegenüber, an der anderen Bergseite, war zu seiner Kindheit die Trasse der kleinen Bahn verlaufen, auf der morgens pünktlich der Schienenbus die Menschen aus den Dörfern in die Melsunger Betriebe und abends wieder zurückgebracht hatte. Damals war ein Arbeiter froh, wenn er sich ein Quickly-Moped leisten konnte, heute besaß jede Familie mindestens ein Auto. Jojo gönnte ihnen durchaus die gestiegene Lebensqualität, doch ein wenig bedauerte er schon den Verlust einer Zeit, die im verklärten Rückblick romantisch erschien. Von der Linie des Bähnchens erkannte man heute nicht einmal mehr das Gleisbett.

Als Jojo eine Hand auf der Schulter spürte, wurde er aus seinen nostalgischen Erinnerungen gerissen. Bea Aschenbrenner setzte sich zu ihm, naschte von seiner Frühstückswurst und sah ihn tatendurstig an. »Wo wollen wir anfangen?«

Jonas überlegte und nahm einen Schluck von seinem Kaffee, bevor er antwortete. »Wir können sicherlich an verschiedenen Stellen ansetzen: Einwohnermeldeamt, Kirchenbücher, Schulakten«, meinte er dann. »Vielleicht sollten wir uns das aufteilen.«

»Die Tageszeitungen kämen noch hinzu«, ergänzte Bea. »Und schließlich alle, die damals hier lebten und etwas wissen könnten.«

»Das wäre ja der halbe Landkreis, willst du die alle befragen?« Jojo schaute skeptisch.

»Kann ich Ihnen etwas bringen?« Die Frühstücksbedienung des *Liebenbach* war aufgetaucht und unterbrach.

»Gerne!« Bea bestellte ein Kännchen Kaffee und ein Croissant, das sie mit den Resten von Jojos Wurst und Käse zu belegen gedachte. »Nein«, wandte sie sich wieder an den Journalisten, »das müssen wir natürlich eingrenzen. In Frage kämen zunächst Alterskameraden des vermißten Mädchens, Lehrer, Jugendhelfer ...«

»Jugendhelfer?« Jonas konnte mit dem Wort nichts anfangen.

»Aus der Kirchengemeinde«, erläuterte die junge Frau. »Ehrenamtliche Kindergottesdiensthelfer, Pfadfinderleiter, Jugendwarte.«

»Die nach fünfzig Jahren aufzustöbern, wäre Sisyphosarbeit«, schüttelte Jojo den Kopf. »Vielleicht können wir das der Kripo überlassen. Fangen wir doch mit den einfachen Quellen an.«

Die Bedienung brachte Kaffee und Croissant, und Bea griff zu. »Blätterteig«, meinte sie und hielt das Hörnchen hoch. »Weißt du, welche Sisyphosarbeit es ist, Blätterteig herzustellen?«

Jonas schüttelte den Kopf. Er war zwar unter Freunden durchaus für seine Kochkünste bekannt, aber zum Stichwort »Backen« fielen ihm eher Trommelbremsen ein als Kuchen.

Bea erläuterte: »Blätterteig ist ein elend langwieriges Geschäft. Aber es gibt einen Trick: Ziehbutter mit Mehl.«

»Ziehbutter?«

»Einfache Butter. Sie wird in den Teig 'eingezogen', daher der Name. Der Trick ist aber, die Butter mit Wärme geschmeidig zu machen und Mehl darunter zu kneten. Dann kann man sie viel leichter ausrollen. Du rollst einen Plunderteig mit dem Nudelholz dünn aus und legst den ausgerollen Fladen Ziehbutter darüber, klappst das Ganze zweimal zusammen und rollst es wieder aus. Zum Schluß wird der ganze mehrlagige Teigfladen in Croissantgroße Stücke geschnitten, Hörnchen geformt und gebacken. Alternativ kannst du sie auch einfrieren und bei Bedarf auftauen und backen.«

»Und wie backen wir uns unsere Recherchen zu dem toten Mädchen?«, fragte Jonas, dessen Interesse an Teigrezepten sich in Grenzen hielt. »Vom Mörder ganz zu schweigen.«

»Oder der Mörderin. Ich schlage vor, du nervst die Leute vom Einwohnermeldeamt, und ich grabe in den Kirchenakten. Wenn es nötig sein sollte, können wir uns später noch Schule und Tageszeitungen teilen. Was hältst du übrigens davon, ausnahmsweise dein Handy in den nächsten Tagen eingeschaltet zu lassen?«

Jojo registrierte die Spitze der letzten Frage und nickte. »Nimm du dir mal die Kirche vor. Die kennt sich sowieso besser mit dem Tod aus als mit dem Leben.« Beas Lächeln erstarb, und die Hand mit der Tasse, die sie aufgenommen hatte, stoppte in der Luft.

Als sie sprach, spürte Jonas förmlich die Eiszapfen in ihrer Stimme. »Hast du Probleme mit deinem Vater? Oder woher kommt deine Abneigung gegen die Kirche?«

Jojo erkannte, daß er Bea eine Erklärung schuldig war, wollte er weiter mit ihr zusammenarbeiten. Er hatte sich mit seinem Vater durchaus gut verstanden. Kurt Jordan war ein praktischer und volksnaher Seelsorger gewesen, hatte nicht gefrömmelt und verklärt. Bigotterie hatte ihm ferngelegen, was ihn zugegebenermaßen von Jojos Mutter unterschieden hatte. In seiner Gemeinde von lebensverbundenen Bauern und Handwerkern war er ein beliebter Pfarrer gewesen. Laut sagte Jonas: »Als Pfarrerskind hast du tieferen Einblick in die Interna der Kirche. Und da sieht es düster aus. Gerade mein Vater hat nie die schwarzen Kapitel der Kirchengeschichte verschwiegen.«

»Aber die weißen Kapitel überwiegen doch,« widersprach die junge Frau. »Das Christentum beruft sich auf einen liebenden Gott.«

»Religionen«, dozierte Jonas, »werden von Menschen gemacht, und Kirche ist institutionalisierte Religion. In ihrem Namen sind Millionen Menschen viehisch abgeschlachtet worden und werden es noch.« Jojo redete sich in Rage. »Nach einem deutschen Gerichtsurteil darf man die Kirche als die größte Verbrecherorganisation der Weltgeschichte bezeichnen.«

Bea Aschenbrener schluckte. Jonas sah, daß dies starker Tobak für sie war. »Ich will dir ein Beispiel nennen«, fuhr er fort. »Sagt dir die Redewendung etwas: *'Ich kenne meine Pappenheimer'*?«

»Schiller«, erwiderte Bea. »Wallenstein spricht anerkennend von den treuen Soldaten des Generals zu Pappenheim.« Offenbar hatte sie in einem germanistischen Seminar gut aufgepaßt.

»Richtig«, stimmte Jojo zu, »das ist die gängige Herleitung. Es gibt aber noch eine andere Interpretation des Satzes. Ein Dominikanermönch der kirchlichen Inquisition soll ihn ausgesprochen haben. Im Jahre 1605 lebte in Passau eine junge Frau namens Anna Pappenheimer. Sie war verheiratet und hatte zwei halbwüchsige Söhne im Alter von etwa zwölf und vierzehn Jahren.«

Bea blickte skeptisch. Sie war sich nicht sicher, was jetzt kommen würde.

»Die Protokolle sind erhalten. Anna Pappenheimer vertrug kein Schweinefleisch, jedenfalls aß sie keines. Von einem mißgünstigen Büttel wurde sie daraufhin verdächtigt und angezeigt, eine jüdische Hexe zu sein. Ihre gesamte Familie wurde verhaftet und gefoltert. Alle vier wurden zum Tode verurteilt.«

Bea schaute zur Seite. Sie wußte von den sadistischen Folterungen, die im Namen der Kirche an Tausenden Menschen, hauptsächlich Frauen, begangen worden waren. Entgegen einer gängigen Phrase war dies jedoch nicht im angeblich »finsteren Mittelalter« geschehen, sondern in der Neuzeit. Das Mittelalter war vielmehr eine relativ tolerante und freidenkerische Epoche gewesen, bevor Europa in die Barbarei stürzte.

Jonas fuhr fort: »Während halb Passau zusammenlief und gaffte, trieb man die Frau, ihren Mann und die beiden Kinder zum Richtplatz. Anna Pappenheimer hatte man die Kleider komplett vom Leib gerissen, der Mann und die Jungs liefen mit entblößten Oberkörpern. Ein Becken mit glühenden Kohlen wurde mitgeführt, in dem Zangen bis zur Rotglut erhitzt wurden. Damit riß man den vier Unglücklichen auf dem Weg große Stücke Fleisch aus dem Körper. Am Galgenberg angekommen, schnitt der Henker Anna beide Brüste ab und stopfte sie ihren Kindern in den Mund. Ihr Mann wurde auf einen Richtstein gelegt, und man ließ ein Wagenrad so oft auf ihn hinunter krachen, bis nahezu alle Knochen gebrochen waren. Schließlich nahm man ihn und spießte ihn mit dem After auf einen angespitzten Pfahl, der im Boden eingegraben war. Das nannte man 'Pfählen', und es hatte die Eigenschaft, daß der Verurteilte nach entsetzlichen Qualen erst nach Stunden starb. Anna pfählte man nicht. Ihr wurden die Arme auf den Rücken gebunden, dann wurde sie an den Handgelenken am Galgen nach oben gezogen. Sie lebte noch. Der Henker entfachte ein Feuer unter ihr und sorgte dafür, daß sie nicht am Rauch erstickte, sondern langsam komplett briet. Die beiden Kinder erfuhren die 'Barmherzigkeit', erdrosselt zu werden, bevor man sie verbrannte. Solange die Verurteilten schreien konnten, taten sie es, was den religiösen Rausch der Menge nur anstachelte. Diese Folterorgie dauerte länger als einen halben Tag, währenddessen die Dominikaner fromme Gesänge anstimmten.«

Bea war schlecht. Sie hatte während Jojos Bericht den Teller mit dem angebissenen Croissant und den Kaffee von sich geschoben und den Blick ins Tal gerichtet. Auch Jonas zitterte. Obwohl er bereits vor vielen Jahren die Verbrechen des Christentums entdeckt hatte, nahm ihn noch immer seine Hilflosigkeit mit, mit der er der unvorstellbaren Barbarei gegenüberstehen mußte. Er atmete schwer.

»Das«, brachte er schließlich hervor, »war nur ein Beispiel für etwa neuneinhalb Millionen bestialische Morde in Europa. Und das alles geschah also mit Zustimmung des liebenden Gottes.«

»Nein!« Beas Stimme war heiser. »Gott hat solchen Verbrechen nie zugestimmt.«

»Nein? Und warum hat er sie dann nicht verhindert?« Jojo schnaubte verächtlich. »Da kann ich mehrere Antworten zur Auswahl geben: Entweder ist Gott ein Zyniker oder ein Sadist. Oder die Menschen sind ihm vollkommen gleichgültig. In diesen Fällen ist er kein liebender Gott, sondern ein Scheusal. Möglicherweise ist er auch gar nicht allmächtig. Dann ist er gar kein Gott, und wir können gut auf ihn verzichten. Wahrscheinlicher ist aber: Es gibt ihn gar nicht. Gott schuf nicht den Menschen nach seinem Ebenbilde, sondern es war umgekehrt: Die Menschen bastelten sich ihren Gott oder ihre Götter nach ihren Vorstellungen. Und tun es bis heute. Mit ihren Religionen haben die Menschen aus dem Paradies Erde eine Hölle gemacht. Von der Frucht der Erkenntnis haben sie bis heute nicht gegessen.«

Bea startete einen letzten Versuch zum Widerspruch. »Die Hexenverfolgungen fanden unter der Regie einer dekadenten katholischen Kirche statt. Der Protestantismus hat damit Schluß gemacht.«

»Du hast Kirchengeschichte studiert?« Jonas schüttelte den Kopf. »Dann wurde euch wohl verschwiegen, daß kirchliche Folter und Morde in den protestantischen Gebieten um ein Vielfaches zunahmen. Das ist belegt, wird aber natürlich gerne unter den Teppich gekehrt.«

Beate Aschenbrenner schwieg. Jojo hatte ja recht. Wie sollte sie ihren Glauben mit den furchtbaren Tatsachen vereinbaren? Wer sich mit der Geschichte des Christentums tabulos auseinandersetzte, stieß früher oder später auf diesen Widerspruch. Meist wurde der verdrängt, so auch von ihr. Eine Lösung fiel ihr nicht ein, nicht hier auf der sonnigen Terrasse über einem friedlichen grünen Tal, das sich für sie durch das blutige Thema verdunkelt hatte.

Bea schüttelte sich, wie um quälende Fragen abzuwerfen. Sie beschloß, zu dem zurückzukehren, was sie mit Jonas zusammengeführt hatte. Doch sie spürte, daß sie die Fragen nicht mehr loslassen würden.

»Laß uns unser Mädchen suchen.« Sie blickte Jojo an, der verstand, daß er das Thema Kirche nun ruhen lassen mußte. »Du im Rathaus, ich im Pfarramt.« Sie stand auf, zahlte und ging.

Jojo blieb noch eine Weile sitzen und dachte über die junge Historikerin nach. Was wußte er denn von ihr? Er kannte weder ihre Vorgeschichte noch ihre Sicht der Welt, vom Glauben einmal abgesehen, den sie ja offenbart hatte. Wie hätte auch eine Atheistin für das Landeskirchenamt arbeiten können? Vielleicht war er zu weit gegangen, hatte ihr zu rücksichtslos und hart das an den Kopf geworfen, über das er sich seit fast vierzig Jahren empörte. Er nahm sich vor, Bea gegenüber sensibler zu sein. Was nutzte es, wenn er mit der verbalen Axt wie ein Berserker um sich schlug? »Laßt nicht die roten Hähne flattern, ehe der Habicht schreit« – wieder einmal ging ihm die ergreifende Ballade von Degenhardt durch den Sinn.

Jonas holte Helm und Handschuhe und startete die Montesa. Bis zum Rathaus waren es höchstens zwei Kilometer, aber erstens war Jojo gehfaul. Und zweitens hatte er später noch eine längere Fahrt vor sich.

Acht

Die Turnhalle der Burgsitz-Schule ist schlecht beheizt. Die Kinder zittern in ihren dünnen Sporthemdchen, und Grundlach läßt sie zunächst ein paar Runden warmlaufen, bevor es an Reck und Barren geht.

Wilfried Grundlach ist einer von drei Sportlehrern an der Schule, unterrichtet allerdings außerdem noch Deutsch und Geschichte. Alle Kinder kennen ihn gut, nicht nur die aus seinen Klassen: Grundlach führt meist die Pausenaufsicht. Er ist bekannt dafür, wie er still auf dem Schulhof an einer Säule lehnt und mit großen Augen die Kinder beim Toben beobachtet. Wenn es zum Streit kommt, kann er plötzlich auftauchen, die Streitenden bei den Armen packen und auseinanderreißen. Dann wird er laut: »Du Giftzwerg beruhigst dich jetzt und verdrückst dich nach hinten!« Beliebt ist Grundlach nicht, und wüßten die Kinder, daß er als einziger Lehrer der Schule keine Verantwortung für eine Klasse übertragen bekam, wären sie sicherlich erleichtert. Aber nach dem Grund dafür zu fragen, wären sie noch zu klein.

Dabei gehört Wilfried Grundlach mit sechsundzwanzig Jahren zu den jungen Pädagogen. Im Sportunterricht ist er dafür bekannt, daß er oft und gerne Hilfestellung gibt, Mädchen wie Jungen. Die meisten versuchen, seinen Handgriffen auszuweichen. Sie könnten nicht erklären, warum ihnen unwohl ist, wenn ihnen der Nylon-Geruch seiner blauen Trainingsjacke bei engem Körperkontakt in die Nase steigt. So freuen sie sich, wenn die Turngeräte verstaut und Mannschaften für Spiele zusammengestellt werden. Brenn- oder Volleyball für die Mädchen, Hand- oder Fußball für die Jungen – dabei muß Grundlach auf Distanz bleiben.

***

Am späten Montag Nachmittag verließ Beate Aschenbrenner das Pfarramt in Melsungen. Es war nicht schwer gewesen, die Kirchenbücher aus den Sechziger Jahren des vergangenen Jahrhunderts zu finden. Durch das Projekt, an dem sie arbeitete – Erforschung der Kirchengeschichte Kurhessen-Waldecks –, war sie auf den Pfarrämtern bekannt, und mit Frauke Pressler, der Sekretärin, die das Amt leitete, hatte sie sich mittlerweile angefreundet. Sorgfältig hatte sie die Akten studiert, doch ein Anhaltspunkt zu einem verschwundenen Kind war nirgends zu entdecken. Immerhin konnte ihr die Sekretärin die Adresse ihrer Vorgängerin geben. Die Frau, die über viele Jahre das Pfarramt geleitet hatte, lebte hochbetagt in einem Melsunger Seniorenheim der Diakonie. Bea stieg auf ihre Guzzi und fuhr hin.

»Wir haben Frau Vogt auf die Krankenstation verlegen müssen«, erläuterte die weißgekleidete Schwester, die die Pforte betreute, in einem Tonfall, als entschuldige sie sich dafür. »Ihre Parkinson-Krankheit hat sie jetzt zum Pflegefall gemacht. Geistig ist sie aber noch sehr fit, gehen Sie ruhig zu ihr.« Sie beschrieb Bea den Weg.

Der säuerliche Geruch aufgewärmten Essens zog durch die Gänge, die Bea beschritt. Schwestern und Pfleger, Zivildienstleistende und Ehrenamtliche schoben eilig die Rollcontainer mit dem Abendbrot von Zimmer zu Zimmer. Wie überall wurde auch hier ständig Personal abgebaut, was die eher wachsenden Aufgaben auf immer weniger Schultern verteilte. Das Wohn- und Pflegeheim wurde wie alle offiziell kirchlichen Einrichtungen zu über neunzig Prozent vom Staat finanziert. Daß es dennoch im Eigentum der Kirche verblieb, hatte zur Folge, daß es als sogenannter »Tendenzbetrieb« galt. Damit durften in religiösen Einrichtungen keine Betriebs- oder Personalräte gewählt werden, und Lohn- oder Gehalts-Tarifverträge besaßen keine Geltung. So wurden die Angestellten von Diakonie und Caritas noch schlechter bezahlt als es in den Pflegeberufen ohnehin der Fall war, und trotz großen Einsatzes konnten sie sich immer weniger um die alten Menschen kümmern.

Zaghaft klopfte Bea an der ihr gewiesenen Tür. Als keine Antwort erfolgte, öffnete sie vorsichtig und trat ein. Der Raum war groß und kahl, die Wände mit pastellfarbener, abwaschbarer Farbe gestrichen und die Decke mit Neonröhren behängt. Gegenüber der Tür befand sich ein großes Fenster, durch das ein Flecken Himmel und ein paar Baumspitzen zu sehen waren. An je einer Seitenwand war ein Bett aufgestellt, ein Stuhl und ein abwaschbarer Nachtschrank aus Metall. Auf den daran ausgeklappten Tabletts standen Teller mit dem Abendessen, notdürftig bedeckt von einer Isolierhaube, die erfolglos versuchte, die Wärme zu halten.

In den beiden Betten lagen, die Fußenden Richtung Fenster, zwei Frauen, bedeckt von weißem Bettzeug. Bea ging zum Fenster vor und drehte sich um, damit sie von den Alten gesehen werden konnte. »Guten Abend«, sagte sie in die Sterilität des Zimmers hinein, »ich suche Frau Ilse Vogt.«

»Das bin ich.« Das leise hohe Stimmchen kam aus dem Bett, auf dessen Zudecke zwei dünne Arme ruhten, die fortwährend zitterten. Der kleine Kopf mit dem schütteren weißen Haar wackelte ebenso, drehte sich jedoch Bea zu und sah sie mit wachen Augen an. Aus Richtung des zweiten Bettes kam keinerlei Reaktion.

Bea trat zu der greisen Frau Vogt, und als sie sich als Mitarbeiterin des Landeskirchenamts vorstellte, lächelte die Alte. Aschenbrenner zog sich den Stuhl ans Bett und setzte sich, stand jedoch sogleich wieder auf, nachdem sie merkte, daß sie dann von der Patientin kaum mehr gesehen werden konnte.

»Frau Vogt«, begann sie, »hier steht Ihr Abendessen.« Sie hob kurz den Deckel an und blickte darunter. »Ich fürchte, es wird kalt. Soll ich später noch einmal wiederkommen?«

Ilse Vogt lächelte wieder. »Nein, bleiben Sie. Ich kann nicht mehr alleine essen, und bis jemand kommt, der mir hilft, dauert es noch. Dann ist das Essen sowieso kalt.« Offenbar hatte sie sich mit dem Personalmangel in Demut abgefunden.

Bea unterdrückte den plötzlichen Wunsch, diesen würdelosen Ort sofort zu verlassen, und erinnerte sich daran, warum sie hergekommen war. »Frau Vogt,« faßte sie kurz zusammen, »ich untersuche die Spangenberger Kirchengeschichte, und auf dem Pfarramt sagte man mir, daß Sie mir aus Ihrer aktiven Zeit vielleicht Hinweise geben könnten.«

Durch den bisher stillen Raum drang plötzlich ein Schrei, Bea fuhr zusammen. Sie blickte zum zweiten Bett hinüber, aus dessen Kissen der Schrei gekommen war. Ilse Vogt war offenbar nicht erschrocken. »Achten Sie gar nicht darauf«, sagte sie schwach, »das ist meine Zimmergenossin. Sie ist stark dement und schreit häufig. Manchmal ruft sie nach ihrem Sohn, aber meistens kann man nichts verstehen.«

»Man hat Sie mit einer dementen Patientin zusammengelegt?« Die junge Frau war erschüttert.

»Na ja, es gibt halt zu wenig Platz. Als ich mich noch selbst versorgen konnte, hatte ich ein eigenes Zimmer mit meinen alten Sachen. Aber das ist ja nun vorbei.« Wieder schien die Greisin ihre Situation widerstandslos hinzunehmen. Bea fragte sich, ob sich Ilse Vogt in ihrem Leben jemals gegen irgend etwas gewehrt hatte.

Laut sagte sie: »Frau Vogt, in Ihrer Berufszeit hatten Sie doch in den 60er Jahren mit dem Spangenberger Pfarrer zu tun.«

»Den beiden Pfarrern«, korrigierte die Alte, »es gab zwei.«

»Zwei Pfarrer für eine Kirchengemeinde?«, wunderte sich die andere.

»Nein«, sagte Ilse Vogt, »der Gemeindebezirk war aufgeteilt. Es gab ja von Spangenberg aus noch viele kleine Dörfer zu betreuen. Und einer der beiden Pfarrer, Herr Jordan, war der Vorgesetzte des zweiten. Er war Dekan für den Kirchenkreis Melsungen. Er ist leider viel zu früh in den Ruhestand gegangen und fortgezogen. Der andere blieb noch eine Weile.« Bea wollte im Grunde nach dem verschwundenen Mädchen fragen, ließ die Alte aber erzählen. »Pfarrer Xavier war das, ein französischer Name. Er war aber Deutscher. Nach seiner Pensionierung ist die Familie auch weggezogen.«

»Wissen Sie etwas«, kam Bea nun zu ihrem Anliegen, »von einem Schulmädchen, das Anfang der sechziger Jahre in Spangenberg vermißt wurde?«

»Eine Pfarrerstochter?«, fragte die Greisin. »Pfarrer Xavier hatte eine Tochter, aber die wurde nicht vermißt. Sie lebt heute bei Alsfeld.«

»Nein, es muß sich um ein Mädchen handeln, das nie wieder auftauchte.« Bea wollte die alte Frau nicht durch die Schilderung eines gewaltsamen Todes aufregen. »Können Sie sich daran erinnern?«

Von der anderen Wand kam wieder ein langgezogenes Heulen, und die junge Frau spürte, wie sich ihre Rückenhärchen aufstellten. Ilse Vogt, die davon offenbar unbeeindruckt war, stellte sich als aufgeweckter heraus als Bea vermutet hatte: »Sie meinen, ob ein Kind in dieser Zeit in Spangenberg umgebracht wurde?« Sie überlegte sichtlich, und auf der Stirn des kleinen wackelnden Kopfes bildeten sich Denkfalten. »Nein«, meinte sie schließlich, »davon wüßte ich. Es gab in jener Zeit weder Kindesmorde noch Vermißtenmeldungen.«

»Meinen Sie, es wäre sinnvoll, die beiden Pfarrer noch zu fragen?«, wollte Bea wissen.

»Die leben alle zwei nicht mehr. Ihre Ehefrauen sind auch gestorben«, sagte die alte Frau. »Und der Sohn von Pfarrer Xavier ist ja nun auch tot.«

»Sagten Sie nicht, Xavier habe eine Tochter gehabt?«

»Ja, die lebt bei Alsfeld, in Vadenrod. Aber da gab es noch einen jüngeren Sohn. Der hat sich das Leben genommen, nachdem die Familie Spangenberg verlassen hatte. Pfarrer Xavier hat es schwer gehabt.«

Offensichtlich hatte sich Ilse Vogt in ihrer aktiven Zeit hauptsächlich mit der Kirchengemeinde und ihren beiden Pfarrern befaßt. Der übrige Spangenberger Alltag war weitgehend an ihr vorbeigegangen, wenig erstaunlich, da sie ja nicht in dem Liebenbach-Städtchen arbeitete, sondern im Melsunger Pfarramt.

Bea bedankte sich bei der Greisin, verabschiedete sich und verließ das Zimmer, froh, dieser Vorhölle entronnen zu sein. Auf dem Gang hörte sie einen neuerlichen Schrei von Ilse Vogts Bettnachbarin. Die junge Frau suchte das Schwesternzimmer, das sie leer fand. Schließlich kam ihr ein junger Mann in weißer Kleidung entgegen, den sie bat, Frau Vogt doch das Abendessen zu füttern, bevor es völlig kalt war. Er habe zuvor noch fünf andere Patienten vor sich, meinte der, versprach aber wenigstens, Frau Vogts Essen in der Mikrowelle aufzuwärmen.

Als Bea das Pflegeheim verließ, nahm sie sich vor, mit der Tochter Pfarrer Xaviers zu sprechen. Doch was, wenn diese geheiratet und den Namen gewechselt hatte? Dann konnte sie selbst in einem Dorf wie Vadenrod lange suchen. Sie ärgerte sich, daß sie Ilse Vogt nicht danach gefragt hatte, wollte aber auch nicht noch einmal in die bedrückende Atmosphäre des Heims zurückkehren.

Als sie zu ihrem Motorrad ging, klingelte ihr Handy.

***

»Das gibt's auch nur in Deutschland!« Michael Pettel stand vor Jojos Montesa und schüttelte den Lockenkopf. »In allen anderen Ländern wird das Modell ohne das Geschwür verkauft.«

Das »Geschwür« war das sogenannte Abgas-Rückführungssystem, ein Ventil, das die Motorabgase nicht etwa zum Brennraum zurückführte, sondern mit Frischluft verdünnte. Damit trickste der Hersteller erfolgreich die deutschen Schadstoff-Vorschriften aus, die völlig praxisfremd den Anteil unverbrannter Kohlenwasserstoffe am Ende des Auspuffs zum Kriterium machten. Sie wurden durch Zugabe von Frischluft zwar verringert, dafür stiegen andererseits die Stickoxide im Abgas steil an. Da Zweitakter als Luftmangel-Motoren von Haus aus kaum Stickoxide produzierten, hätte der Gesetzgeber, wäre er von technischen Kenntnissen nicht gänzlich verschont, Viertaktmotoren verbieten müssen. Es ging aber um politische Entscheidungen, und die hatten selten etwas mit Sachverstand zu tun. So war es gekommen, daß beispielsweise Katalysatoren entwickelt worden waren, Ökobilanz-Katastrophen, die nur für eines gut waren: Sie füllten kräftig die Kassen der Industrie. Und in Motorräder, deren Anteil an der Luftverschmutzung ohnehin nicht meßbar war, wurden Betrügereien eingebaut wie entsprechend programmierte Bordcomputer bei Einspritzern. Oder eben mechanische Verwirrspiele bei Vergasermotorrädern wie Jojos Montesa.

Jonas hatte schon lange diesen technischen Taschenspielertrick an seiner Maschine loswerden wollen. Nun stand er in Michael Pettels Werkstatt in Marburg und wartete, daß der Motor abkühlte. Pettel war ein alter Bekannter Jojos. Er hatte einst in Heidelberg und Marburg Sport studiert, war nebenher Motorradrennen gefahren und hatte schließlich an der Lahn eine kleine marken-ungebundene Motorradwerkstatt eröffnet, die recht gut lief. »*Schnelles Bike? Bei Pettels Mike!*«, lautete der entsetzliche Knittelvers, den er seit langem als Motto in allen Anzeigen verwendete und der, der altehrwürdigen Universitätsstadt zum Trotz, auf einem großen Transparent am Giebel der Firmenhalle prangte. Immerhin, so stellte Jojo befriedigt fest, war sein Bekannter nicht der grassierenden Apostropheritis verfallen. Von den Pisa-Geschädigten des antiken dreiklassigen Schulsystems, so dachte Jonas grimmig, wäre das Motto sicherlich so geschrieben worden: »Schnelle's Bike! Bei Pettel's Mike! Zum Aktion's-Prei's!« Möglichst noch mit mehreren Ausrufezeichen versehen. Eine solche Analphabeten-Werkstatt hätte er aus Prinzip nicht betreten.

Neben Verkauf und Reparatur von Motorrädern hatte sich Mike Pettel darauf spezialisiert, sinnvolle Tuning-Teile herzustellen, die sonst nirgends zu haben waren. Ergonomische Haupt- und Seitenständer gehörten ebenso dazu wie hochwertige Kühlwasserthermostate für bestimmte Ducati-Modelle. Für die deutsche Ausgabe von Jojos Montesa hatte Pettel lasergeschnittene Aluminiumdeckel im Angebot, die beim Entfernen des »Geschwürs« am Motor nötig waren, um die verbleibenden Löcher im Zylinderkopf zu verschließen.

Das war jedoch nur einer der Gründe für Jojo gewesen, nach Marburg zu fahren. Der zweite Grund lag ganz in der Nähe von Mikes Werkstatt: das Staatsarchiv, genauer gesagt dessen Zeitungssammlung, die wohl die vollständigste Hessens darstellte. Jonas hatte das Spangenberger Standesamt erfolglos verlassen müssen – aus den 1960er Jahren lag keinerlei Vermißtenmeldung für ein Kind vor. Und nun wollte er sich die damaligen Zeitungen vornehmen und dies gleich mit dem Umbau an seiner Montesa verbinden.

Natürlich kam das Gespräch auf das mysteriöse Spangenberger Kinderskelett. »Wenn ein siebenjähriges Kind erwürgt wird«, meinte Pettel, »steckt meist ein Sexualverbrechen dahinter. Oder eine Erpressung.«

»Das liegt nahe«, stimmte Jojo zu. »Aber warum finde ich nichts darüber in den alten Akten? Allerdings kenne ich ja noch nicht die Tageszeitungen von damals. Und ob Bea etwas in den Kirchenakten herausgefunden hat, weiß ich auch noch nicht.«

»Bea?« Pettel horchte auf, da er wußte, daß Jonas seit geraumer Zeit Single war.

Doch Jojo winkte ab, da er ahnte, was Mike vermutete. »Beate ist eine Kirchenhistorikerin. Sie könnte vom Alter her meine Tochter sein. Wir recherchieren beide zu dem Fall, und ich weiß nicht, ob sie überhaupt weiter mit mir zu tun haben will.« Jojo dachte an die eisgekühlte Atmosphäre, in der sie heute morgen auf der *Liebenbach*-Terrasse auseinandergegangen waren.

»Sexuelle Übergriffe auf Kinder sind gar nicht so selten«, meinte Pettel. »Als ich in Heidelberg Sport studiert habe, war an der Uni von einigen Skandalen die Rede. Angehende Sportlehrer hatten sich angeblich im Referendariat an ihren Schulen danebenbenommen. Andererseits stammte wohl Etliches aus der Gerüchteküche. Solche Geschichten werden ja gerne von Neidern in die Welt gesetzt. Oder auch von Eltern, die sich wichtig machen wollen. Um uns Studenten von künftigen Abwegen fernzuhalten, wurde uns allerdings immer wieder der Fall eines Sportstudenten geschildert, der wegen Pädophilie in den Fünfziger Jahren relegiert worden sei.«

»Relegiert?« Jonas kannte das Wort nicht.

»Von der Uni geschmissen, vom Studium ausgeschlossen«, erklärte Pettel.

Jojo wußte, daß dies im »Land der freien Berufswahl« nicht selten vorkam, und zwar nicht nur aufgrund unmoralischen Verhaltens. Er selbst kannte mehrere Männer und Frauen, die seinerzeit von der Uni geflogen waren, weil den Rektoren ihr politisches Engagement nicht gepaßt hatte. Selbst der Sohn eines fernseh-bekannten adligen Hamburger Wissenschaftlers hatte ein Jahr lang die Heidelberger Uni nicht betreten dürfen, weil er sich für bessere Studienbedingungen der Germanisten eingesetzt hatte. Daß dieser Mensch später die Seiten gewechselt hatte und heute als Historiker Geschichtsklitterung betrieb, stand auf einem anderen Blatt. Immerhin hatte er nach dem Relegations-Jahr zu Ende studieren dürfen.

»Was ist denn aus diesem pädophilen Sportstudenten geworden?«, fragte Jonas.

»Er soll wohl nach der Sperre auf einer anderen Uni sein Studium fertiggebracht haben und Sportlehrer geworden sein. Aber die Relegationszeit fehlte ihm natürlich.«

Während sie sich unterhielten, hatte Pettel bereits zum Werkzeug gegriffen und Schläuche und Abgasventil gelöst. Nun war der Motor so weit abgekühlt, daß er auch am Zylinderkopf arbeiten konnte. Als er fertig war, war das Motorrad um ein knappes Kilo leichter und die deutsche Betriebserlaubnis erloschen. Pettel drückte Jojo daher eine Bescheinigung in die Hand und nannte ihm einen der wenigen kenntnisreichen Sachverständigen beim TÜV, der den Umbau eintragen und der Montesa eine neue Legalität verschaffen würde. Indes war Jojo noch nie auf dem Motorrad angehalten worden, und noch keiner Amtsperson war eine seiner zahlreichen halblegalen Umbauten aufgefallen. Er hatte daher auch nicht vor, Zeit und Geld beim Dampfkesselverein zu vergeuden, wie der TÜV einst geheißen hatte.

Das Staatsarchiv hatte nicht ewig geöffnet, daher verabschiedete sich Jojo bald. Es waren nur ein paar Meter zu fahren, und schnell hatte er in der übersichtlichen Ordnung des Archivs die Zeitungen gefunden, die er suchte. Von der *Hessischen Allgemeinen* bis zum Spangenberger Dorfblättchen der Munzerschen Druckerei durchforstete Jojo alles, was die Jahrgänge 1961 bis 1963 betraf. Nichts! Keinerlei Hinweis auf ein verschwundenes Kind, noch nicht einmal in der weiteren Umgebung um Melsungen und Hessisch Lichtenau.

Als Jonas das Gebäude verließ, stand die Sonne bereits tief. Sein Mobiltelefon vibrierte, das Display zeigte Beate Aschenbrenner an. – »Jordan.«

»Bea hier, hallo. Ich hab drei Nachrichten für dich. Zum ersten war nichts in den Pfarramts-Akten zu finden.«

Jojo stellte mit Erleichterung fest, daß die kühle Distanziertheit der jungen Historikerin verflogen war, mit der sie sich am Morgen verabschiedet hatte.

Sie fuhr fort: »Dann habe ich noch die ehemalige Sekretärin des Amts besucht, die wohnt inzwischen im Altersheim. Die wußte auch nichts von einem vermißten Mädchen und konnte mir nur den Tip geben, die Tochter eines Spangenberger Pfarrers zu fragen.«

»Xavier?« fragte Jojo, »Grit Xavier? Die war ein paar Jahre älter als ich. Ich hatte mehr mit dem Sohn zu tun, Lukas. Und mit seiner Mutter, die war Kindergartentante.«

»Der Sohn lebt nicht mehr. Selbstmord, wie die alte Frau Vogt meinte.«

»Das wußte ich nicht.« Jojo war betroffen. »Weißt du, warum er sich umgebracht hat?«

»Nein«, meinte Bea, »das hat sie mir nicht erzählt. Aber es muß wohl nach eurer Zeit gewesen sein. Wir sollten vielleicht mit seiner Schwester sprechen.«

»Wo wohnt die heute?«, wollte Jojo wissen.

»Bei Alsfeld, am Rand des Vogelsbergs. Vadenrod heißt das Dorf. Ich weiß aber nicht, ob sie noch Xavier heißt. – Hast du im Spangenberger Rathaus eigentlich etwas erfahren?«

Jonas verneinte und berichtete, daß er auch in Marburg nichts gefunden habe. »Grit Xavier könnte ich ja übernehmen«, meinte er dann. »Marburg liegt ja ohnehin in der Richtung.«

»Das trifft sich gut«, stimmte Bea zu. »Vorhin hat mich nämlich die Kripo aus Homberg angerufen und sich für morgen angekündigt. Sie wollen mit mir sprechen. Vielleicht kannst du auch noch dazukommen, sie werden gegen Mittag auftauchen.« Sie verabredeten sich beim Italiener in Spangenberg.

Noch einmal fuhr Jojo zu Mikes Werkstatt und hatte Glück. Pettel räumte noch im Laden herum und schloß auf. Jonas durfte seinen PC benutzen und war erstmals an diesem Tag erfolgreich: Er fand das Dörfchen Vadenrod. Und Grit Xavier hieß tatsächlich noch so und besaß sogar eine Telefonnummer.

Neun

»Ja?«

In Jojo stieg Ärger hoch. Wieder einmal jemand, der »Ja« hieß. Manche Menschen waren auch auf »Hallo« getauft. Gebot es nicht selbstverständliche Höflichkeit, sich mit Namen zu melden, wenn man angerufen wurde? Er konnte sich an dieses ungehobelte Benehmen nicht gewöhnen, das durch Einführung der Handies sprunghaft zugenommen hatte.

Er schluckte jedoch seinen Ärger hinunter, um den Erfolg des Anrufs nicht zu belasten. »Jordan, guten Abend. Spreche ich mit Frau Xavier?«

»Was wollen Sie?«, kam es mürrisch zurück. Offensichtlich wollte sich die Frau nicht vorstellen, und Jonas entnahm ihrem Tonfall, daß ein Gespräch mit ihr nicht leicht sein würde.

»Entschuldigen Sie die späte Störung«, blieb Jojo verbindlich. »Ich bin der Sohn von Pfarrer Jordan aus Spangenberg, der ja ein Kollege Ihres Vaters war.«

»Der Vorgesetzte!«, korrigierte Grit Xavier. Sie hatte offenbar sofort verstanden, schien jedoch keine herzlichen Erinnerungen zu besitzen.

Jojo deutete an, daß er etwas aus der gemeinsamen Zeit vor knapp fünfzig Jahren in Erfahrung bringen wollte und bat die Frau um einen Besuchstermin. Zu seinem Erstaunen willigte sie ein: »Kommen Sie halt vorbei, ich bin zuhause.« Noch immer klang sie nach schlechter Laune. »Aber nach halb zehn mach ich nicht mehr auf!«

Jojo blickte auf die Uhr. Das konnte er schaffen. »Gut, vielen Dank«, sagte er, »ich bin in einer Stunde bei Ihnen.«

Der Vogelsberg gehört wie Rhön, Spessart und Odenwald zu den hessischen Mittelgebirgen, die erst in historisch später Zeit besiedelt wurden. Hier hatten Kleinbauern, Köhler und Tagelöhner kärglich gelebt und versucht, dem steinigen Boden etwas abzuringen. Aus nackter Not waren in vergangenen Jahrhunderten manche zu Räubern geworden, und wenn die Feudalherren jener Zeit auch meinten, durch öffentliche Hinrichtungen die Armen vom Stehlen und Unterschlagen abzuschrecken, so versagte ihnen doch ihr Klassendünkel die Erkenntnis der Ursachen.

Die Zeit der Kleinkriminellen war lange vorbei. Die Räuber saßen heute in Armani-Anzügen an Teakholz-Schreibtischen, und Diebstahl hieß heute *Kreditvergabe* und *Stromgebühren*, Unterschlagung nannte man *Hedgefonds* und *Liechtenstein*, Mord ließ sich übersetzen mit *Rüstungsprofiten* und *internationaler Verantwortung*. Und alles war längst legal.

Noch immer aber war der Vogelsberg spärlich besiedelt, verglich man ihn mit Metropolregionen wie Frankfurt, Mannheim oder München. Verirrte sich einmal ein Tourist etwa aus Bochum in die Gegend um Lauterbach, so mußte er sich vorkommen wie in den endlosen Weiten Kanadas. Auch der Menschenschlag dieser Region hatte sich nicht viel geändert. Karg wie der Boden waren die Gespräche, hart der Dialekt, und es brauchte geraume Zeit, bis sich ein Einheimischer einem Fremden öffnete.

Vadenrod lag im nördlichen Teil des Vogelsbergs. Das Dörfchen war mit anderen zu der Kunstgemeinde Schwalmtal zusammengelegt worden. Die sogenannte Gemeindereform der 1960er und 1970er Jahre, in ganz Westdeutschland durchgeführt, hatte lediglich dem Zweck gedient, solvente Gemeinden zum Blutspendedienst gegenüber verschuldeten Städten zu zwingen. Was natürlich beider Pleite nach sich zog.

Nach Vadenrod führten zwei kleine Landstraßen hinein, auf denen nur unterwegs war, wer hier etwas zu suchen hatte. Jojo bog im Dorf rechts ab, am Backhäuschen vorbei, um nach der Brücke links in die Stichstraße zu fahren, in der Grit Xavier wohnte. Vor einem kleinen alten Haus hielt er an. Das Häuschen mochte einmal eine Tagelöhner-Kate gewesen sein, und man sah ihm trotz der Dämmerung an, daß sein Besitzer schon lange keinen Cent mehr in die Erhaltung gesteckt hatte. Der kleine Vorgarten voller Unkraut verstärkte die Ärmlichkeit, und der rostige Opel Corsa, der davor parkte, konnte diesen Eindruck auch nicht gerade korrigieren.

Jojo mußte einige Zeit warten, bevor auf sein Klingeln Licht hinter der Milchglasscheibe der Eingangstür aufleuchtete. Eine korpulente Frau in Leggins und einem ausgewaschenen Sweatshirt öffnete. Unter dem strähnigen Haar schaute ihn ein mißmutiges Gesicht an und schwieg. In der Hand hielt sie eine Zigarette. Sie schien auf die Siebzig zuzugehen, doch Jojo wußte, daß Grit Xavier lediglich drei Jahre älter war als er. Sie mußte demnach jetzt siebenundfünfzig Jahre alt sein.

»Jordan, guten Abend. Wir hatten miteinander telefoniert.« Ohne ein Wort zu sagen, nahm die Frau die Zigarette zwischen die Lippen, winkte ihn herein, drehte sich um und ging ihm voraus. Jonas fragte sich, ob bei diesem Besuch überhaupt etwas herauskommen würde. Grit Xavier führte ihn in ein Zimmer, das mit alten Möbeln vollgestopft und offenbar lange nicht gelüftet worden war. Sie ließ sich auf ein Sofa unbestimmter Farbe fallen, überfüllt mit einer Unzahl von Puppen und Stofftieren. Davor stand ein Couchtisch aus den 1950er Jahren, bedeckt mit billigen Zeitschriften, dazwischen ein überfüllter Aschenbecher. An der gegenüberliegenden Wand lief ein Fernseher, die beiden kleinen Fenster besaßen keine Gardinen. Stattdessen waren die altersschwachen Rolläden heruntergelassen. Die Szenerie wurde von einem Deckenfluter aus den Achtzigern erhellt, dem offensichtlich jüngsten Einrichtungsgegenstand. Außer dem Sofa war ein Stuhl die einzige Sitzgelegenheit, und Jojo nahm Platz, nachdem die schweigsame Frau keine Anstalten gemacht hatte, ihm den Stuhl anzubieten. Sie nahm die Fernbedienung vom Tisch und stellte den Fernseher etwas leiser, ohne den Blick von ihm abzuwenden.

»Was willst du wissen?« Die ersten Worte, die die Gastgeberin an ihn richtete, klangen nicht einmal verbittert, sondern nur gleichgültig. Jonas registrierte, daß sie zum Du ihrer Kindheit übergegangen war. Offensichtlich konnte sie sich sehr gut an die gemeinsam verlebte Zeit erinnern. Das machte es ein wenig leichter.

»Wir sind 1966 aus Spangenberg weggezogen«, begann er, »da war ich elf Jahre alt. Nun hat man die Gebeine eines Kindes gefunden, das in den Jahren zuvor gestorben sein muß.« Jojo vermied es, von einem Mord zu reden. Angesichts der ablehnenden Haltung von Grit Xavier wollte er seinerseits nur das Nötigste preisgeben. »In meiner Grundschulklasse«, fuhr er fort, »fehlte eines Tages ein Mädchen, das nie wieder auftauchte. Nun will ich wissen, ob irgend jemand etwas von einem vermißten Kind weiß.«

»Wie kommst du da auf mich?« Die Frau blickte noch immer unverwandt zum Fernseher.

»Du warst ein paar Jahre älter«, erläuterte Jonas, »und hast vielleicht etwas über deine Eltern mitbekommen.«

»Die sind beide lange tot. Und Lukas auch.« Erstmals wandte sie ihren Kopf und schaute Jojo an. »Nach mir gibt es keine Xaviers mehr.« Sie zog tief an ihrer Zigarette.

Es hörte sich an, als rechne sie stündlich mit ihrem Tod, was sie allerdings vollkommen gleichgültig ließ. Jojo fragte sich, was diese Frau trotz guter Voraussetzungen dermaßen auf den Bodensatz der Gesellschaft hatte sinken lassen. Laut fragte er: »Du weißt also nichts von einem verschwundenen Mädchen?«

»Nein.« Sie wandte ihre Aufmerksamkeit wieder dem TV-Apparat zu. Jojo haßte es, wenn während eines Gesprächs ein Kasten lief. Nicht nur hielt er es für eine grobe Unhöflichkeit dem Besucher gegenüber, sondern es erschwerte auch die Konzentration ungemein. Andererseits wußte er, daß ein rund um die Uhr laufender Fernseher zum Alltag vieler Familien gehörte, die das reichste Land Europas hatte fallen lassen. Sie brauchten diese Dauerdroge, um ihrem Elend wenigstens einen kleinen Teil Traumwelt entgegenzusetzen und um sich damit zu trösten, daß es anderen Menschen auf diesem Planeten noch viel dreckiger ging.

Was das verschwundene Mädchen betraf, kam er also hier nicht weiter. Grit Xavier konnte oder wollte nichts darüber berichten. So wechselte er das Thema. »Dein Bruder lebt nicht mehr?«, fragte er vorsichtig.

»Der hat sich umgebracht«, erwiderte die Frau. »Ist schon lange her.« Den Spielfilm, der im Fernsehen lief, schien sie nicht wahrzunehmen und durch den Apparat hindurchzuschauen. »Keine Ahnung, warum. Hat einen Zettel geschrieben, ist aber keiner daraus schlau geworden.«

»Das tut mir leid.«

Grit Xavier drehte nun wieder den Kopf und bedachte Jojo mit einem Blick, der deutlich formulierte: *'Was weißt du verwöhntes Bürschchen schon von Leid?'* Sie schwieg, und Jonas spürte, daß er damit gründlich verabschiedet wurde. Dennoch legte er eine Visitenkarte von sich auf den Tisch: »Das ist meine Adresse und Telefonnummer.« Er zögerte, erkannte dann aber, daß hier nichts mehr zu erfahren war. Schließlich sagte er: »Ich geh dann jetzt.«

Die Frau machte keine Anstalten aufzustehen, rauchte und schwieg. Der Fernsehfilm nahm sie wieder in Beschlag. Jojo stand auf, verließ das Haus und schloß die Eingangstür hinter sich. Er war froh, eine Motorradfahrt durch eine milde Sommernacht vor sich zu haben, einen Fahrtwind voller Gerüche nach abkühlendem Asphalt, Blumen und Gras, der ihm quälende Gedanken aus dem Kopf blasen würde.

Zehn

Cemalettin Doğan lehnte am Tisch. Seine dunklen Augen wanderten zwischen dem A4-Blatt in seiner Hand und der Wanduhr hin und her. Schlank und mittelgroß, war er gekleidet in einen teuren, perfekt sitzenden Anzug in hellem Beige. Ein eierschalenfarbenes Hemd, eine korrekte dunkelblaue Krawatte und helle Wildlederschuhe vervollständigten die gepflegte Erscheinung, der man ansah, daß ihr Träger großen Wert auf Geschmack legte. Wer den blonden Kurzhaarschnitt und das glattrasierte Kinn betrachtete, wäre nie auf die Idee gekommen, daß sein Vater aus dem tiefsten Anatolien stammte. Doğan, den alle seine Freunde schlicht Cem nannten, war in Baunatal aufgewachsen und besaß seit seinem achtzehnten Lebensjahr die deutsche Staatsbürgerschaft.

Nun war er einundvierzig Jahre alt und furchtbar schlecht gelaunt.

Cem Doğan war Oberkommissar der Regionalen Kriminalinspektion Schwalm-Eder mit Sitz in Homberg an der Efze. In der Hand hielt er das Fax, das er persönlich am vergangenen Freitag an die Melsunger Polizeidienststelle geschickt und angekündigt hatte, daß er anläßlich eines Knochenfundes in der Spangenberger Kirche ein möglicherweise vor fünfzig Jahren begangenes Gewaltverbrechen untersuchen wolle. Und heute, am folgenden Dienstag, lehnte Doğan am Tisch dieser Dienststelle und wartete auf die beiden Streifenbeamten, die, so hatte er der Beschwerde einer aufgebrachten Pfarrerin entnehmen müssen, am Sonntag die längst knochenlose Kirche abgesperrt und die Kirchgänger am Gottesdienst versucht hatten zu hindern.

Kiefer und Kuminz waren unterwegs auf Streife und bemühten sich, die Ankunft im Revier so lange wie möglich hinauszuschieben. Das war allerdings eine schlechte Idee, denn je länger ihr Eintreffen auf sich warten ließ, desto höher kochte der Zorn in Doğans Brust, zumal er Zeit hatte, sich telefonisch über die beiden zu erkundigen.

Gegen halb zehn schließlich traten die zwei Beamten ein. Karl Kuminz warf einen kurzen Blick auf Doğan, nickte zur Begrüßung und lenkte seine Schritte schnurstracks Richtung Toilette. Der Kommissar vertrat ihm den Weg.

»Gedulden Sie sich bitte noch einen Augenblick, Herr Kollege«, bat er den Dicken mit sanfter Stimme, die von Höflichkeit troff. Zögernd stellte sich Kuminz wieder neben den dünnen Polizeimeister. Doğan stellte sich kurz vor. »Ich hörte«, fuhr er dann fort, »Sie hatten am Sonntag etwas Ärger in Spangenberg? Welcher Art war das Problem?«

Aus Konrad Kiefer, der von einem Bein aufs andere getreten war und hektisch an seiner Mütze herumfummelte, sprudelte es heraus: »Sie hatten doch dieses Fax, Gewaltverbrechen in der Spangenberger Kirche, die Pfarrerin, wir haben den Tatort, Spurensicherung, kollektiv haben die sich den polizeilichen Anordnungen widersetzt, die Frau hat sogar, Widerstand gegen die Staatsgewalt, Tatort, Absperrband zerrissen, körperlicher Angriff, ääähh.«

Karl Kuminz hatte seine Dienstmütze ebenfalls abgenommen und schaute zu dem hochgewachsenen Kollegen aus den Augenwinkeln hinauf. Man sah ihm an, daß er in diesem Augenblick lieber dem körperlichen Angriff des schnaubenden Kirchenchorleiters ausgesetzt gewesen wäre als dem Oberkommissar aus Homberg.

Dieser säuselte mit samtener Stimme: »Ich darf Ihren Bericht ergänzen, meine Herren. Sie haben, ohne dazu aufgefordert oder befugt gewesen zu sein, die gesamte Kirche polizeilich abgesperrt und versucht, die Bürger am Betreten zu hindern. Und das, obwohl Sie durch das Fax wußten, daß es sich um einen fünfzig Jahre alten Fall handelt und mögliche Spuren nach einer solchen Zeit nahezu ausgeschlossen sind und auf jeden Fall nicht mehr durch Gottesdienstbesucher zerstört werden können.« Cemalettin Doğan war immer leiser geworden, so daß die beiden Beamten Schwierigkeiten hatten, ihn zu verstehen. Nun holte er Luft und brüllte so plötzlich los, daß Kuminz und Kiefer zusammenfuhren: »Welche Idioten machen hier Dienst? Reicht es nicht, Kiefer, daß Sie schon einmal versetzt wurden? Schalten Sie Ihr Hirn ein, Kuminz, wenn Sie es nicht schon durchs Klo gespült haben! Sie fahren jetzt auf der Stelle nach Spangenberg und entfernen die Absperrung!«

»Dadadas ... wir müssen aber ...«, stotterte Kiefer.

»Nichts müssen Sie!«, donnerte der Kommissar. »Außer meine Anweisungen befolgen!« Wieder leise fuhr er mit ätzender Stimme fort: »Und wenn ich noch die kleinste Beschwerde höre, dann gnade Ihnen Kassel und Wiesbaden!«

Karl Kuminz, so träge er sonst war, hatte Konrad Kiefer bereits am Ärmel gepackt und zur Tür gezogen. »A ... aber ...«, stammelte der, doch Kuminz sprach sein erstes und einziges Wort dieser Szene:

»Los!«

***

Zur gleichen Zeit, als zwei Streifenbeamte Hals über Kopf Melsungen verließen, wieherte Jojo ein Pferd ins Ohr. Der Journalist war erst spät in der Nacht in sein *Liebenbach*-Bett gekommen, und nun hörte der verdammte Gaul nicht auf zu wiehern, bis Jonas schließlich die Augen aufschlug. Er brauchte ein paar Sekunden, um sich zu orientieren, wo er war, währenddessen das Roß weiter schnaubte und schrie. Bis es Jojo aufging, daß sein Handy versuchte, ihn zu wecken. Der halbwüchsige Sohn von Freunden hatte ihm das Pferd als Klingelton aufgespielt, weshalb Jonas das Mobiltelefon auch meistens lediglich auf Vibration einstellte.

Jojo griff zum Handy und stoppte das Wiehern abrupt mit der grünen Taste. »Jordan.«

»Mensch, bis du dich mal meldest, kann man in Ruhe halb Nordhessen umbringen!«

»Morgen, Line«, gab Jojo zurück. »Der erste, der in Nordhessen stirbt, werde ich sein, weil mir mitten in der Nacht gehässige Kommissarinnen den Schlaf rauben.«

Line blieb dem Freund nichts schuldig: »Mitten in der Nacht? Muß ja gewaltig sein, dieser *Jetlag* von Barmen nach Kassel ...«

»... Spangenberg!«, korrigierte Jojo.

»... von mir aus Spangenberg. Es ist zehn Uhr fünfundzwanzig mitteleuropäische Sommerzeit, du Schnarchgesicht. Ich sollte dich anrufen, wenn ich weiß, ob sie dich in Kassel gleich einbuchten. Ich hab's ihnen jedenfalls empfohlen.«

»Du bist ein Schatzi!« Jojo war jetzt hellwach und saß auf der Bettkante.

»Das ist aber kein Schimpfwort!«, beschwerte sich Line.

»Bei mir schon«, entgegnete Jojo, »weil ich nicht weiß, ob ich 'Schaf' oder 'Ziege' sagen soll.«

Als Line mit Lachen geendet hatte, berichtete sie: »Wie vermutet, haben die Kollegen in Kassel den Fall an die Regionale Kriminalinspektion abgegeben, die für euch zuständig ist. Und dort wird er von Cem Doğan bearbeitet. Ich kenne Cem gut von einer gemeinsamen Fortbildung und habe ihn gleich angerufen. Er hat nichts gegen eine Zusammenarbeit mit dir, wenn du deine Schritte rechtzeitig mit ihm absprichst. Paß auf: Cem wirkt ein wenig arrogant, aber er ist ein hervorragender Ermittler.«

»Bei Arroganz kann ich mithalten«, war sich Jojo sicher. »Wahrscheinlich lerne ich ihn heute kennen, wir sind mit einem Kripo-Menschen um halb zwölf verabredet.«

»Dann schau mal auf die Uhr und komm in die Hufe«, forderte Line ihn auf. Bei dem Stichwort mußte Jojo wieder an den Handy-Gaul denken. Er wieherte. »Noch ein Tip«, fuhr die Kommissarin fort. »Wie ich das mitbekommen habe, sind die fraglichen Gebeine wohl etwa fünfzig Jahre alt. Erwarte daher kein allzu großes Engagement seitens der Kollegen. Es gibt genügend brandaktuelle Fälle, und die Personalausstattung ist eher bescheiden.«

Sie wünschten sich gegenseitig Erfolg. Jojo kleidete sich an und stellte fest, daß er noch Zeit hatte, in Ruhe zu frühstücken. Der Himmel hatte sich bezogen, doch es sah nicht nach Regen aus. Um elf Uhr fünfzehn stieg er auf seine Maschine.

Als Jonas an der Kirche vorbeifuhr, bemerkte er einen Polizeikombi, dessen Heckklappe offenstand. Ein dicker Polizist hatte die

Arme voller Moniereisen und schleppte sie gerade keuchend zum Wagen. Ein langer dünner stand daneben und hatte sich offenbar in ein tausend Meter langes rot-weißes Absperrband verheddert. Während Arme und Oberkörper fast vollständig von Knäueln des Bandes bedeckt waren, trippelte er verzweifelt hinter dem Wagen hin und her. Er erinnerte Jojo an die berühmte Skulptur der Laokoon-Gruppe.

Das Bistro *Da Silvio* war fast leer. Die Mittagspause der Stammgäste aus der Altstadt hatte noch nicht begonnen. Beim Eintreten bemerkte Jojo gleich den Tisch am Fenster, wo Bea bereits saß. Der Polizist war noch nicht eingetroffen. Aufgeräumt begrüßte sie Jonas, als sei am vergangenen Vormittag nichts vorgefallen. Jojo war erleichtert.

Punkt halb zwölf erschien ein blonder Mann, dessen heller, bügelgefalteter Anzug makellos saß. Angesichts solcher Kleidung fragte sich Jojo immer, wie die Leute es schafften, die Jacken und Hosen ohne Flecken oder nur Staub über den Tag zu retten.

Cemalettin Doğan stellte sich vor und ließ sich von den beiden die Zusammenhänge schildern. Seinerseits zog er den Bericht der Gießener Gerichtsmedizin hervor und faßte ihn kurz zusammen. »Das Alter des Kinderskeletts konnte recht genau festgestellt werden. Darüber hinaus hat man an den Gebeinen Nagespuren von Tieren entdeckt.«

Das war den beiden anderen neu. »Können das Ratten gewesen sein?«, fragte Bea.

»Ja, aber man hat auch Bißspuren von größeren Tieren gefunden, Carnivoren wie etwa Füchse. Daraus schließen wir, daß die Leiche vor ihrer Verbringung in die Kirche möglicherweise in freier Natur lag.«

Als Jojo erzählte, daß zur fraglichen Zeit in seiner Grundschulklasse ein Mädchen nicht mehr aufgetaucht sei, sah ihn Bea groß an: »Davon hast du mir ja noch gar nichts gesagt!«

»Es ist auch nur ein leiser Verdacht«, wiegelte der Journalist ab. »Wahrscheinlich hat es gar nichts mit den Gebeinen zu tun.«

»Das werden wir anhand der Schulakten feststellen«, war sich Doğan sicher. »Derzeit überprüft eine Kollegin in Homberg, ob in der Zeit zwischen 1961 und 1963 im weiteren Umkreis ein Kind vermißt wurde. Es muß ja nicht unbedingt aus Spangenberg stammen.« Er zog sein Handy, ließ sich die Nummer der Burgsitz-Schule geben und kündigte sein Kommen an. Die Sekretärin versprach, die Schülerlisten jener drei Jahre herauszusuchen.

Schließlich bat der Kommissar Jojo und Bea, zuvor noch mit ihm den Kirchenboden zu besteigen. Skeptisch blickten beide auf seinen hellen Zwirn, was ihm nicht entging. »Machen Sie sich deswegen keine Sorgen«, meinte er, »das ist meine Arbeitskleidung.«

Tatsächlich entstieg Cem Doğan dem staubigen Kirchenboden ohne den geringsten Fleck. Sogar die hellen Wildlederschuhe waren sauber geblieben, während an Jojos Kleidung große graue Stellen davon zeugten, daß es einen Unterschied gab zwischen Kirchen und Operationssälen. Auch an Bea war die Exkursion nicht spurlos vorbeigegangen, und Jonas fragte sich, ob der Kommissar möglicherweise mit einer neuartigen Ganzkörper-Nano-Beschichtung versehen war.

Der Polizist verabschiedete sich Richtung Schule und versprach, die beiden Hobby-Ermittler telefonisch über seine Ergebnisse zu informieren.

***

Pasta al pesto dell'aglio orsino. Nudeln mit Bärlauch-Pesto. Das Stammessen bei *Silvio* hörte sich vielversprechend an, und Jojo mußte schlucken wie ein Pawlowscher Hund. Bea dagegen bestellte nach Karte: *zuppa di zucca* und danach *pere con formaggio di roquefort* – Kürbissuppe als Vorspeise und als Hauptgang Birnen mit Roquefort-Käse, eine nicht alltägliche Zusammenstellung mit französischem Einschlag.

Sie hatten sich wieder bei *Silvio* eingefunden, um ihr weiteres Vorgehen zu besprechen. Jojo berichtete von seinem Besuch bei Grit Xavier. »Der Anblick solcher Lebensumstände kann depressiv machen«, sagte er. »Sozialarbeiter wäre kein Beruf für mich.«

Bea verstand. »Das kenne ich«, meinte sie zwischen zwei Löffeln Kürbissuppe. »Ich war vor einem Monat auf einem Treffen von der Abschlußklasse meiner Realschule.«

»Realschule?«, unterbrach Jonas. »Ich denke, du hast studiert?«

»Zweiter Bildungsweg«, erläuterte die Historikerin. »Ich habe das Abi nachgemacht. – Jedenfalls hatte sich auf dem Klassentreffen eine ehemalige Mitschülerin eingefunden, die ähnlich abgerutscht war wie Grit Xavier. Von verschiedenen Männern drei Kinder, zwei davon im Heim. Arbeitslos und alkoholabhängig. Dabei hatte sie nicht die schlechtesten Voraussetzungen: Die Eltern besaßen ein kleines Geschäft, und sie galt bei uns sogar als Streberin. Nie in der Disco, hochmoralisch. Wollte dann wie ich weiter auf die Oberschule.«

»Aber?«, fragte Jojo und wickelte eine Gabel Bärlauch-Spaghetti auf. Silvios Koch hatte die Nudeln nach dem Garen noch kurz angebraten und etwas Olivenöl untergehoben, ein Gedicht.

»Noch im letzten Schuljahr wurde die hochmoralische Inga schwanger. Das war's dann natürlich mit dem Abi.«

Jonas konnte sich vorstellen, wie es weiterging. Suche nach der heilen Welt, Männerbekanntschaften, zweites und drittes Kind, kein Geld, Alkohol. »Und die Eltern?«, fragte er.

»Der despotische Vater wollte nichts mehr mit seiner Tochter zu tun haben, und die Mutter starb kurz darauf.«

»Schuld an dem Desaster sind wahrscheinlich wie immer die Achtundsechziger mit ihrer Freizügigkeit und antiautoritären Erziehung«, nickte Jonas.

»Natürlich«, bestätigte Bea. »Der Vater meinte, er habe seine Tochter als Kind nicht genug geprügelt.«

Jojo schüttelte den Kopf. »Wenn du Erzieher werden willst, brauchst du eine lange Ausbildung, bevor sie dich auf Kinder loslassen. Mit Recht. Aber jeder Depp kann welche in die Welt setzen. Kein Mensch fragt nach seiner Eignung, und er kann seine Kinder nach Belieben zu seelischen Krüppeln machen.« Er merkte, daß er schon wieder bitter wurde und wechselte das Thema. »Ich hoffe aber doch, daß nicht alle auf deinem Klassentreffen so mies drauf waren.«

»Nein, durchaus nicht«, meinte die junge Frau. »Der Rest war lediglich beschränkt. Die einzigen Themen waren Hochzeit, Reihenhaus, Auto, Klamotten und Kinder. Zum Verzweifeln. Selbst manche, die in der Schule noch halbwegs Grips gezeigt und unkonventionelle Ideen gehabt hatten, sind stumpfsinnig geworden. Stell dir vor, fast jede und jeder zeigte Fotos von seiner Hochzeitstorte herum! Ich war mit dem Motorrad angereist und wurde vollständig ignoriert. Sie konnten mich nicht einordnen in ihre Waschmittel-Welt.« Bea wurde von Silvio unterbrochen, der die Roquefort-Birnen servierte. »Eine Spezialität in diesem Bistro«, erläuterte sie Jojo und schob sich genießerisch den ersten Bissen in den Mund.

Während Jojo mit einem Stück geröstetem *ciabatta* seinen Teller ausstrich, kam ihm eine Idee. »Mir fällt auch ein Klassenkamerad ein, der noch in Spangenberg wohnt. Den könnte ich doch nach Lara fragen, zumal er meines Wissens in fast allen Vereinen aktiv ist.«

»Einverstanden. Und was könnte ich erledigen?«

»Wieso sind eigentlich die Gebeine nie erneut bestattet worden? Sie lagen doch Jahrzehnte, wenn nicht Jahrhunderte verstreut auf dem Kirchenboden, was offenbar niemanden störte. Ist das vereinbar mit kirchlichen Vorstellungen von Totenruhe?«

»Na ja, normale Gräber werden nach einigen Jahren auch wieder neu belegt«, gab Bea zu bedenken. »Was mit den dabei ausgehobenen Gebeinen geschieht, scheint keinen zu kümmern. Aber du hast recht. Wenn zur Zeit nichts weiter zu ermitteln ist, könnte ich mich mal wieder um meinen Job kümmern. Ich werde im Kasseler Archiv graben«, entschied sie.

Während sich die beiden satt und zufrieden zurücklehnten, piepte Beas Mobiltelefon. »Aschenbrenner. ... Hallo. ... Tatsächlich?« Sie setzte sich gerade. »Und man kann sie nirgends finden? ... Ja, vielleicht Anfang kommender Woche. ... Montag? In Ordnung. Bis bald.« Mit gekrauster Stirn drückte sie den roten Knopf. »Das war Doğan. Er rief von der Schule aus an, sie haben alles durchsucht – ausgerechnet die Schülerlisten des betreffenden Jahrgangs fehlen.«

»Merkwürdig«, meinte Jojo. »Meinst du, die hat jemand absichtlich verschwinden lassen?«

»Wäre natürlich möglich«, gab Bea zu.

»Das unterstellt, würde es bedeuten, daß das umgebrachte Mädchen tatsächlich von hier stammte. Offenbar kommen wir nur über Zeitzeugen weiter. Was hat denn der Kommissar nun vor?«

»Er meinte, daß er sich jetzt erst einmal um andere Arbeit kümmern muß, nach fünfzig Jahren komme es auf ein paar Wochen mehr nicht an. Er will nächste Woche wieder nach Spangenberg fahren. Da sollten wir uns mit ihm treffen.«

»War alles in Ordnung?« Silvio räumte ab, beide Gäste hoben die Daumen und bestellten je einen Espresso. »Wir haben heute *gemme siciliane* als Dessert im Angebot«, schlug der Italiener vor, »sizilianische Edelsteine. Eine Spezialität aus meiner Heimat. Darf ich Ihnen davon anbieten?« Nach einem Blick in die fragenden Gesichter erläuterte er: »Das ist eine scharfe kleine Süßigkeit. Probieren Sie, ich denke, Sie können es vertragen.« Er verschwand und kam mit einem Schälchen voller kleiner Schokoladenkugeln wieder. »Nehmen Sie jeder nur eins auf einmal«, empfahl er lächelnd und verzog sich hinter die Theke.

»Sizilianische Edelsteine« besitzen das Aussehen kleiner Schokoladen-Ostereier, und oberflächlich beleckt sind sie das auch. Was niemand ahnt: Unter dem Schokoguß verbirgt sich eine frische Knoblauch-Zehe, und zwar von der Sorte, die man als Bio-Raketenantrieb verwenden kann. Die beiden Hobby-Ermittler griffen zu, bissen hinein und kauten. In wenigen Sekunden bereuten sie dies, doch nun war es zu spät.

Bea und Jojo sprangen auf, die anderen Gäste des Bistros wandten sich zu ihnen um. Beide legten die Köpfe in den Nacken und untermalten ihren verzweifelten Steptanz mit Lauten, die Wildkaninchen von sich geben, wenn sie die Klauen des Lämmergeiers spüren.

Silvio erwartete das *fortissimo*, das sich üblicherweise anschloß: Sobald sich eine auch nur kleine Lücke im Zuschauerkordon auftat, schoß der Gast in gestrecktem Galopp hindurch und beendete die Performance am nächstgelegenen Feuerwehrschlauch, durch den er die Löschvorräte des Stadtteils lenzte.

Bea und Jojo versagten Silvio dieses Finale. Stattdessen nahmen sie schweißtriefend wieder Platz und änderten die Espresso-Bestellung in zwei Apfelsaft-Schorle von je drei Litern.

Danza dell'aglio – immer wieder eine Darbietung von wilder Schönheit und kurzer Blüte, dachte der Italiener in sizilianischem Dialekt. Und meinte freundlich: »Pikant, nicht wahr?«

Elf

Es gibt Menschen, die vor ihre Haustür Fußabstreifer legen mit dem Aufdruck »Vorsicht, bissiger Hund«. Freundlicher ist da schon die Begrüßung »Willkommen!«, bei Harley-besitzenden Steuerberatern gern abgewandelt zu »Bikers welcome«. Wer Beziehungen zu Steinmetzen pflegt oder häufiger die Kitsch-Abteilung von Baumärkten besucht, hat im Halbrund über der Tür stehen »Tritt näher«, »Gott segne dieses Haus« oder »Familie Spießer« – je nach Geldbeutel in Gips oder Marmor.

Jojo stand vor einem Haus, dessen Besitzer diese Mode parodierte. Über der Tür prangte der Schriftzug »Zum fremden Hering«. Ein Uneingeweihter hätte sich ratlos an der Unterlippe gekratzt oder das Gebäude für ein ehemaliges Fischrestaurant gehalten. Jonas aber wußte, daß die Siedlung »Eigene Scholle« hieß und der Hausbesitzer seit frühester Jugend fürs Leben gern kalauerte.

Jojo klingelte. Eine schlanke Frau um die Fünfzig öffnete und fiel ihm gleich um den Hals. »Jojo, grüß dich! Komm rein, der Stefan sitzt auf der Terrasse.«

Das stimmte nicht ganz, denn schon im Flur kam ihnen ein Hüne von Mann lachend entgegen. Stefan Quick hieb Jojo auf die Schulter, daß dieser um sein Schlüsselbein fürchtete. »Heroin-spaziert, mein Alter, sei gegruselt«, begrüßte ihn der Freund. »Wir sitzen im Grauen und schaukeln dieses und jenes.« Jonas folgte ihm gehorsam.

Stefan Quick und Jojo kannten sich seit dem ersten Schultag. Der Altersunterschied zwischen ihnen betrug vier Tage, und sie waren als Kinder unzertrennlich gewesen. Sie waren durch gemeinsame Streiche verbunden, und das einzige, was sie schied, waren Körpergröße und unterschiedliche elektrische Eisenbahnen – Jojo spielte mit wechselstrom-betriebenen Märklin-Zügen, während Stefan Gleichstrom und Trix bevorzugte.

Obwohl Jonas mit elf Jahren Spangenberg hatte verlassen müssen, war der Kontakt über all die Jahrzehnte erhalten geblieben. Mittlerweile war Stefans blondes Haar reichlich gelichtet. Er sprach augenzwinkernd von einer »hohen Stirn« und daß demnächst wohl eine »hautfarbene Badekappe« zu seiner Grundausstattung gehöre.

Nachdem er einst mit fünfzehn Jahren einige Schulaufsätze mit dem Kürzel »Steq« gezeichnet hatte, war dies als Spitzname an ihm hängen geblieben. Später war Steq Mitarbeiter in einer Anwaltskanzlei geworden. Seine Lebensgefährtin hatte er sich mit Bedacht ausgesucht. Cläre Quick, ebenso blond wie ihr Mann, hübsch und intelligent, war sich für praktische Arbeit nicht zu schade.

Die zwei Kinder der beiden waren längst erwachsen und lebten in Norddeutschland, was Steq und Cläre Gelegenheit gab, noch mehr als bisher im gesellschaftlichen Leben des Städtchens mitzumischen. Sie kannten jedes und jeden und gestanden selbst unangenehmen Mitbürgern gute Seiten zu.

Natürlich hatte Cläre bereits Kaffee und Kuchen gerichtet, nachdem Jojo sein Kommen telefonisch angekündigt hatte. Noch vom Knoblauch-Geschmack durchlodert, mußte er jedoch die süßen Stückchen ablehnen. Seine Gastgeber amüsierten sich heftig, als er von seiner Begegnung mit sizilianischen Edelsteinen erzählte. Steq, der sich eine seiner vielen Pfeifen gestopft und angeraucht hatte, kannte Silvio gut und teilte dessen hintergründigen Humor.

Die beiden Männer erzählten eine Weile von alten Zeiten und frischten Erinnerungen an gemeinsame Abenteuer gegenseitig auf. Steq, der ein altes Fotoalbum heranschleppte, witzelte: »Komisch: Je älter die Bilder sind, desto jünger sieht man darauf aus.«

Schließlich kam Jonas auf das verschwundene Mädchen zu sprechen. »Kannst du dich an Lara erinnern? Sie war mit uns in der ersten Klasse und verschwand plötzlich spurlos.«

Steq wurde ernst und dachte nach. In der Grundschule waren sie nahezu vierzig Kinder in der Klasse gewesen, und beim besten Willen sagte ihm der Name des Mädchens nichts.

»Lebt Jutta Fondergrün noch?«, wollte Jojo dann wissen.

Steq schüttelte den Kopf. Die alte Lehrerin war bereits vor vielen Jahren gestorben. »Sie wäre ja jetzt über hundert Jahre alt.« Auch fast alle anderen früheren Lehrer lebten nicht mehr oder waren mit Beginn ihres Ruhestands fortgezogen. »Der einzige, den man noch fragen könnte, wäre Wilfried Grundlach. Soll ich das mal übernehmen? Ich kenne ihn recht gut aus dem Gesangsverein.«

Jojo erinnerte sich, daß die Sportstunden der ersten Schuljahre von Grundlach unterrichtet worden waren. »Das wäre nett«, nickte er. »Es dürfte zwar unwahrscheinlich sein, daß er sich von hunderten Kindern seiner Laufbahn an ein einziges erinnert, aber man sollte besser nichts unversucht lassen.«

Cläre und Steq drängten ihn, bei ihnen zu übernachten, doch Jojo lehnte ab. »Zum einen habe ich schon ein Zimmer im *Liebenbach*, zum anderen bleibe ich wohl noch einige Zeit, bis Klarheit in den Fall gekommen ist.« Quicks sahen das ein, hofften jedoch mit ihm, sie in diesen Tagen häufiger zu besuchen.

Auf der Türschwelle sah Steq zum Himmel hinauf. Die Wolken waren dunkler geworden, und von Westen zog eine schwarze Wand heran. »Bald wird's in Gießen strömen«, kalauerte er.

»Dann zerre ich mal am Kabel«, konterte Jojo. »Vielen Dank, auch im Namen meiner Eltern!« Und fuhr vom Hof.

***

Kassel besitzt einen bekannten Schloßpark, der sich von der Bergspitze Wilhelmshöhe im Westen bis an den Rand der Großstadt hinunterzieht. Er ist gespickt mit künstlichen Wasserfällen, Grotten, Teichen, Brücken und Aquädukten, Burgruinen im Mittelalter-Stil, einem »chinesischen Dorf« und nachgemachten griechischen Tempeln – kurz, einer Unmenge von Kitsch, den Einbildungsbürger mit wichtigen Mienen als Kunst bezeichnen, nur weil die geschmackfreien Auftraggeber einige Jahrzehnte lang tot sind. Immerhin stammt der Name des Parks nicht vom letzten deutschen Kaiser, der als preußischer Verbrecher einen Weltkrieg anzettelte und gemeinsam mit den Despoten anderer Länder über siebzehn Millionen Menschen in den Tod trieb, sondern von einem Kurprinzen, der um die Wende zum neunzehnten Jahrhundert lebte. An der höchsten Stelle des historischen Disneylands thront eine gewaltige Skulptur, ein über neun Meter hoher Herkules, hohl wie die adeligen Köpfe seiner Erbauer, doch im Gegensatz zu jenen von innen begehbar.

Zum Park führt eine breite Straße empor, die Wilhelmshöher Allee. Hier residieren das Landeskirchenamt und der Bischof der Evangelischen Kirche von Kurhessen-Waldeck. Der Parkplatz für Bedienstete und Besucher liegt hinter dem Gebäude. An jenem Dienstag Nachmittag Ende August 2009 parkte dort eine Moto Guzzi V65 TT. Der Himmel hatte sich bezogen, und als gegen siebzehn Uhr eine junge Frau aus dem Gebäude trat, fielen die ersten Tropfen.

Beate Aschenbrenner ging nachdenklich auf ihr Motorrad zu. Der Bischof hatte wider Erwarten ein paar Minuten Zeit für ihre Fragen gehabt und ihr leutselig zugehört. Als aber die Stichworte 'Spangenberger Gebeine' und '1960er Jahre' fielen, war sein Gesicht plötzlich ausdruckslos geworden, und er hatte Beas Fragen nach der Totenruhe mit Allgemeinplätzen abgewimmelt, an einer heiligen Stätte sei durchaus eine angemessene Pietät gegeben, da es sich um den Boden einer Kirche handle. Schließlich hatte er die Historikerin hinauskomplimentiert, er habe nun dringende Termine.

Im Archiv war Bea danach auf lediglich eine einzige neue Information gestoßen. Die aber hatte es in sich: Pfarrer Jordan, damals bereits Dekan, war 1955 nach Spangenberg strafversetzt worden. Ein Grund dafür wurde in der dünnen Akte nicht genannt. Davon hatte ihr Jonas nichts erzählt. Warum? Was war damals passiert? Wo hatte Dekan Jordan zuvor amtiert? Sie nahm sich vor, dem Journalisten diese Fragen zu stellen, während sie die Regenkombi überstreifte.

Als Beate Aschenbrenner vom Parkplatz in die Wilhelmshöher Allee einbog, verklappten die Wolken ihren Inhalt großzügig und reichlich über Nordhessen. Es ist nicht unbedingt urlaubskartenpflichtig, sich im stockenden Berufsverkehr von Ampel zu Ampel zu quälen, während die Insassen der Bürgerkäfige, miserabel gelaunt von Wetter, brüllenden Chefs und schimpfenden Ehepartnern, keinerlei Rücksicht auf tropfnasse Motorradfahrerinnen nehmen, denen das Visier beschlägt und die von Scheinwerferlichtern geblendet werden.

Bea atmete auf, als sie Kassel endlich auf der B83 hinter sich lassen konnte. Dennoch blieb der Verkehr ebenso dicht wie der Regen. Die Straße Richtung Melsungen läuft rechts der Fulda entlang, einer der beiden Weser-Quellflüsse. Erst in Röhrenfurth führt die B83 auf das westliche Ufer hinüber. Am Ende der Brücke mündet von rechts der Lobenhäuser Weg auf die Bundesstraße.

Den grauen Lieferwagen, der von dort kam und das Stopschild mißachtete, sah Bea zu spät.

Zwölf

Der Sportunterricht am Nachmittag ist ausgefallen. Der Junge schwenkt den unbenutzten Turnbeutel und hüpft die Treppe zum Burgsitz hinunter. Am Brauhausplatz macht er halt. Interessiert schaut er dem Steinmetzen zu, wie dieser virtuos ein Wappen aus dem Sandstein meißelt, mit dem kürzlich der Brunnen am Kopf des Platzes eingefaßt wurde. Das Relief hat der Mann mit Bleistift vorgezeichnet, und mit dem runden Holzknüpfel und einem Schriftmeißel arbeitet er es Stück für Stück heraus. Er sitzt auf einem Schemel und hat sein Werkzeug im Kasten neben sich stehen. Um den Nacken hat er ein Handtuch geworfen, um sich ab und zu die Stirn zu wischen. Eine Flasche Wasser steht auch bereit. Als er merkt, daß er beobachtet wird, dreht er den Kopf dem Jungen zu und lächelt ihn an. Schließlich macht sich der Bub wieder auf den Weg.

Später sitzt er in seinem Versteck. Nur ein kleiner Junge hat hier Platz, wo er seine gesamten Schätze vor dem Zugriff der Erwachsenen in Sicherheit gebracht hat: zwei große Nordsee-Muscheln, sein Vermögen an Glasmurmeln – »Heiber« sagt man hier –, ein mit Polsternägeln besetztes Holzgewehr, eine Petroleum-Lampe, die er von einer Baustellen-Absperrung geklaut hat, mehrere zerlesene Comic-Hefte.

Keiner kann ihn hier sehen, keiner kann ihn finden. Aber er hat den Überblick. Wenn er das Gesicht dicht an die Bretterwand hält, kann er durch die Ritzen schauen.

Was der Junge am heutigen Dienstag sieht, ist zunächst ein gewohntes Bild: Das Mädchen sitzt auf dem Sofa und liest ein Bilderbuch. Das ist nicht besonders spannend, und er wendet sich ab. Doch dann hört er es, und, erneut durch die Ritze spähend, stellt er fest: Sie hat es auch gehört. Sie legt das Buch zitternd zur Seite.

Es ist die fünfte Stufe. Sie knarrt, wenn er heraufschleicht. Er kann sich noch so viel Mühe geben, leise zu sein – sie hört ihn dennoch. Wenn er doch wenigstens laut die Treppe hinaufpolterte! Die Angst wäre nicht geringer, aber es wäre schneller vorbei. Doch er fürchtet wohl, gehört zu werden. Obwohl das Haus, wie sie meint, leer ist, bis auf sie beide. Vielleicht will er auch nicht brutal wirken. Das macht es noch schlimmer. Sie spürt, wie sie sich verkrampft. Sie zieht die Knie an und kann nur noch stoßweise atmen.

Dann beginnt die Flucht. Es ist ihr mittlerweile ein Ritual, wie sie sich von ihrem Körper löst, diesem Körper, mit dem er macht, was er will. Seit langer, langer Zeit, wie ihr scheint. Dieser Leib hat die Augen geschlossen, wie Kinder es tun, die nicht gesehen werden wollen. Ihr Leib erstarrt in Angst. Sie nicht. Sie ist gefühllos.

Leise öffnet er die Tür und verharrt im Rahmen, die Klinke in der Hand. »Hallo, mein Engel«, flüstert er.

Etwas ist anders als sonst.

Der Junge sitzt mit großen Augen hinter seiner Bretterwand und wagt nicht zu atmen. Was er sieht, kann er nicht glauben. Es wird ihn bis ans Ende seines kurzen Lebens verfolgen.

***

Vierzehn. Vierzehnmal hatte Jojo nun versucht, Bea zu erreichen. Nach über zehn Klingelzeichen tönte immer nur die Computerstimme: »Der Teilnehmer ist momentan nicht erreichbar. Bitte versuchen Sie es später noch einmal.« Drei SMS hatte er der Historikerin geschrieben. Und nun war es Donnerstag Mittag.

Der Journalist saß bei *Silvio*, rührte in seinem Espresso und ärgerte sich. Sie hatte ihm vorgeworfen, sein Mobiltelefon nicht eingeschaltet zu lassen, und jetzt hatte sie das ihre offenbar so tief im Tankrucksack vergraben, daß sie es nicht hörte. Eben wollte er aufbrechen, da vibrierte seins. Die Nummer auf dem Display war ihm unbekannt.

»Jordan.«

»Spreche ich, wir müssen Ihnen, die Nummer, Dienststelle Melsungen, wobei wir, ääähh?«

Jojo konnte mit dem fisteligen Gestammel nichts anfangen. »Bitte, mit wem spreche ich denn?« Er war kurz davor aufzulegen.

»Kiefer. Polizeimeister. Klinik. Jordan?«

»Ja. Jonas Jordan am Apparat. Um was geht es denn?« Jojo konnte sich nicht vorstellen, daß ein Polizist im Dienst derart betrunken war, daß er keine zusammenhängenden Sätze mehr hervorbrachte.

»Frau äääähh Aschenbrenner. Visitenkarte. Ihre Nummer. Vielleicht ääh ...« Die Stimme des Anrufers entfernte sich, und Jonas hörte, wie er im Hintergrund sagte: »Karl, du, Jordan. Hier.« Offenbar übergab der Alptraum aller Logopäden sein Handy an jemand anderen, und Jojo vernahm kurz darauf eine zweite, tiefere Stimme, die sich glücklicherweise artikulieren konnte: »Polizeiobermeister Kuminz hier. Herr Jordan?«

»Ja!« Jojo wurde langsam ungeduldig. »Was ist mit Frau Aschenbrenner?«

»Wir haben Ihre Nummer auf einer Visitenkarte bei Frau Aschenbrenner gefunden. Ich rufe vom Kreiskrankenhaus Melsungen an. Frau Aschenbrenner hatte einen Unfall und wird derzeit auf der Intensivstation betreut.«

Jojo war aufgesprungen. »Ein Unfall? Was ist passiert?«

»Das besprechen Sie am besten mit den Ärzten. Ich weiß aber nicht, ob Sie Frau Aschenbrenner besuchen dürfen. Derzeit scheint sie sowieso nicht bei Bewußtsein zu sein.«

Jonas ließ sich die Adresse der Klinik geben, dankte, zahlte hastig und sprang auf seine Montesa. Das also war der Grund, warum Bea nicht geantwortet hatte! Jojo entschuldigte sich innerlich bei ihr und gab dem Motorrad die Sporen. Nachdem es am Dienstag abend und den halben Mittwoch heftig geregnet hatte, waren die Straßen nun wieder trocken.

Wann konnte der Unfall passiert sein? Was war mit Bea? Und warum war er dermaßen aufgewühlt?

***

»Nein, Frau Aschenbrenner liegt nicht auf der Intensivstation.« Der Mann an der Pforte schaute auf seinen Bildschirm. »Sie wurde Dienstag abend operiert und ist in der Chirurgie untergebracht.«

Jojo war erleichtert. Die Polizisten hatten offenbar etwas falsch verstanden. Er ließ sich den Weg zur chirurgischen Abteilung beschreiben, hatte Glück und erwischte den Stationsarzt.

»Sind Sie mit Frau Aschenbrenner verwandt?«, fragte Doktor Ferdinand Plaut mißtrauisch, nachdem sie sich gegenseitig vorgestellt hatten. Die Datenschutz-Hysterie hatte anscheinend auch Melsungen erreicht.

Jojo erklärte das Verhältnis und verwies darauf, daß ihn die Polizei informiert hatte. Der Arzt schüttelte den Kopf. »Üblicherweise dürfen nur Angehörige benachrichtigt werden. Aber vielleicht war kein Verwandter aufzutreiben, und die beiden Polizisten geben sich traditionell ohnehin wenig Mühe in solchen Dingen.« Er seufzte und weihte Jonas ein. »Ihre Kollegin hatte einen Verkehrsunfall und wurde am Dienstag abend eingeliefert. Wir haben einen offenen Unterschenkelbruch operiert. Außerdem sind noch mehrere Rippen gebrochen, und sie hat ein HWS-Syndrom.«

»HWS?« Jojo war mit medizinischen Kürzeln nicht vertraut.

»Halswirbelsäule«, erläuterte der Weißgekleidete. »In diesem Fall ein leichtes Schleudertrauma. Schließlich hat Frau Aschenbrenner noch eine starke Gehirnerschütterung erlitten, weshalb Sie sie auch noch nicht besuchen dürfen. Sie braucht ein paar Tage absolute Ruhe. Vielleicht kommen Sie am Sonntag wieder.«

»Wissen Sie, wie das passiert ist? Und wo ihr Motorrad jetzt steht?«

Plaut schüttelte den Kopf. »Da fragen Sie am besten bei Polizei und Rettungssanitätern nach, die waren ja vor Ort.«

Jojo hatte keine Lust auf ein erneutes Gespräch mit stotternden Polizisten und ließ sich die Nummer des Rettungsdienstes geben.

»Kennen Sie Angehörige von Frau Aschenbrenner?«, wollte nun der Arzt wissen.

»Nein, ich weiß nur, daß sie allein in einem Dorf bei Spangenberg wohnt«, bekannte der Journalist. »Aber sobald ich mit ihr sprechen kann, frage ich sie danach und übernehme auch die Benachrichtigung.«

Das war dem Stationsarzt recht. Jojo hinterließ seine Mobilnummer, bedankte sich und verließ die Klinik.

Der Mann am Telefon der Rettungsstelle brauchte nur wenige Sekunden, um herauszufinden, wer zum Unfall in Röhrenfurth geschickt worden war. »Dienstag abend hatte Einsatzwagen 8 Dienst, Herr Fintel und Herr Lamprecht.«

Jojo traute seinen Ohren nicht. »Lamprecht? Kilian Lamprecht?«

»Ja, kennen Sie ihn?«

»Und ob! Ist er zu erreichen?«

»Herr Lamprecht ist noch im Dienst, aber er hat in einer halben

Stunde Feierabend. Kommen Sie doch vorbei, dann sehen Sie ihn hier.« Das ließ sich Jojo nicht zweimal sagen.

Er hatte Kilian vor Jahren bei einem *STRESS-PRESS*-Treffen kennen gelernt und für eine Motorradzeitschrift einen Bericht über dessen umgebautes BMW-Gespann verfaßt. Der Sanitäter hatte die Dreiradelektrik minimiert, einen Schwingsattel befestigt und das Fahrzeug saharagelb lackiert. Kilian war gerade von einem Einsatz aus Jugoslawien zurückgekehrt gewesen, jenem Land, in das von außen Zwist und Krieg hineingetragen worden waren, wobei ein deutscher Außenminister eine unrühmliche Rolle gespielt hatte. Wer aber nun meinte, Lamprecht sei ein brutaler, kriegsgeiler Militarist, täuschte sich. Die Gründe für seinen Auslandseinsatz lagen ganz woanders, und hinter seiner durchaus kräftigen Statur und seinem Igelschnitt verbarg sich ein sensibler Mensch.

Als der Einsatzwagen 8 auf den Hof der Leitstelle fuhr, riß Kilian Lamprecht die Augen auf. Auf der Bank vor dem Gebäude saß Jojo in der Sonne. »Du hier und nicht im Knast?«, flachste der Sanitäter, als er ausstieg. Jonas allerdings war nicht zu Scherzen aufgelegt. Er kam gleich zur Sache. »Hör mal, vorgestern abend wart ihr in Röhrenfurth bei einem Mopped-Unfall. Was war da passiert?«

»Hast du damit zu tun«, fragte Lamprecht zurück, »oder willst du was drüber schreiben?«

»Die Frau ist eine Bekannte von mir«, gab Jojo an, »und ich darf sie noch nicht in der Klinik besuchen.«

»Eine Bekannte?« Lamprecht dehnte das zweite Wort bedeutungsschwer, und Jonas verdrehte die Augen. »Wir arbeiten zusammen an einer Recherche«, stellte er klar. »Jetzt sag mir, was passiert ist.«

»Deine Bekannte hatte keine Schuld. Es regnete Hunde und Katzen, und ein minderbemittelter Lieferwagenfahrer hat ihr die Vorfahrt genommen. Er war natürlich unverletzt, stand nur im Weg und textete uns in einer Endlosschleife zu, das Motorrad sei plötzlich aus dem Nichts aufgetaucht, und er könne jetzt seine Tour nicht zu Ende fahren. Die Frau war bewußtlos, aber stabil. Wir versorgten den offenen Beinbruch und fixierten sie mit einer Vakuum-Matratze, weil wir nicht wußten, ob die Wirbelsäule etwas abbekommen hat. Sie ist im Krankenhaus geröntgt und gleich operiert worden.«

»Schleudertrauma, Gehirnerschütterung und der Bruch, mehr ist ihr wohl nicht passiert. Sagt der Arzt.«

»Da hat sie Glück gehabt«, meinte Lamprecht. »Wir müssen immer wieder viel schlimmere Fälle einsammeln. Die Autofahrer betrachten ihre Blechbüchsen häufig als selbstfahrende Panzer, mit denen sie alles plattwalzen können.« Der Sanitäter verzog resignierend den Mund. »Ich wundere mich oft bei schweren Unfällen mit Kopfverletzungen, daß wir da noch Hirn finden.« In dem Beruf, stellte Jonas fest, durfte man nicht empfindlich sein. Vielleicht schützte sich Kilian aber auch durch seinen Sarkasmus, um das Grauen nicht an sich heranzulassen.

»Was geschah denn mit ihrer Maschine?«, wollte Jojo nun wissen.

»Darum kümmern wir uns nicht, das ist nicht unser Job«, meinte Lamprecht. »Üblicherweise beauftragt die Trachtengruppe einen Abschleppdienst –«

»Die Trachtengruppe?«, unterbrach der Journalist.

»Die grüne Fraktion, die Polizei«, erläuterte der andere. »Das heißt, demnächst sind sie ja blau-weiß. Wie die Schlümpfe.« Er nannte Jojo die Adresse des Unternehmens, das vermutlich das Unfallmotorrad abtransportiert und eingelagert hatte.

Jonas bedankte sich bei dem Stresser-Kollegen und wünschte ihm einen entspannten Feierabend. Er hatte das Bedürfnis, mit Bea zu reden, sah aber ein, daß dies vor Sonntag nicht möglich war. Er entschied, sich wenigstens um ihre Maschine zu kümmern.

***

»Wir schließen aber bald.« Der bartstoppelige Alte in seinem ölverschmierten Overall saß in dem schmuddeligen Büro des Autoverwertungsbetriebs und schaute demonstrativ zur Wanduhr, die halb fünf nachmittags zeigte.

»Na klar, ich mach euch den Feierabend nicht kaputt.« Jojo versuchte, den richtigen Ton im Umgang mit Menschen zu treffen, die von ihrer Hände Arbeit lebten, die Wirtschaftsmaschine am laufen hielten und dennoch ihr Leben lang auf keinen grünen

Zweig kamen. Vielleicht, weil die Elstern und Finanzgeier, die in der Baumkrone saßen und sich anstrengungslos die Früchte schmecken ließen, die große Mehrheit, die die Werte schuf, nur als Dünger benutzten. Salz der Erde.

Der Alte grinste und zeigte dabei, daß die deutschen Krankenkassen schon lange keinen Zahnersatz mehr bezahlten. Er stand auf und führte den Journalisten in die angeschlossene Halle, die mit Unfallfahrzeugen gefüllt war. Als sie vor Beas Guzzi standen, fragte Jojo, ob er die Maschine abholen und reparieren dürfe.

»Nee, das geht nich so einfach«, lispelte der andere durch seine Zahnlücken. »Da brauchen wir erst die Freigabe von Staatsanwalt und Versicherung und dann mindestens eine Vollmacht vom Eigentümer.«

Jonas versprach, sich um die Papiere zu kümmern. »Ich will auch dafür sorgen, daß ihr eure Kosten ersetzt bekommt, für Abschleppen, Lagerung und so weiter.« Das mußte ohnehin die gegnerische Versicherung zahlen, die sich, das wußte Jojo aus Erfahrung, gerne davor drückte.

Der Alte grinste noch breiter. Das hörte er gerne, auch wenn er wohl nur einen schlecht entlohnten Rentnerjob auf dem Schrottplatz versah. Er schlurfte zurück in sein Kabäuschen und ließ Jonas mit der Guzzi allein.

Der besah sich das Motorrad nun genauer. Die üblichen sturzgefährdeten Teile waren zerbrochen, allerdings nur auf der linken Seite. Kupplungshebel, Handprotektor, Tacho, Scheinwerfer, Fußraste. Der Lenker war natürlich verbogen, ebenso das Vorderrad. Alles in allem schien der Schaden gar nicht so groß, wie er befürchtet hatte. Rahmen und Gabel hatten offenbar nichts abbekommen. Die Guzzi ließ sich nach seiner Einschätzung recht flott wieder fahrbereit machen.

Jojo zog sein Handy und dokumentierte mit der Foto-Funktion die offensichtlichen Schäden. Er war entschlossen, der hilflos in der Klinik liegenden Bea die Formalitäten abzunehmen. Er würde einen Anwalt und einen Gutachter beauftragen, die Versicherung des Lieferwagens in Erfahrung bringen und sich um die Reparatur der Maschine kümmern. Die alten Knochen mußten warten, die jungen Knochen von Beate waren Jonas bedeutend wichtiger.

Dreizehn

Sie hat das grüne Kleid wieder angezogen, obwohl es ihr kaum noch paßt. Sie wollen miteinander Kastanien sammeln und daraus lustige Figuren basteln, Knollenmännchen. Noch am späten Nachmittag sind sie aufgebrochen, obwohl sich in der Ferne bereits dunkle Wolken ballten.

Hier im dichten Wald am steilen Schloßberg ist kein Mensch zu sehen. Spaziergänger benutzen die lange Treppe ins Städtchen hinunter und verirren sich nicht auf den rutschigen Waldboden. Die beiden haben die Kastanien für sich allein. Leise klingen die Geräusche der Straßen und Gassen aus dem Tal herauf, übertönt von gelegentlichem Rascheln, wenn ein kleines Tier vor ihnen flüchtet. Erste Regentropfen fallen. Noch sind die Sammler geschützt durch das Blätterdach.

Sie erschrickt, als es über ihr schreit. Ein Eichelhäher steigt auf und schimpft über die beiden Zweibeiner, die sein Reich betreten. Er läßt eine blauschillendernde Feder fallen, die sie aufsammelt und in ihr Körbchen legt. »Das gibt einen schönen Kopfschmuck für das Knollenmännchen«, denkt sie.

Dann spürt sie eine schwere Hand auf der Schulter. Sie will sich umdrehen. Eine zweite Hand verhindert das. Die Finger legen sich um ihren Hals und drücken zu. Sie läßt das Körbchen fallen, Kastanien kullern den Hang hinunter.

Sie spürt dicke Regentropfen im Gesicht und auf den nackten Armen. Ihr wird weiß vor Augen. Das ist das letzte, was sie wahrnimmt. Erst lange, nachdem die Beine aufgehört haben zu strampeln, lassen die sehnigen Hände locker. Über Laub und braune Erde wird der kleine Körper ins Unterholz geschleift.

Jemand hebt das Körbchen auf und nimmt es mit. Es kehrt wieder Ruhe ein im Wald, es wird mucksmäuschenstill. Endgültig. Auf dem grünen Kleid liegt eine blauschimmernde Eichelhäherfeder.

***

»Na klar.« Steq zögerte keinen Augenblick am Telefon. »Du kommst morgen früh in unsere Kanzlei, und wir übernehmen den

Fall. Die Vollmacht von Frau Aschenbrenner können wir später nachholen.«

»Wie ist das mit eurem Honorar?«, wollte Jonas wissen.

»Wenn die Schuldfrage eindeutig ist, muß das die Versicherung des Unfallgegners übernehmen. Ihr müßt nichts vorstrecken. Und einen Schadensgutachter können wir auch beauftragen, wenn ihr einverstanden seid. Auch den muß die Versicherung bezahlen, deine Bekannte hat als Geschädigte die freie Gutachterwahl.«

Jojo war erleichtert, daß ihm jemand einen großen Teil der Formalitäten abnahm. Er bedankte sich.

»Dafür werden wir bezahlt«, entgegnete der Freund. »Aber es ist gut, daß du anrufst. Wegen deines verschwundenen Mädchens habe ich mit Wilfried Grundlach gesprochen.«

Jonas mußte erst auf das neue Thema umschalten. Grundlach? Richtig, das war der Sportlehrer gewesen, der einzige noch lebende Pädagoge, der Lara und ihn in der Grundschule unterrichtet hatte.

»Sag mal, was war denn damals los?«, fuhr Steq fort. »Als ich Grundlach gefragt habe, ob er sich an ein verschwundenes Mädchen aus unserem Jahrgang erinnert, ist er plötzlich blaß geworden, hat in eine andere Richtung geschaut, den Kopf geschüttelt und das Thema gewechselt. Er wollte ganz offensichtlich nichts dazu sagen, aber es war überdeutlich, daß er etwas wußte.«

»Meinst du«, fragte Jojo, »ich sollte dem Kripo-Kommissar einen Tip geben? Ihm kann Grundlach ja kaum eine Auskunft verweigern.«

Steq überlegte. »Warum nicht?«, meinte er schließlich. »Es sollte nur deutlich werden, daß nicht ich ihm die Polizei auf den Hals gehetzt habe. Ich hätte schließlich einen Ruf zu verlieren in diesem Dorf.« Er zögerte. »Aber es wäre besser, du würdest damit noch warten und vielleicht selber ein wenig recherchieren. Wilfried Grundlach hat seinerzeit sein Sportstudium in Heidelberg absolviert. Und du wohnst dort in der Nähe. Da müßte es dir doch möglich sein, ein wenig über sein Vorleben zu erfahren.«

Steq konnte nicht verbergen, daß er durch seine juristische Tätigkeit wußte, wie man Nachforschungen betrieb. Jojo war mit dem Vorschlag des Freundes einverstanden. Es war ohnehin Zeit, daß er sich mal wieder zuhause blicken ließ. Zwar wartete niemand auf ihn, sah man einmal von den Schafen auf der Wiese vor seinem Häuschen ab. Doch seine Waschmaschine gehörte dringend gefüttert, und die Post stapelte sich sicherlich im Briefkasten. Zuvor jedoch wollte er mit Bea sprechen und für die Reparatur ihres Motorrades sorgen. Mit Steq verabredete er sich für den Freitag Vormittag.

***

Das Gesicht des Grauhaarigen war rot angelaufen, zwei Zornesfalten zogen sich von der Nasenwurzel die fliehende Stirn hinauf. »Nennen Sie das 'warnen'?«, bebrüllte er den jungen Mann, daß dessen Frisur dadurch nach hinten gekämmt worden wäre, hätte er nicht ohnehin einen Pferdeschwanz getragen. »Sind wir die *Cosa Nostra*?«, tobte der Alte weiter. »Das Mädchen hätte tot sein können!«

»Es war nur ein Beinbruch«, wagte der Pferdeschwanz verschüchtert zu erwidern.

»'Nur'!«, schnaubte der Alte. »Seien Sie froh, daß die Frau bewußtlos war und Sie nicht erkannt hat!«

»Ich bin nicht selber gefahren«, versuchte sich der andere zu verteidigen. »Und mein Kontaktmann hatte den Auftrag, die Frau nur in einen Parkplatz abzudrängen und sie einzuschüchtern. Im Regen hat er wohl den Abstand falsch eingeschätzt.«

»Ein Kontaktmann?« Der Grauhaarige wurde gefährlich leise. »Das ist ja interessant. Wieviele Leute wollen Sie noch einweihen? Wie wär's, wenn Sie unsere Vorhaben im Internet veröffentlichen?« Plötzlich brüllte er erneut los, der Pferdeschwanz zuckte zusammen. »Sind Sie noch zu retten?«

»Ich ... ich dachte ...«

»Nichts! Nichts dachten Sie! Vielleicht fangen Sie mal mit Denken an! Sie werden das Mädchen wie besprochen warnen. Warnen, nicht töten! Und weitere 'Kontaktmänner' lassen Sie gefälligst außen vor!«

»Natürlich, aber ...«

»Nichts 'aber'! Und Sie wollen jetzt sicherlich gehen.«

Was immer der junge Mann noch zu erwidern vorgehabt hatte, schluckte er hinunter. Grußlos verließ er den Raum.

***

Nachdem Jojo Steqs Chef den Auftrag zur Regulierung erteilt und alle Daten übergeben hatte, stand ihm ein tatenloser Rest-Freitag bevor. Um irgend etwas zu tun, rief er Beas Krankenstation an. Nein, Doktor Plaut sei derzeit nicht zu sprechen, beschied ihn eine weibliche Stimme, er sei noch bei der Visite. Ob Herr Jordan nicht noch einmal um kurz vor Zwölf anrufen könne?

Danach ließ es der Journalist in Marburg klingeln. »Pettel?«, meldete sich die Stimme des Ex-Rennfahrers.

Jojo schilderte Michael Pettel den Unfall und vereinbarte mit ihm, daß der Marburger die verunfallte Maschine reparieren sollte. Der Schrauber erklärte sich sogar bereit, die Guzzi von dem Schrottplatz in Melsungen abzuholen, sobald die Freigabe aller Beteiligten erteilt war und er vom Anwalt darüber verständigt wurde. So hatte Jonas auch das erledigt.

Von Silvios Bistro aus rief er erneut die Klinik an. Diesmal erwischte er tatsächlich den Stationsarzt, der Jojos Drängen nachgab und ihm einen Besuch bei Bea bereits für Samstag gestattete. Er teilte Jonas sogar ihre Wohnadresse in Landefeld mit; die Patientin habe ihn beauftragt, Herrn Jordan zu bitten, nach ihrer Post zu schauen und Wechselwäsche mitzunehmen.

Jojo schwang sich auf die Montesa und glitt ins Pfieffetal hinab, vorbei an dem Wohnheim der *Milden Stiftungen* des Diakonischen Werks. Bald zeigte ein Wegweiser nach rechts. Sah man von der verbreiterten Straße ab, die natürlich alle fahrwerkstechnisch und intellektuell tiefergelegten Goldkettchenträger der Gegend zum Rasen animierte, erschien die Landschaft noch immer so ursprünglich wie zu Jonas' Kindheit. Die Wiesen und Felder hatten sich offenbar nicht verändert, und wäre plötzlich ein alter Güldner-Traktor oder ein Ackergaul hinter der nächsten Hecke erschienen, Jojo hätte es nicht gewundert.

Landefeld kam in Sicht.

Das Häuschen, in dem sich seine Partnerin (nannte er sie tatsächlich schon so?) eingemietet hatte, machte den Eindruck, als sei es von Umsiedlern oder Kleinbauern in den Fünfziger Jahren des vergangenen Jahrhunderts errichtet worden. Zwei einfache Garagen waren offenbar später hinzugekommen. Da Jojo die Voxan nicht entdeckte, von der Bea gesprochen hatte, nahm er an, daß das Motorrad in einer der beiden untergestellt war.

Neben der Eingangstür waren zwei Klingelschilder angeschraubt. Das obere war mit »B.A.« beschriftet, worunter Jonas die Melsunger Patientin vermutete. Ihm fiel auf, daß sich ihre Initialen wie ihr Rufname aussprachen: »Bea«.

Jojo drückte auf den unteren Klingelknopf, neben dem der Name »Rulfes« stand. Ein paar Geräusche entstanden hinter der Tür, bevor ein zierliches altes Mütterchen öffnete. Ihre Äuglein blitzten neugierig aus dem faltigen Gesicht.

»Mein Name ist Jordan«, stellte sich Jojo vor. »Frau Rulfes?«

»Ja. Kann ich Ihnen helfen?« Die Frau blickte an Jonas' Motorradkleidung hinab und schlußfolgerte: »Wollen Sie zu Frau Aschenbrenner? Die ist nicht zuhause.«

Jojo registrierte, daß sein Gegenüber offensichtlich genau Bescheid wußte über Ein- und Ausgang ihrer Mieterin. »Ich weiß«, sagte er. »Frau Aschenbrenner liegt im Melsunger Krankenhaus und hat mich gebeten, ihr ihre Post zu bringen.«

Frau Rulfes erschrak. »Ach Gottchen, ist ihr was passiert? Aber kommen Sie doch erst einmal rein.« Sie trippelte in den Flur zurück. Jonas folgte ihr in die Wohnküche, wo sie ihm am wachstuchbespannten Tisch einen Stuhl anbot.

Er setzte sich. Die Küche war wie in den 1950er Jahren eingerichtet. Ein weiß lackierter Küchenschrank mit Vitrinenaufsatz beherrschte eine Wand, Elektro- und Holzherd standen einträchtig beieinander, und daneben war offenbar vor vielen Jahren ein alter Spülstein durch eine Edelstahlspüle ersetzt worden, über der ein Wasserboiler hing. Alles blitzte vor Sauberkeit, und durch das offene Fenster wehte der Geruch frisch gemähten Heus herein. Hier war die Zeit stehengeblieben. Der Raum – und wahrscheinlich das ganze Haus – schien eine Kapsel zu sein, die, unverwundbar durch Kriege, Not und Fortschritt, durch die Epochen schwebte und ihren Inhalt konservierte.

Frau Rulfes setzte sich und schob die Blätter der Zeitung zusammen, die sie gerade am Küchentisch gelesen hatte. »Was ist denn mit Frau Aschenbrenner passiert?«

Jojo gab einen kurzen Abriß, wobei er die Unfallfolgen in mildem Licht darstellte, um die alte Frau nicht zu sehr aufzuregen. »Frau Aschenbrenner«, schloß er, »hat mich gebeten, ihr Post und Wäsche zu bringen. Können Sie mir ihre Wohnung öffnen?«

»Jaja, natürlich«, meinte die Vermieterin, machte jedoch keine Anstalten aufzustehen. Stattdessen erkundigte sie sich eindringlich nach dem Verhältnis zwischen Jojo und Bea, nur mühsam ihre Neugier unterdrückend. Auch ihre Enttäuschung konnte sie kaum verbergen, als sie erfuhr, daß die junge Frau lediglich eine »Journalistenkollegin« von Jonas Jordan sei.

»Jordan?«, fragte sie schließlich, um vielleicht doch noch den Tag mit einer freudigen Sensation aufzuwerten. »Sind Sie vielleicht mit dem Dekan Jordan verwandt?« Jojo bestätigte, daß das sein Vater gewesen sei. »Herr Jordan«, erwiderte Frau Rulfes darauf, »hat meinen Mann und mich vor vielen Jahren getraut.« Sie lächelte, wandte ihre Augen von Jonas ab und schien in weite Ferne zu blicken. »Alle haben ihn gemocht. Er war nicht so weltfremd und fromm wie die anderen Pfarrer. Er hat Witze gemacht und sich wirklich um uns gekümmert. Und wenn es in den schweren Anfangsjahren mal geklemmt hat, fand er immer Wege, den Leuten finanziell unter die Arme zu greifen.« Sie sah wieder Jonas an. »Manche haben das auch ausgenutzt. Aber alle waren ihm sehr dankbar. Lebt Ihr Vater noch?«

Jonas mußte verneinen. »Er ist schon vor über zwanzig Jahren gestorben. Er wurde fast siebenundachtzig Jahre alt.«

»Ja, die Zeit vergeht«, seufzte die alte Frau. »Mein Erwin ist jetzt auch schon acht Jahre tot. Bei seiner Beerdigung hat der Pfarrer nur geschwafelt. Ihr Vater hätte das viel besser gemacht, viel persönlicher und ...« – sie suchte nach Worten – »herzlicher. Der hätte uns wirklich trösten können.«

Jojo kam eine Idee. »Kannten Sie auch Pfarrer Xavier?«, fragte er Frau Rulfes.

»Ja, über seine Frau. Er betreute ja eine andere Gemeinde, und sie war Kindergartenhelferin in Spangenberg. Aber Frau Xavier leitete bei uns auch die Frauenhilfe. Einmal im Monat.« Jonas wußte, daß die »Frauenhilfe« einst ein evangelischer Zusammenschluß vornehmlich von Landfrauen gewesen war, die sich gegenseitig unterstützten. Kuren wurden angeboten, Weiterbildung und praktische Hilfen. Doch schon zu seiner Kindheit war die Frauenhilfe zu einem reinen Kaffeekränzchen verkommen. »Aber da bin ich nicht gerne hingegangen«, fuhr Frau Rulfes fort. »Sie hat fortwährend mit vibrierender Stimme aus der Bibel vorgelesen und fromme Vorträge gehalten. Und wenn mal eine von uns wirklich in Not war, dann gab's für sie von Hiltrud Xavier nur Moralpredigten. – Aber ich halte Sie auf mit meinem alten Geschwätz«, riß sie sich schließlich von ihren Erinnerungen los. »Sie wollen ja Sachen für Frau Aschenbrenner packen.« Damit stand sie auf, griff sich einen Schlüssel aus der Schublade des Schranks und trippelte Jojo voraus ins Obergeschoß.

Unter ihren neugierigen Blicken packte Jonas Beates Post und Wäsche in seinen Rucksack, hinterließ seine Visitenkarte, verabschiedete sich und startete die Montesa. Er hatte sich entschlossen, die Sträßchen zu erkunden, die auf der Landkarte gelb eingezeichnet waren.

Die Gegend östlich von Spangenberg hatte vor 1989 zum Grenzland gehört – die Kalten Krieger hatten es bis zuletzt »Zonenrandgebiet« genannt. Trotz Infrastrukturmaßnahmen und trotz der sogenannten »Zonenrandförderung« war es immer das Stiefkind Westdeutschlands geblieben, auch, weil es in Bonn als Aufmarschregion der Bundeswehr gedacht gewesen war. Für den »Tag X«, an dem die DDR mit Blut und Feuer wieder heim ins Reich geholt werden sollte. Zum Leidwesen der Militaristen waren ihnen jedoch schließlich die Geld- und Propagandakrieger zuvorgekommen.

Wie dem auch sei, die Geschichte hatte jedenfalls dafür gesorgt, daß hier die Zeit in vielerlei Hinsicht stehengeblieben war. Nur wenig Industrie störte den Eindruck von intakter Natur. Wälder, Wiesen und Äcker überzogen die sanften Hügel, in deren Tälern sich rotgeschindelte Dörfer duckten. Der Himmel zeigte lediglich eine Handvoll weißer Wolken, und Jojos Einzylinder brummte gleichmäßig die wenig befahrenen Straßen entlang, tuckerte an Bauernhöfen und Dorfplätzen vorbei und querte den einen oder anderen Bach. »Motorradwandern« nannte Jonas diese Art zu reisen, die ihm die liebste war. Sie erlaubte ihm, die Gerüche des Sommers am intensivsten wahrzunehmen, hier und da an einem Feldweg zu rasten und die Gedanken schweifen zu lassen.

So saß er jetzt auf einer Bank im Schatten eines mächtigen Solitärbaums. Vor ihm erstreckte sich ein weites Tal, über dem ein Bussardpärchen kreiste. Eine Drossel, die wohl in dem Gehölz links unten saß, stieß Warnrufe aus. Bussarde verspeisen nicht nur Mäuse.

Wie mochte alles zusammenpassen? Noch im ersten Schuljahr war seine Kinderliebe Lara spurlos verschwunden. An ihren Nachnamen konnte sich Jonas nicht mehr erinnern – wenn er ihn denn jemals gekannt hatte –, und auch die Schulakten jener Zeit waren nicht auffindbar. Im Jahre 2009, achtundvierzig Jahre danach, wurden die Gebeine eines Mädchens über dem Gewölbe der Spangenberger Kirche gefunden. Das Kind war vermutlich genau so alt gewesen wie Lara und augenscheinlich erwürgt worden. Doch Todes- oder Vermißtenanzeigen aus jenen Tagen gab es offenbar nicht.

Welche Rolle hatten die damaligen Lehrer gespielt? Was hatte sich in den Kirchengemeinden ereignet? Und nicht zuletzt: War Jojos eigene Familie darin verwickelt? Es war natürlich denkbar, daß weder Schule noch Kirche etwas mit dem Tod des Mädchens zu tun hatten. Vielleicht war es jemand völlig Fremdem zum Opfer gefallen? Hatten nicht noch mehr Menschen vom geheimen Speicher der Stadtkirche gewußt?

Aber Lara mußte doch Eltern gehabt haben. Hatten die ihre Tochter nicht vermißt und Himmel und Hölle in Bewegung gesetzt? Wenn ja: Warum war davon heute nichts mehr aktenkundig? Wenn nein: Warum verschweigt jemand das Verschwinden des eigenen Kindes? Jonas gab sich selbst die Antwort: Wenn derjenige – Vater oder Mutter oder beide – selber schuld an dem Verschwinden ist. Es wäre nicht das erste Mal, daß ein Kind in der eigenen Familie ermordet wird. Und in den bigotten Nachkriegsjahren wurde darüber noch häufiger der Schweigemantel gebreitet als heute. Die Mißhandlungen und seelischen Verkrüppelungen zigtausender Kinder in christlichen Heimen waren beredter Beleg dafür, Jojo konnte aus eigener Erfahrung ein Lied davon singen, da er einen Sommer in einem solchen Haus hatte verbringen müssen.

Suchten Doğan, Bea und er also vielleicht in einer falschen Richtung? Sollten sie sich nicht vielmehr um Laras Familie kümmern? Stop, falsch: In welcher Richtung der Kommissar ermittelte, war ja noch gar nicht klar. Möglicherweise hatte der bereits Spuren, von denen Jojo nichts wußte.

Wo war der Anfang des roten Fadens? Jonas fühlte sich wie an einer unbekannten Kreuzung: Welche Straße führte zum Ziel? Der Journalist beschloß, zunächst den bekannten Wegweisern zu folgen. Doğan anrufen, mit Bea reden, in Heidelberg nach Grundlach forschen. In dieser Reihenfolge.

Jojo zog sein Mobiltelefon aus dem Rucksack und mußte feststellen, daß er in einem Funkloch rastete. Nun denn, dann würde er es von Spangenberg aus versuchen. Er stieg auf die Montesa.

***

»Doğan. Guten Tag, Herr Jordan!« Offensichtlich hatte der Kommissar Jojos Handynummer bereits gespeichert, so daß ihm sein Display schon beim Klingeln den Namen anzeigte.

Nach Jojos Höflichkeitsverständnis enthob ihn das jedoch nicht davon, sich mit Namen zu melden: »Ja, Jordan hier. Ich grüße Sie und hoffe, daß ich nicht störe.«

»Doch«, erwiderte der Polizist, »bei langweiligster Schreibarbeit. Da lasse ich mich gerne stören. Was kann ich für Sie tun?«

Jojo berichtete zunächst von Beas Unfall. Cem Doğan schien bestürzt und erkundigte sich nach ihrem Aufenthalt. Auf Jojos Frage, ob er in seinen Ermittlungen bereits weiter gekommen sei, mußte der Kommissar verneinen. »Diesen alten Fall darf ich alleine bearbeiten, ein Ermittlungsteam gibt's nur bei aktuellen oder besonders wichtigen Fällen. So kann ich mich immer nur dann weiter darum kümmern, wenn mir die Tagesaufgaben Zeit dazu lassen.«

Jojo erzählte von seiner Idee, nach Laras Eltern zu forschen. »Natürlich«, gab Doğan ihm recht, »das liegt nahe. Aber die Schulakten sind verschwunden. Also müßte sich jemand ins Spangenberger Standesamt setzen und ganze Jahrgänge nach einem Mädchen-Vornamen durchforsten, um ihren Nachnamen zu erfahren. Mir fehlt die Zeit dazu. Ich habe dort angerufen und die Mitarbeiter um Amtshilfe gebeten. Aber die hatten offenbar in Vorbereitung des Stadtfestes Urlaubssperre, und die Hälfte von ihnen holt das jetzt nach. Der Rest hat umso mehr mit der liegengebliebenen Arbeit zu tun. Sie haben mir versprochen, nach dieser Lara zu suchen, aber es könne einige Wochen dauern.« Er seufzte. »Machen Sie's?«, fragte er dann Jonas direkt.

»Gut«, stimmte der zu. »Aber auch ich kann nicht gleich damit anfangen. Ich schlage vor, wer zuerst mit Suchen beginnt – die Stadtverwaltung oder ich –, hat gewonnen.« Schließlich erzählte er dem Kommissar von der merkwürdigen Reaktion des Sportlehrers Grundlach auf die Frage nach dem verschwundenen Mädchen. Jojo fragte den Polizisten, ob er etwas dagegen habe, daß er, Jonas, in Heidelberg zu Grundlach recherchiere.

Nein, natürlich nicht, stimmte Doğan erfreut zu. Er bitte nur darum, daß Bea und Jojo ihre jeweiligen Vorhaben rechtzeitig mit ihm abstimmten. Und das habe Herr Jordan ja soeben getan.

Sie verabschiedeten sich. Gut, Punkt eins der Liste wäre erledigt. Morgen würde Jonas Bea besuchen.

Noch erwärmt vom Motorradfahren, spürte Jojo Lust auf einen Biergarten, um den Tag ausklingen zu lassen. Biergarten – die Art der Gastronomie hatte sich, einst in Bayern beheimatet, mittlerweile bis in Deutschlands Norden ausgebreitet. Ursprünglich waren dies die kiesbestreuten Höfe bayerischer Brauereien gewesen. Unter mächtigen Kastanien hatten dort im Sommer die Gäste an einfachen Tischen und Bänken gesessen und das frische Bier genossen. Mahlzeiten oder Vesper – in Bayern hieß das Brotzeit – wurden nicht angeboten, so daß sich jeder, der Hunger hatte, sein Essen selber mitbrachte. Diese Tage waren zwischenzeitlich selbst in dem Freistaat vorbei, wenngleich die schönsten Biergärten auch heute noch kleinen privaten Landbrauereien angeschlossen waren.

Nördlich der Weißwurst-Grenze warb mittlerweile jeder Gasthof mit einem »Biergarten«, wenn er auch nur eine einzige rostige Klappgarnitur in einem betonierten Hinterhof unter einem Stück freien Himmels anbieten konnte.

Auf die *Grüne Gans* im Spangenberger Ortsteil Elbersdorf traf dies jedoch keinesfalls zu. Das Lokal bot einen traditionellen Freisitz unter schattigen Bäumen, der sich mit jedem bayerischen Pendant messen konnte. Jojo schaffte es, die Sorgen und Gedanken für diesen Abend auszublenden und genoß die örtliche Spezialität: Kasseler Krautshäuptchen mit Bratkartoffeln, dazu Apfelsekt.

Krautshäuptchen ist eine Art Weißkohl-Lasagne, die im Wasserbad gegart oder im Ofen gebacken und in Scheiben geschnitten wird. Der Koch der *Grünen Gans* briet diese schließlich noch an und servierte sie statt mit der traditionellen Senfsoße mit Meerrettich und Zitronenscheiben, was dem Ganzen an diesem lauen Sommerabend eine erfrischende Note gab. Mehr als ein Glas nordhessischen Cidre traute sich Jojo allerdings nicht zu. Immerhin wollte er die wenigen Kilometer zu seinem Bett unfallfrei zurücklegen.

Eine Stunde später kühlte der Motor seiner Maschine tickend ab, nachdem sie Jonas auf dem kleinen Parkplatz seines Domizils *Am Liebenbach* aufgebockt hatte. Das Pfieffetal unter ihm lag still, die Schemen der Bäume und Häuser verschmolzen in der Nacht. Eine schmale Mondsichel schob sich über den Hügelrücken am Horizont, und aus den Wiesen stieg der Geruch trocknenden Heus den Hang herauf.

***

Ein Tag auf dem Motorrad an der frischen Luft sorgt für tiefen und erholsamen Schlaf, ganz im Gegensatz zu langen Reisen in Blechkäfigen, die heutzutage auch noch mit einer spritfressenden Klimaanlage ausgestattet sind, damit die Insassen bloß nicht auf den Gedanken kommen, ein Fenster zu öffnen.

Als er am Samstag morgen erwachte, fühlte sich Jonas frisch und ausgeruht. Erstaunt stellte er fest, daß er sich regelrecht darauf freute, Bea wiederzusehen. Er duschte und mußte konstatieren, daß es wirklich höchste Zeit für frische Wäsche war. Nach dem Besuch in der Melsunger Klinik würde er sich daher auf jeden Fall Richtung Heidelberg auf den Weg machen, die Recherche im Spangenberger Standesamt hatte zu warten.

Beim Frühstück auf der sonnenbeschienenen Terrasse überlegte Jojo, ob er die Fahrt über Land oder auf der Autobahn zurücklegen sollte. Via A7 und A5 wäre er zwar in drei Stunden am Ziel, doch mit dem Motorrad war dies eher eine Quälerei. Schließlich entschied sich der Journalist für die Landstraße, auch wenn das mindestens doppelt so lange dauern würde. Über Vogelsberg, Spessart und Odenwald konnte er einerseits das Frankfurter Ballungsgebiet östlich umfahren, zum andern kam er in den Genuß der malerischsten Sträßchen, die Deutschlands Mitte zu bieten hat.

Jonas war kein Freund von Navigationsgeräten, die neuerdings auch für Motorräder angeboten wurden. Oft genug, so hatte er von nüchternen Benutzern erfahren, führten diese Computer in die Irre oder fielen gleich ganz aus. Und da sie auf das Satellitensystem des US-amerikanischen Militärs angewiesen waren, konnte es passieren, daß die Krieger aus Übersee hin und wieder die GPS-Koordinaten manipulierten, um ihre zahlreichen Gegner in aller Welt zu verwirren. Das führte natürlich zu falschen Angaben der Navis auch im zivilen Sektor, und es ging das Gerücht, daß manche grenzdebilen Autofahrer mit ihren Blechkäfigen unvermittelt in Seen oder Äckern gelandet seien.

Darüber hinaus liebte es Jonas, mit guten Straßenkarten seine Route zu planen und ein Roadbook zu schreiben. Die Technik eines Roadbooks war in den letzten Jahren völlig aus der Mode gekommen, viele konnten sich nicht einmal etwas darunter vorstellen. Jojo hingegen hatte es perfektioniert. Er hatte sich einen kleinen wasserdichten Kasten mit Klarsichtdeckel gebaut, den er auf den Lenker klipsen und sogar beleuchten konnte. Dort hinein kam ein Papierstreifen, der während der Fahrt vor- oder zurückgerollt wurde. Auf das Blatt notierte sich Jojo den Streckenverlauf: Art der Straße, wichtigste Orte, Abzweigungen. Sehr selten mußte er durch dieses System anhalten und auf der Karte nachschauen. Sein längstes Roadbook hatte er vor Jahren geschrieben, als er die Strecke von seinem Wohnort zu einem Motorradtreffen in den französischen Alpen ohne einen Meter Autobahn austüftelte, nur über kleinste Sträßchen durch Schwarzwald, Vogesen, Sundgau und Jura. In zwölf Stunden Fahrt hatte er danach ohne einen einzigen Blick auf die Landkarte zum Ziel gefunden, worauf er mächtig stolz war.

So nahm sich Jonas heute nach dem Frühstück die Zeit, die Strecke von Melsungen bis nach Sassenheim zu notieren, jenem kleinen Ort am Rande des Odenwalds, wo er wohnte. Mit gemischten Gefühlen stellte er fest, daß sie ganz in der Nähe von Vadenrod vorbeiführte, dem Wohnort Grit Xaviers. Schließlich klemmte er den beschriebenen Papierstreifen in sein Kästchen, schloß es, schulterte den Rucksack und machte sich auf den Weg. Die treue Montesa, ihres Abgas-Geschwürs befreit, wartete schon.

***

Als Jojo in das Krankenzimmer trat, war dieses stark abgedunkelt. Sobald sich seine Augen an das Dämmerlicht gewöhnt hatten, entdeckte er Beate Aschenbrenner in einem der beiden Betten. Das zweite Bett war leer, die Patientin unterzog sich wohl gerade einer Untersuchung.

Bea schlug die Augen auf und lächelte. »Hallo«, sagte sie mit unerwartet kräftiger Stimme, »schön, daß du kommst.«

Jojo blickte skeptisch auf ihr rechtes Bein, aus dem mehrere dünne Edelstahlbolzen herausragten, die über ein Metallgestell miteinander fixiert waren. Die Haut war großflächig mit rot eingetrocknetem Desinfektionsmittel überzogen. »Hast du Schmerzen?«

Bea verneinte. »Nur manchmal kneifen die gebrochenen Rippen. Meist ist es bloß grottenlangweilig«, beschwerte sie sich. »Ich darf nicht lesen, keine Musik hören. Wegen der Gehirnerschütterung. Ich hab immer gedacht«, flachste sie, »wo nichts sei, könne auch nichts erschüttert werden.«

»Weißt du, wie das passiert ist?«, fragte Jojo.

»Nein, ich habe einen Filmriß. Ich erinnere mich nur noch, wie ich im Regen Kassel verlassen habe. Ein Auto hat mir in Röhrenfurth die Vorfahrt genommen, hieß es. Weißt du, was mit meiner Guzzi ist?«, wollte sie dann wissen.

Jonas erzählte ihr, wie es um das Motorrad stand und daß er sich darum gekümmert habe. »Das Mopped ist wahrscheinlich schneller wieder auf den Beinen als du«, tröstete er sie. »Der Anwalt treibt außerdem für dich noch Schmerzensgeld und die Krankenhaus-Zuzahlung ein, finanziell ist alles im Lot.«

Bea dankte ihm erleichtert. »Hast du meine Post mitgebracht?«, fragte sie dann.

Jojo reichte ihr den Packen, und Bea blätterte ihn durch. Einen Brief zog sie heraus und schaltete eine kleine Leselampe über ihrem Bett an. »Landeskirchenamt«, las sie den Absender vor und öffnete den Umschlag. Während sie das Schreiben überflog, weiteten sich ihre Augen. Bestürzt blickte sie Jonas an und reichte ihm das Blatt.

»*Sehr geehrte Frau Aschenbrenner*«, las er, »*wir nehmen Bezug auf die Projektstelle, mit der Sie von uns betraut wurden. Wir müssen Ihnen mitteilen, daß wir Sie aufgrund interner Umorga-*

nisation von der Aufgabe der Erforschung der Kirchengeschichte Kurhessen-Waldecks entbinden. Diese Arbeit übernimmt mit sofortiger Wirkung ein anderer Mitarbeiter. Bis wir eine neue passende Aufgabe für Sie gefunden haben, erhalten Sie selbstverständlich Ihre bisherigen Bezüge weiter. Bitte verfassen Sie einen kurzen Abschlußbericht. Es erübrigt sich, zu betonen, daß davon keine Kopien an Dritte herausgegeben werden dürfen. Mit freundlichen Grüßen ...«

»Am Dienstag war ich noch im Landeskirchenamt, und niemand hat einen Ton gesagt«, berichtete die junge Frau. »Ich habe sogar mit dem Bischof persönlich gesprochen. Allerdings war er sehr kurz angebunden, als ich ihm von unserer Recherche erzählte.«

Jojo setzte sich auf die Bettkante. Er gab Bea den Brief zurück und fragte: »Könnte es sein, daß das Landeskirchenamt ein Geheimnis hüten will?«

Das war das Stichwort für die Patientin. Doch Bea zögerte, bevor sie antwortete: »Es gibt in der Tat ein Geheimnis, das aber du sicherlich lösen kannst.«

Jonas schaute fragend.

»Im Kasseler Archiv habe ich eine kurze Notiz über deinen Vater gefunden. Er soll 1955 nach Spangenberg strafversetzt worden sein. Warum, steht nicht dort.«

Jojo nickte. »Darüber wurde in unserer Familie nie gesprochen. Es war klar, daß mein Vater bis 1955 Pfarrer in Korbach war, das gehört zum Landkreis Waldeck. Bis zum Alter von siebzehn Jahren nahm ich an, er sei freiwillig nach Spangenberg gegangen. Erst danach erfuhr ich von einem Cousin, er sei strafversetzt worden.« Der Journalist schüttelte den Kopf. »Ich habe nie weiter nachgefragt, das Thema war bei uns tabu. Ich kenne bis heute nicht die Hintergründe.«

Beate Aschenbrenner wußte nicht recht, ob sie ihm das abnehmen sollte, ließ es aber dabei bewenden. Spielte das denn noch eine Rolle, jetzt, wo ihr ihre Arbeit entzogen worden war, eine Aufgabe, die sie mit so viel Begeisterung verfolgt hatte? Sie fühlte sich bitter enttäuscht und mußte schlucken. Was hatte sie falsch gemacht, daß sie ein regelrechtes Verbot erhielt? War ihre Arbeit so schlecht gewesen?

Ihr Besucher hingegen wurde noch neugieriger auf die mysteriösen Dinge, die sich offenbar um das tote Mädchen zugetragen hatten. Seine journalistische Nase hatte Witterung aufgenommen. Ganz persönliche Gründe kamen hinzu, die Geschichte nicht ruhen zu lassen. Er sah zum Fenster hinaus, und als er sprach, blickte er Bea nicht an. »Ich habe keinen Brief bekommen.«

Die Frau wußte nicht, was sie mit diesem Satz anfangen sollte. Natürlich hatte Jonas keinen Brief bekommen, er war ja auch nicht beim Landeskirchenamt beschäftigt. Sie suchte in Gedanken nach einer Abkürzung für das umständliche Wort und stellte überrascht fest, daß es die gleiche sein mußte wie für »Landeskriminalamt« – LKA. Und nun ging ihr auf, was der Journalist meinte. In der Tat hatte er keinen Brief erhalten, in der Tat war ihm nicht verboten worden, sich weiter um den Fall zu kümmern.

Jojo wandte den Kopf, und als er sie wieder ansah, schmunzelte er. »Ich bin nicht in der Kirche«, meinte er. »Das soll mich aber nicht hindern, eine Angestellte des Landeskirchenamtes zu bitten, ehrenamtlich für mich tätig zu sein. Und Hilfsbereitschaft ist doch eine christliche Tugend, oder? Wie war das noch mit dem warmherzigen Bernhardiner?«

»Barmherziger Samariter«, korrigierte Bea automatisch, bevor ihr klar wurde, daß Jonas nur einen alten Otto-Witz aufgewärmt hatte. Spontan legte sie ihm eine Hand auf den Arm. »Das heißt, wir machen weiter?«

»Aber hallo!«, bekräftigte Jojo, dem bei der Berührung trotz der Sommerwärme ein Schauer über den Rücken lief. »Wir würden es ohnehin nicht verhindern, daß die Kripo weiterbohrt. Der können die Kasseläner Pappnasen ja nichts verbieten. Und wir als gute Staatsbürger helfen natürlich der Polizei.«

Nun lächelte auch die Patientin. Natürlich, solange eine neue Arbeit sie nicht abhielte, würde auch sie sich weiter in den Fall verbeißen. Bedauernd schaute sie auf ihr gespicktes Bein. »Aber ich bin zur Immobilie geworden«, seufzte sie. »Was kann ich schon ausrichten?«

Jojo ließ das nicht gelten. »Erstens kann man vieles vom Computer aus erledigen. Und zweitens fahre ich heute nach Hause und komme mit meinem Gespann wieder. Da ist ein Platz im Beiwagen frei, und ich brauche ohnehin Ballast.« Unwillkürlich beugte er sich zu der jungen Frau hinab.

In diesem Augenblick wurde die Tür des Krankenzimmers aufgestoßen, und ein Pfleger schob Beas Zimmergenossin in einem Rollstuhl herein. Jojo hatte das Gefühl, er sei bei irgend etwas unterbrochen worden. Er richtete sich wieder auf, gab der beschäftigungslosen Kirchenhistorikerin die Hand und verabschiedete sich. »Ich freu' mich«, meinte er. »Komm schnell wieder auf die Beine!«

»Ich freue mich auch.« Bea meinte es ehrlich. »Melde dich, wenn du wieder zurück bist.«

Vierzehn

»Gunnaahmp!« Der genuschelte Mainzelmännchen-Gruß war das Markenzeichen Rolf Herrichts, den der Physiotherapeut ungeachtet der Tageszeit beim Betreten jedes Krankenzimmers von sich gab. Der kräftige Mann mit dem dunklen Haarkranz mochte Anfang der Fünfziger sein. Er arbeitete seit vielen Jahren in der Melsunger Klinik und tat dies noch immer mit Begeisterung für seinen Beruf, obwohl die Arbeitsbelastung ständig zunahm infolge der Sparmaßnahmen magenkranker Rotstiftspitzer.

Beate Aschenbrenner hatte gedöst, schlug nun die Augen auf und sah auf die Uhr. In dem abgedunkelten Zimmer wußte sie nie so genau, welche Stunde es geschlagen hatte. Es war erst früher Nachmittag, kurz nach zwei.

Der Weißgekleidete trat an ihr Bett. Seine Aufgabe war es, mit bestimmten Übungen dem Muskelschwund seiner Patienten entgegenzuwirken, der sich bei langem Liegen allzu schnell einstellte. Bea kannte bereits das Prozedere und bewegte sich fleißig, während sie wie gewohnt mit Herricht plauderte. Noch aufgewühlt vom Brief des Landeskirchenamts, erzählte sie von ihrer Arbeit, die ihr nun so plötzlich verboten worden war.

»Spangenberg ...«, sinnierte Rolf Herricht. »Ein guter Freund von mir ist dort aufgewachsen, ein Pfarrerssohn. Er hat sich leider vor vielen Jahren umgebracht.«

Die Frau wurde hellhörig. »Lukas Xavier?«, fragte sie.

»Ja, so hieß er«, bestätigte der andere erstaunt. »Kannten Sie ihn?«

»Nein«, meinte Bea. »Ein Bekannter hatte lediglich mit dessen Schwester zu tun.«

»Grit.« Herricht konnte sich an sie erinnern. »Lukas hat mit mir die Ausbildung gemacht. Da war die Familie schon nach Hofgeismar gezogen. Man hat ihn dann in seinem Auto gefunden. Er hatte einen Schlauch über den Auspuff gestülpt und das andere Ende ins Wageninnere gelegt. Kohlenmonoxidvergiftung. Ganz tragische Geschichte. Alle haben gerätselt, was er mit seinen letzten Worten meinte, die er auf einen Zettel gekritzelt hat.«

»Was stand denn drauf?«

»Sein Name, und darunter *'1816.'*«

»1816?«

»Ja. Wir haben das Jahr 1816 nach Ereignissen durchforstet, die von Belang hätten sein können. Es hatte damals monatelang geregnet, so daß eine Hungersnot folgte. Aber was hätte das mit Lukas' Suizid zu tun? 1816 gab es außerdem in Frankreich eine Generalamnestie für alle Teilnehmer der Französischen Revolution – nach siebenundzwanzig Jahren. Lukas war auch siebenundzwanzig, als er starb. Aber wo gibt es einen Zusammenhang?«

»'Lukas Xavier', und darunter '1816'«, überlegte Beate Aschenbrenner.

»Nein, er hat seinen Nachnamen nicht notiert, nur den Vornamen.«

Sie stoppte ihre Krankengymnastik und runzelte die Stirn. »*Und wehret ihnen nicht*», murmelte sie.

»Bitte?« Rolf Herricht war dabei, Beas verschraubtes Bein zu massieren.

»Im Neuen Testament gibt es das Lukas-Evangelium«, erklärte sie. »Wenn er sich darauf bezog und nicht auf seinen Vornamen, so könnte man es deuten als 'Lukas 18, Vers 16': *'Lasset die Kinder zu mir kommen und wehret ihnen nicht.'*«

»Sie sind aber bibelfest«, staunte der Mann.

»Bei weitem nicht«, wehrte Bea lächelnd ab. »Ich habe nur einmal eine Seminararbeit schreiben müssen über die historischen Interpretationen dieses Spruchs.«

»Na gut«, meinte Herricht. »Aber auch das ergibt keinen Sinn, oder? Da bringt sich einer um und hinterläßt als letzte Worte *'Lasset die Kinder zu mir kommen'*. Was soll das? Er war doch kein Kind mehr.«

»Vielleicht habe ich eine Ahnung«, sagte die Frau nachdenklich.

»Aber ich kann auch völlig falsch liegen. Ich werde es Ihnen erklären, wenn ich's rausgefunden habe, okay?«

»Da machen Sie mich aber neugierig. Sagen Sie mir Bescheid, wenn Sie etwas wissen?« Rolf Herricht schrieb der Patientin seine Telefonnummer auf, und Bea versprach, ihn zu unterrichten.

Sowie der Krankengymnast das Zimmer verlassen hatte, griff sie zum Handy.

***

Von oben sah es aus wie eine Spielzeuglandschaft. Wie schon so oft erinnerte sich der Pilot an die elektrische Eisenbahn seiner Kindheit. Allerdings hatten sich damals nur die Züge bewegt, während jetzt Autos, Motorräder und LKWs weit unter ihm lautlos dahinrollten. Der Helikopter hingegen war alles andere als lautlos, und obwohl die Kopfhörer mit Schallschutz fest auf den Ohren saßen, drang das Turbinengeräusch penetrant durch.

»Weiter links!« Der Passagier hatte es in sein Headset gebrüllt, und der Pilot zog folgsam den Knüppel hinüber. Wenn die Straße, der sie folgten, durch Wald führte, konnten sie leicht den einzelnen Motorradfahrer aus den Augen verlieren. Allzu lange durften sie sich ohnehin nicht über ihm aufhalten, ohne Verdacht zu erregen.

Der Passagier, der angestrengt nach unten schaute, verzog den Mund und nickte. Er schien zufrieden mit der Route, die der Motorradfahrer gewählt hatte, und griff zum Funkgerät.

***

Das graue Band rollte unter Jojo entlang. Felder voller Raps und spätreifen Weizens zogen an ihm vorbei. Wenn sich Mähdrescher in das Getreide hineinfraßen, trieb ein leichter Wind den Staub der Drusch über das Land. Dort, wo die Straße in schattige Wälder tauchte, umfing den Motorradfahrer sofort angenehme Kühle. Ließ er die Bäume hinter sich, so flimmerte erneut die Hitze über dem Asphalt, und Jojo war es, als würde er mit einem Fön angeblasen.

Es war später Nachmittag an diesem Samstag. Jojos Roadbook

führte ihn über die schönsten Strecken Nordhessens, über den Knüll Richtung Süden. Je nach Drehzahl brummte oder tuckerte der luftgekühlte Einzylinder beruhigend unter dem Fahrer, und der nachträglich angebaute Ölkühler sorgte für gesunde Temperaturen des Motors.

Kurz vor Alsfeld machte Jonas kurze Rast für einen Kaffee. Aus Erfahrung klug, hatte er das Mobiltelefon eingeschaltet, und nun sah er, daß Bea angerufen hatte. Was wollte sie von ihm? Er hatte sie doch erst am Morgen besucht. Dennoch fühlte er eine diffuse Freude, daß sie Kontakt zu ihm suchte.

»Aschenbrenner.«

»Grüß' dich, Jojo hier. Ich sollte dich zurückrufen.«

Bea erzählte ihm, was sie vor kurzem von ihrem Krankengymnasten erfahren und wie sie es gedeutet hatte. *Lasset die Kinder zu mir kommen* – konnte das mit dem verschwundenen Mädchen zu tun haben? Jojo kam die Idee, Grit Xavier, die Schwester des Toten, mit diesem Gedanken zu konfrontieren, da Vadenrod, wo sie wohnte, ohnehin an seiner Strecke lag. Er verabschiedete sich von Bea und nahm auf dem Motorrad Platz.

Geschäftiges Treiben herrschte auf den Feldern und Straßen am Vogelsberg. Die Ernte wollte eingebracht werden, und viele Landwirte nutzten die kühleren Abendstunden für die Arbeit. Und die, die ihren kleinen Hof nur im Nebenerwerb betrieben, konnten sich ohnehin erst nach Feierabend und am Wochenende darum kümmern. Traktoren brummten, Mähwerke und Heuwender rasselten, und ein Hubschrauber, der wohl den Verkehr auf der nahen A5 überwachte, stimmte in den technischen Lärm mit ein.

Die heruntergekommene Kate von Grit Xavier machte einen verlassenen Eindruck, und der alte Corsa war verschwunden. Jojo klingelte vergeblich. Schließlich schrieb er auf die Rückseite einer seiner Visitenkarten: »Lukas 1816 = Lukas 18, Vers 16. Grüße, Jonas Jordan.« Er klemmte die Karte an die Eingangstür. Wenn Grit Xavier etwas dazu einfiele, würde sie sich, so hoffte er, bei ihm melden.

Jojo schwang sich aufs Motorrad und folgte weiter der ausgetüftelten Strecke, die ihn an dem historischen Rennkurs bei Schotten vorbeiführen sollte, dem Schottenring. Vor zwanzig Jahren hatte ein örtlicher Club das Rennen wieder auferstehen lassen, wenn auch nicht auf dem alten Ring, sondern auf einer Rundstrecke in dem Vogelsberg-Städtchen. Ein Wochenende lang im Sommer war hier das Röhren großvolumiger Veteranen-Motorräder mit und ohne Beiwagen zu hören und das helle Kreischen von Zweitaktmotoren. Tausende drängten sich an der Strecke, um alte und junge Haudegen aus vieler Herren Länder auf ihren beeindruckenden alten Motorrädern zu sehen und verbranntes Rizinus-Gemisch zu schnuppern. Der Stadtverwaltung war das Ereignis recht, denn es spülte eine Menge zahlungsfreudiger Touristen heran, und der Name Schotten bekam wieder einen berühmten Klang auch außerhalb des Vogelsbergs.

Mit eher gemischten Gefühlen betrachtete man allerdings einen Nebeneffekt: In der Saison lockte der Bekanntheitsgrad ebenso wie die kurvigen Sträßchen der Gegend Motorradfahrer aller Art nach Schotten, zumal mit den außerhalb liegenden Gaststätten *Falltorhaus* und *Oldtimer-Café* zwei beliebte Motorrad-Treffpunkte existierten. Unter den vielen Zweiradfahrern befanden sich naturgemäß etliche, denen die Verbindung zwischen Gashand und Hirn abhanden gekommen war, von überschätzten Fahrkünsten ganz zu schweigen. Warum sollten sie auch plötzlich zu anderen Menschen mutieren, wenn sie an schönen Wochenenden den tiefergelegten Golf gegen die Honkasuya tauschten? So flochten sie sich und leider auch Unbeteiligte mit schöner Regelmäßigkeit in die Leitplanken. Die Folge war, daß viele Straßen geschwindigkeitsbegrenzt wurden und die Schlümpfe – um mit Kilian Lamprecht zu sprechen – strenge Verkehrskontrollen durchführten.

Das alles wußte Jojo als Motorradjournalist natürlich, und so wunderte er sich nicht, als ihn an diesem Samstag Abend eine Kelle in einen Waldparkplatz winkte. Was ihn eher erstaunte: Er war offenbar der einzige Motorradfahrer, für den sich die Polizisten interessierten. Mehrere Kaskaden von Rudelfahrern brieten unbehelligt vorbei.

»Guten Tag, Ihre Papiere bitte.« Der Standard-Spruch zur Begrüßung. Jojo händigte dem Beamten Fahrzeug- und Führerschein aus, während sich dessen Kollege für die Reifen der Montesa zu interessieren schien. Jonas hatte ein gutes Gewissen, er hatte erst vor kurzem neue Pneus aufgezogen.

Der erste Polizist warf nur einen flüchtigen Blick auf die Dokumente. »Herr Jordan, ich vermisse die Abgas-Rückführung an Ihrer Maschine«, sprach er, ohne kaum den Motor angeschaut zu haben. »Sie wissen, daß damit die Betriebserlaubnis erloschen ist?«

»Nicht, wenn die Änderung eingetragen ist.« Jojo ließ sich nicht so leicht ins Bockshorn jagen.

»Das ist sie aber nicht«, grinste der Beamte. »Ich muß Ihr Motorrad leider stillegen und hierbehalten.«

Jonas schwoll die Halsschlagader. Er beherrschte sich jedoch, stöberte in seinem Rucksack und zog das Gutachten von Michael Pettel hervor. *»Die Berichtigung der Fahrzeugpapiere ist unverzüglich vorzunehmen«*, stand dort. Anhand des eingetragenen Datums konnte Jojo dem Polizisten nachweisen, daß erst einige Tage seit dem Umbau vergangen waren und ihm, Jojo, nicht angelastet werden konnte, er habe die Erneuerung der Betriebserlaubnis fahrlässig verzögert.

Damit hatte der Beamte offensichtlich nicht gerechnet. Überrascht nahm er das Gutachten zur Hand. »Warten Sie einen Augenblick«, meinte er, ging zu seinem Streifenwagen und ließ sich per Funk mit jemandem verbinden.

Sein Kollege, der bisher kein Wort gesagt hatte, schlenderte wie zufällig vor Jojos Maschine und knöpfte die Jacke auf, so daß man sein Pistolenholster sehen konnte. Jonas atmete durch und blieb ruhig. Er konnte sich gut an die Zeit vor dreißig Jahren erinnern, als in Westdeutschland eine beispiellose Terroristen-Hysterie entfacht worden war und zahllose Verkehrskontrollen mit vorgehaltener Maschinenpistole vorgenommen wurden. Dabei hatte es ungerechtfertigte Verhaftungen gegeben, mehrere Verletzte und, wenn Jojo sich recht erinnerte, auch Tote. Und alles, weil ein paar Desperados, die sich als politisch links ausgaben, weniger Leute umgebracht hatten als ein durchschnittlicher Amokläufer.

Seit dieser Zeit waren in Deutschland über einhundertvierzig Menschen von Rechtsradikalen ermordet worden, was jedoch kaum jemanden zu interessieren schien. Die Opfer waren allerdings auch keine Industriellen gewesen, keine Politiker oder andere hochgestellte Persönlichkeiten. Nur Obdachlose, Jugendliche und Ausländer. Die waren es nicht wert, daß sich die veröffentlichte Meinung aufregte.

Der wortführende Polizist hatte inzwischen sein Funkgespräch beendet, kam zu Jojo und gab ihm die Papiere zurück. »Sie können weiterfahren. Aber lassen Sie die Änderung so bald wie möglich eintragen!«

Bis Jonas alles wieder im Rucksack verstaut und die Maschine gestartet hatte, waren die beiden Beamten bereits in ihren Wagen gestiegen und fortgefahren. Sie hatten anscheinend Feierabend. Oder interessierten sie sich nicht für andere Motorräder?

***

Es war Nacht, als Jonas nach Vogelsberg und Spessart die ewig verstopfte A3 gekreuzt und in den Odenwald eingetaucht war. Die Erde gab die Wärme des Tages zurück, und Motten tanzten im Scheinwerferlicht. Jojo brauchte die Hilfe seines Roadbooks nicht mehr, den Odenwald kannte er wie seine Gangschaltung. Ein paar junge Leute fuhren in ihre Wochenend-Discos, sonst hatte er die Straßen für sich allein.

Ostern lag mitten im Sommer.

Jojo lächelte beim Gedanken an dieses Wortspiel. Ostern war ein kleiner Ort nördlich von Fürth, aufgeteilt in Unter- und Ober-Ostern. Überhaupt gab es lustige und seltsame Dorfnamen im Odenwald. Hering gehörte dazu – kaum eine andere Gemeinde war weiter von den Küsten der Weltmeere entfernt, wie es beim »Odenwälder Shanty-Chor« hieß. Korsika gab es, gleich in der Nähe von Straßburg. Möglicherweise war vor zweihundert Jahren einmal Napoleon hier vorbeigekommen, und der Korse hatte sich auf diese Weise verewigt.

Die alte Bergrennstrecke bei Zotzenbach streifte Jojo nur kurz, bevor er nach Hause an die Bergstraße fuhr. Das Häuschen am Wald lag im Dunkeln, und der Journalist blieb, nachdem der Motor verstummt war, noch eine Weile in der Sommernacht stehen und lauschte dem Zirpen der Grillen. Entfernt bellte ein Rehbock.

Seit beinahe fünfzig Jahren rätselte er, was mit dem Mädchen passiert war, das er in der Grundschule ins Herz geschlossen hatte. Nun schien die Lösung nicht mehr weit entfernt. Er mußte sie finden! Etwas krampfte sich in ihm zusammen, wenn er daran dachte, was angesichts des Knochenfundes nahelag. Sie war so jung gewesen, klug und fröhlich.

Damals hatte er geweint, als das Mädchen auch nach Wochen nicht wieder erschien. Der erwachsene Motorradjournalist trauerte noch immer, doch Tränen flossen nur noch selten. Kurbelwellen weinen nicht.

Jojo war sich nicht sicher, wie er reagieren würde, stünde er eines Tages demjenigen gegenüber, der Lara etwas angetan hatte. Könnte er dieses Schwein emotionslos der Polizei übergeben, zusehen, wie ihn ein gewiefter Anwalt aus allen Anschuldigungen herauspaukte und der Mensch frei das Gerichtsgebäude verließ?

In seinem Jura-Studium hatte Jonas gelernt, daß es vier verschiedene Gründe für Bestrafung geben konnte: Schutz der Allgemeinheit vor weiteren Straftaten des Verurteilten; Gelegenheit für den Delinquenten, zu bereuen und sich zu ändern; Abschreckung anderer vor ähnlichen Verbrechen; und schließlich Rache. Rache war wohl das älteste Motiv der Menschen, jemanden zu bestrafen, und Jojo konnte im Fall Laras nachfühlen, daß dies für die meisten auch heute noch der Hauptgrund war, Strafe zu fordern und zu verhängen. Da spielte es keine Rolle, daß das Verbrechen nicht mehr ungeschehen gemacht werden konnte, egal, wie hart gestraft wurde. Was die Abschreckung betraf, so bewiesen alle Kulturen der gesamten Menschheitsgeschichte, daß Strafandrohung dafür ungeeignet war. Das Gegenteil schien der Fall: Je härter der Strafkodex einer Gemeinschaft, umso mehr Verbrechen wurden verübt.

Die Anzahl und die Schwere von Verbrechen, das wußte Jojo, hing einzig von der Verfaßtheit der Gesellschaft ab. Je kränker ein System, desto mehr und desto grausamere Delikte wurden begangen. Und doch – wenn er an Lara dachte, an all die Kinder, denen in diesem Land körperliche und seelische Gewalt angetan wurde, konnte er zum Racheengel werden. Ein passendes Bild übrigens, dachte Jonas. Die gesamte Bibel war von Rache durchzogen, von grausamen Strafen und blutigen Ritualen. Und hatte es etwas bewirkt in diesen zweitausend Jahren? Nein. Man versuchte vielmehr, sich im Erfinden und Anwenden von immer perfekteren Folter- und Tötungsmethoden zu übertreffen. Und die christlichen Kirchen, die heuchelten, die Verkündung einer friedlichen Moral gepachtet zu haben, segneten an erster Stelle weltweit die Mordwaffen.

Diese Gedanken brachten Jojo auf Beate Aschenbrenner, die junge – ja, was war sie? Christin? Lediglich Kirchenhistorikerin? Er kannte ihre Glaubensgrundsätze nicht. In welche Richtung gingen sie? Fühlte auch sie sich als Racheengel? Oder hielt sie die andere Backe hin, wenn ihr auf die eine geschlagen worden war? Jojo mochte Bea, doch da gab es eine Seite ihrer Person, die er nicht kannte, nicht einschätzen konnte.

Jonas rief sich zur Ordnung. Er kannte Bea erst seit zwei Wochen, was erwartete er denn? Und welchen Sinn hatte es, die Sommernacht zu vergrübeln? Er war müde, die Wäsche gehörte in die Maschine, und morgen wollte er nach Wilfried Grundlach fragen. Jojo schnallte den Packsack vom Motorrad und schloß die Haustür auf.

Fünfzehn

Er wäre nicht dazu verpflichtet gewesen, von seinem mickrigen Gehalt ganz abgesehen. Dennoch nahm der Stationsarzt seinen Beruf ernst, und im Gegensatz zu manchen Kollegen lagen ihm seine Patienten tatsächlich am Herzen. Daher hatte es sich Doktor Ferdinand Plaut zur Gewohnheit gemacht, auch am Sonntag eine Visite auf seiner Station durchzuführen. Natürlich waren weder Ober- noch Chefarzt dabei – die verbrachten ihr Wochenende lieber auf dem Golfplatz oder im Cabrio –, und auch der Pulk an Schwestern und Pflegern war sonntags deutlich kleiner.

Plaut traf Beate Aschenbrenner beim Lesen an. »Habe ich Ihnen das schon erlaubt?«, tadelte er sie lächelnd.

»Nein«, entgegnete Bea selbstbewußt, »die Erlaubnis habe ich mir selber gegeben. Nur ich bin schließlich für mich verantwortlich.«

Die Einstellung gefiel dem Arzt. Allzu viele Patienten überließen sämtliche Entscheidungen den weißen Kitteln, obwohl es doch um ihre eigene Gesundheit ging. »Dann können wir ja auch die Vorhänge wieder öffnen. Am Montag, Frau Aschenbrenner, werden wir Ihr Bein nochmals röntgen, und wenn es gut aussieht, können wir den Fixateur gegen Nägel austauschen. Die Bruchstelle ist zum Glück so glatt, daß wir Sie nicht mit allzu viel Stahl spicken müssen.«

»Vollnarkose?«, fragte Bea.

»Nein, wenn Sie einverstanden sind, werden wir die Operation unter Spinal-Anästhesie durchführen, Rückenmarks-Narkose. Ende der Woche werden wir Sie dann heimschicken können, an Gehstöcken natürlich. Motorradfahren ist allerdings vorerst nicht möglich.«

Plaut ließ mit dieser Nachricht eine glückliche Frau zurück. Obwohl ihr bei manchen Atemzügen die Rippen empfindlich weh taten, freute sie sich doch darauf, wieder mobiler und damit tatkräftiger sein zu können. Erstaunt stellte sie fest, daß sie mit dieser Perspektive wie selbstverständlich den Motorradjournalisten verband, der sich offenbar zu ihrer großen Erleichterung um alle Formalitäten des Unfalls kümmerte.

Sie würde gesund werden. Und ihre Guzzi auch. Zufrieden döste Bea ein.

»Sie schläft.« – Im Dämmerlicht zwischen Wachen und Träumen vernahm Beate Aschenbrenner die Stimme von Gisela Breckow, ihrer Bettnachbarin. Eine tiefe männliche Stimme antwortete flüsternd. Bea schlug die Augen auf.

»Oh, habe ich Sie geweckt?« Cemalettin Doğan stand unschlüssig im Zimmer. Sein verschämter Blick und der schüchtern gehaltene Blumenstrauß paßten so gar nicht zu dem selbstbewußten und ultracoolen Auftreten, an das sich Bea erinnerte.

»Kommen Sie her, setzen Sie sich«, lächelte die junge Frau den Oberkommissar an. »Es gibt sowieso gleich Kaffee.«

Eingehend erkundigte sich Cem Doğan nach Beas Befinden, bevor er in die Tasche griff und einen Stoß Papiere hervorholte. »Vier Grundschul-Jahrgänge«, meinte er und erläuterte: »Die Schülerlisten um den Jahrgang von Herrn Jordan konnten wir ja nicht finden. Ich habe deshalb zwei Einschulungs-Jahre davor und zwei danach kopiert. Hier sind die Namen. Das getötete Mädchen« – Bea registrierte, daß er das Wort »ermordet« vermied – »muß ja nicht unbedingt eine Klassenkameradin Ihres Bekannten gewesen sein.«

Die Frau nahm die Listen zur Hand. Säuberlich waren mit Schreibmaschine Vor- und Nachnamen der Erstklässler aufgelistet. Hinter manchen waren in schwer leserlicher Handschrift zusätzliche Bemerkungen eingetragen. »Bus?« stand dort beispielsweise. Bea nahm an, daß es sich um Kinder handelte, die nur schwierig mit öffentlichen Verkehrsmitteln von den Dörfern in die Schule hatten kommen können. »Bruder in 4a« lautete ein weiterer Hinweis. Auffallend oft aber war hinter den Namen das Kürzel »ZF« zu lesen. »'ZF'? Was kann das bedeuten?«, fragte sie den Kommissar.

»Ich hatte gehofft, Sie könnten mir das vielleicht erklären«, meinte der. »Auch auf dem Schulsekretariat konnte man mir nicht weiterhelfen. Das muß ein internes Kürzel des Schreibers gewesen sein, vielleicht der Klassenlehrer, die damalige Sekretärin oder wer auch immer.«

Beate Aschenbrenner suchte nach einem bestimmten Vornamen. Doğan ahnte, woran sie dachte. »Nein«, sagte er, »eine Lara ist nicht darunter. Ich habe die Listen schon überprüft.«

Als der Kommissar gegangen war, riß, wie meistens an Krankenhaus-Wochenenden, der Besucherstrom nicht ab. Die Familie von Beas Zimmergenossin Gisela erschien, dann drei Freunde von ihr. Es wurde eng im Zimmer, und als auch noch Frauke Pressler hereinkam, um die verunglückte Guzzifahrerin zu besuchen, verzogen sich die anderen mitsamt rollstuhlgeschobener Patientin in die Cafeteria der Klinik. Bea blieb allein mit der Sekretärin des Melsunger Kirchenamtes zurück. Ausführlich unterhielten sie sich über Beates Verletzungen.

»Woher weißt du überhaupt, daß ich hier liege?«, fragte sie schließlich.

»Sowas spricht sich schnell herum«, erwiderte Pressler. »Auf dem Amt laufen viele Informationen zusammen. Wir wissen mehr als mancher Friseur«, zwinkerte sie belustigt. »Zum Beispiel auch, daß sie dich in Kassel ausgebremst haben.«

»Dann kennst du vielleicht auch den Grund dafür?«, erkundigte sich Bea. »Ich habe das Gefühl, da geht es um anderes als um 'interne Umorganisation', wie es im Brief an mich stand.«

Frauke Pressler stand von ihrem Stuhl auf und setzte sich auf die Bettkante der Patientin. »Da magst du recht haben. Aber zu mir sind nur Gerüchte gedrungen. Ein Spangenberger Pfarrer soll in den 1960er Jahren einen Kleinkrieg mit einem Lehrer geführt haben, bei dem es um eine Schülerin gegangen sei. Und das wolle man nicht aufgewühlt wissen. Aber das erzählen sich manche nur hinter vorgehaltener Hand.«

»Jordan?«, fragte Bea. »Ging es um den nach Spangenberg strafversetzten Pfarrer?«

»Strafversetzt?«, fragte Frauke Pressler zurück. »Das weiß nun ich wieder nicht. Aber es wäre ein interessanter Aspekt. Jedenfalls können Gerüchte ziemlich hartnäckig sein. Vor allem, wenn man Leute loswerden will.«

Bea schaute fragend.

»Na, zum Beispiel diese Bischöfin aus Hannover. Sie hat einflußreichen Leuten nicht gepaßt, weil sie den Krieg in Afghanistan medienwirksam kritisiert und sich mit dem brandenburgischen Bischof Huber angelegt hat, weil der Diakonie-Mitarbeitern den Lohn kürzte.«

»Aber sie trat doch wegen einer Trunkenheitsfahrt vom Ratsvorsitz zurück«, wandte Bea ein.

»Ja, komischer Zufall, nicht wahr?«, spottete die Sekretärin. »Zufällig schaut sie nach der öffentlichen Kritik zu tief ins Glas. Zufällig überfährt sie eine rote Ampel. Zufällig steht auch noch pünktlich ein Polizeiwagen am Straßenrand, dessen Insassen das sehen. Zufällig sitzt aber noch ein nüchterner Beifahrer bei der Bischöfin im Auto. Zufällig nehmen die Beamten die Personalien dieses ominösen Menschen nicht auf und können sich später auch nicht an seine Identität erinnern. Zufällig fragt auch niemand, ob nicht vielleicht derjenige die Frau zum Trinken animiert und sie dann ans Steuer gesetzt hat.«

»Das sind tatsächlich ein paar Zufälle zuviel«, bestätigte die Patientin.

»Ja, das hört sich danach an, als ob jemand auf diese Bischöfin angesetzt gewesen war, um sie im Wortsinn aus dem Verkehr zu ziehen. Aber bitte: Das sind alles nur Gerüchte. Allerdings hartnäckige.«

Bea vermerkte im Stillen, daß Frauke Pressler das krasse Gegenteil ihrer Vorgängerin war. Während Ilse Vogt offensichtlich widerstandslos alles hingenommen hatte, muckte ihre Nachfolgerin auf und stellte unbequeme Fragen. Die Patientin zog die Schülerlisten hervor, die sie von Cem Doğan bekommen hatte. »Interessant, was man alles auf Kirchenämtern hört. Kannst du mir vielleicht auch erklären, was das Kürzel 'ZF' hinter vielen Namen dieser Schüler bedeutet? Mir fällt dazu nur die *Zahnradfabrik Friedrichshafen* ein.«

Frauke Pressler nahm die Papiere zur Hand und blätterte sie durch. »Nein«, meinte sie schließlich, »das weiß ich auch nicht. *Zahnärztliche Vorsorge*? Quatsch, das wird ja mit Vau geschrieben.«

»Mit *Vögelchen-Eff*», grinste Bea.

»Mit was?«

»*Vögelchen-Eff*. Als Kinder haben wir F und V so unterschieden. *'Veilchen' wird mit Vögelchen-F geschrieben.*»

Die Sekretärin zog die Stirn kraus und überlegte. »Volkhardt«, sagte sie schließlich. »Volkhardt ist ein ehemaliger Rektor der Spangenberger Schule, schon lange pensioniert, der in Melsungen lebt. Er ist noch recht fit und taucht manchmal in unserem Boule-Verein auf.«

»Buhl?« Bea konnte nichts damit anfangen.

»Boule«, meinte Pressler, »ist dieses französische Wurfspiel mit Kugeln. Etwas für Rentner und Faulpelze wie mich. Ich werde Volkhardt nach dem 'ZF'-Kürzel fragen. Wenn du einverstanden bist.«

Das war die Patientin allerdings.

***

Die Stadt, die an der Mündung des Neckartals in die Rheinebene lag, fing wie ein Trichter die warmen Westwinde ein. »Waschküchenwetter«, sagten die Einheimischen und nickten, denn sie kannten das. An »Waschküchentagen« hatten die Notärzte Hochbetrieb. Das drückende Klima belastete den Kreislauf, und die Rettungswagen fuhren Einsätze zu herzkranken Menschen.

Das Sportzentrum West lag im Heidelberger Ortsteil Wieblingen, weit entfernt vom historischen Kern der Stadt. Das hatte den Vorteil, daß sich hier das typische Klima der alten Universitätsstadt weniger stark auswirkte. Direkt vor den Sporthallen hatte die Rhein-Neckar-Verkehrsgesellschaft eine neue Haltestelle eingerichtet. Dort stieg Jojo aus.

Eine überregionale Straßenbahn, die mehrere Städte verband, gab es nur an wenigen Orten in Deutschland. Die kurpfälzischen Einheimischen nannten die Bahn liebevoll »die Ögg« nach der Abkürzung der ehemaligen Betreiberfirma OEG, der Oberrheinischen Eisenbahngesellschaft. Als die Schmalspurbahn 1890 erstmals in Betrieb genommen worden war, hatte sie schnell den Namen »Feuriger Elias« erhalten, zum einen wegen ihrer kohlebefeuerten Zuglok, zum anderen aus Spott, was sich auf die Geschwindigkeit bezog. Seit der Elektrifizierung war es dann »die Ögg« geworden, was sich leichter aussprach als »RNV«, wie der heutige Betreiber hieß. Die Kleinbahn verband die Städte Heidelberg, Mannheim, Viernheim und Weinheim durch eine Rundstrecke, und ein interessierter Tourist konnte, vor allem im Frühling zur Zeit der »Blühenden Bergstraße«, die Gegend auf romantische Weise erkunden, indem er sich im Kreis fahren ließ.

Jetzt im Spätsommer war die Blüte von Obst- und Mandelbäumen längst vorüber. Jonas hatte dennoch sein Motorrad gegen die Bahn getauscht, da es regnete und ihn die OEG direkt vom Rand des Odenwaldes an den Ort brachte, an dem er verabredet war.

Alfred Siechenhaar hatte die Siebzig deutlich überschritten und war noch immer als ehrenamtlicher Trainer des örtlichen Sportvereins aktiv. Im Widerspruch zu seinem Nachnamen schmückte volles weißes Haar den Kopf des hochgewachsenen Mannes, der Jonas in der Halle entgegenschritt. Mike Pettel hatte als ehemaliger Heidelberger Sportstudent Jojo den Kontakt besorgt. Siechenhaar, so hieß es, habe seinerzeit zusammen mit Grundlach studiert, war Berufssoldat geworden und widmete sich nun in seinem Ruhestand wieder ganz dem Heidelberger Sportleben.

»Ich grüße Sie«, schmetterte der Trainer Jojo entgegen, und der Journalist fragte sich, ob die Lautstärke auf Altersschwerhörigkeit zurückzuführen war oder eher auf jahrzehntelanges Brüllen auf Kasernenhöfen. Eine gewaltige scharfkantige Nase stach aus dem ledernen Gesicht des Alten hervor und beschattete ein makellos glattgeschabtes Kinn. Siechenhaar zerquetschte Jojos rechte Hand, während er schrie: »Lassen Sie uns dort hinübergehen, da ist es gemütlicher.«

Die Gemütlichkeit bestand aus einer winzigen Zelle mit rohen Backsteinwänden, die von drei brennenden und einer kaputten Neonröhre, einem Getränkeautomaten, einer Kaffeemaschine, zwei hohen Bistrotischen aus Gußeisenimitat sowie vier resopalbeschichteten Barhockern erfolglos geschmückt wurde. Vom angrenzenden Umkleideraum drang der Geruch herben Sportlerschweißes und fußpilzgesättigter Turnschuhe herüber. Jonas kletterte auf einen der Hocker und versuchte, möglichst flach zu atmen.

»Sie sind Journalist, sagten Sie?«, brüllte Siechenhaar. »Was wollen Sie wissen?«

Jojo erläuterte, daß er die Jugend Wilfried Grundlachs erforsche. Er müsse eine Ehrung vorbereiten, schwindelte er dem Ex-Offizier vor, da er mit der Nennung des eigentlichen Grundes keine Gerüchte produzieren wollte. »Sie haben doch mit Grundlach zusammen studiert. Können Sie sich an die eine oder andere Anekdote erinnern?«

»Allerdings!«, trompetete der Trainer und hieb sich auf den rechten Oberschenkel, daß es klatschte. »Der Helmut war anfangs ein Weichei. Wenn es ans Saufen ging, hat er sich gedrückt. Und Angst vor Frauen hatte der.« Siechenhaar ließ seinen kantigen Unterkiefer mahlen wie ein Bison beim Wiederkäuen. »Einmal im Sommer hat ihn unsere Clique in einen Biergarten mitgeschleift. Das muß noch in den Fünfzigern gewesen sein. Danach wollten wir am Neckarufer weitersaufen, aber eine Bierbank von der Kneipe mußte mit.» Er grinste bei der Erinnerung. »Helmut hat rumgezickt, wir könnten doch die Bank nicht klauen. Wir mußten ihn regelrecht abfüllen, bevor er mitgemacht hat. War das ein Gestrampel, als wir ihm die Flaschen an den Hals gesetzt haben! Einen Zahn hat er dabei verloren. Selber schuld – wieso hat er sich auch gewehrt?«

Jonas erkannte, daß sein Gegenüber tatsächlich prima in die Armee gepaßt hatte, wo solche primitiven Männlichkeitsrituale an der Tagesordnung waren. Warum erinnerte ihn dessen weißhaariger Schädel an verschimmeltes Kommißbrot?

»Und dann gab's eines Tages einen Knacks bei ihm«, erzählte der Alte weiter, während er sein Gebiß in Jojos Riechweite vorschob. Der Journalist mußte notgedrungen feststellen, daß es bei dem Dauerfeldwebel zu Mittag Sauerkraut gegeben hatte. »Wir wollten uns ein paar Mädchen zur Brust nehmen«, brüllte das Dörrfleisch, »und Helmut versuchte mal wieder, sich zu drücken. Wir mußten ihn zu viert ausziehen, drei andere haben das Mädchen festgehalten. Dann hat er noch nicht mal einen hoch gekriegt, und wir mußten Hand anlegen. Schließlich hat's geklappt. Was war das ein Geschrei, und was haben wir gelacht!« Der Ex-Militär wieherte wie ein Steppenpferd.

»War das nicht Vergewaltigung?«, wagte Jojo einzuwerfen.

»Was?« Der Alte wirkte irritiert und blähte die Nüstern. »Sie können doch einen Mann nicht vergewaltigen!«

»Ich meine die Frau«, stellte Jonas richtig.

»Die Frau?« Siechenhaar glotzte blöde, verblüfft von dem abstrusen Gedanken. »Die kannten wir doch gar nicht. Die wurde nicht gefragt.«

Jojo dachte kurz über diese surrealistische Antwort nach. Vor ihm blitzte das Bild einer Gruppe besoffener, gewaltbereiter Männer auf, die eine fremde junge Frau höflich fragten, ob sie vergewaltigt werden wolle.

»Das war damals so«, blaffte der Trainer. »Wir waren nicht so empfindlich, wie es heute Mode ist!« Dann wurde er nachdenklich. »Ab da war Helmut plötzlich anders. Er machte bei allem mit und versuchte noch, uns alle zu übertreffen, vor allem beim Saufen und wenn's mal ans Prügeln ging. Nur an Frauen schien er nach wie vor kein Interesse zu haben. Und dann muß irgendwas passiert sein. Wir machten als Sportstudenten Praktikas an Schulen und in Vereinen, und plötzlich wurde Helmut von der Uni geschmissen. Es hieß, er habe sich unmoralisch verhalten.«

Jojo registrierte, daß sein Gebrüllpartner, wie viele andere Zeitgenossen auch, Schwierigkeiten mit dem Plural von Fremdwörtern hatte. Laut fragte er: »Hat er sich etwas zuschulden kommen lassen?«

»Es gab nur Gerüchte. 'Beziehung mit Schutzbefohlenen', wurde getuschelt.«

»Aber Grundlach konnte doch zu Ende studieren.«

»Ja, er ist dann nach Erlangen gezogen und hat wohl dort sein Examen gemacht. Aber durch den Umzug sind die Kontakte abgebrochen. Und ich war ja auch bald fertig und bin dann zur Bundeswehr. Wo, sagten Sie, ist er jetzt Sportlehrer?«

»Er WAR Sportlehrer», korrigierte Jojo. »Er ist schon längst im Ruhestand. In einem kleinen Städtchen in Nordhessen.«

»Natürlich«, schmetterte Siechenhaar, »er ist ja ähnlich alt wie ich. Grüßen Sie ihn von mir!«

Sie verabschiedeten sich, und als Jojo in der Bahn saß, war er froh, dem akustischen und olfaktorischen Trommelfeuer entronnen zu sein, ganz zu schweigen von der ekligen Kreatur der Kasernenhofmumie. Jonas hatte nach dieser Begegnung das heftige Bedürfnis zu duschen, obwohl er gar nicht geschwitzt hatte.

Grundlach schien also jener relegierte Sportstudent gewesen zu sein, von dem Mike Pettel erzählt hatte. Und er hatte möglicherweise etwas mit Kindern angefangen. Nun, das mußte Doğan herausbekommen. Dessen Aufgabe war es, Zeugen zu befragen. Oder gehörte Grundlach bereits zu den Verdächtigen?

***

An diesem Montag Nachmittag passierten mehrere Dinge gleichzeitig an verschiedenen Orten.

In der kleinen Bergstraßengemeinde Sassenheim wunderte sich Jonas Jordan nach seiner Rückkehr mit der Straßenbahn, warum seinem einsamen Häuschen gegenüber am Wiesenrand ein dunkelblauer BMW parkte, der sich, als er die Haustür aufschloß, langsam in Bewegung setzte und fortfuhr.

In Homberg an der Efze lauschte ein erstaunter und zunehmend verärgerter Kriminaloberkommissar Cemalettin Doğan ins Telefon – er konnte nicht glauben, was er gerade hörte.

In Melsungen wurde Beate Aschenbrenner, des Fixateurs ledig, vergipst und versehen mit Nägeln im Wadenbein, vom Operationssaal zurückgeschoben in ihr Krankenzimmer.

Und ebenfalls in Melsungen warf Frauke Pressler auf einer Sandbahn ihre Kugel in Richtung des *cochonnet,* wie die hölzerne Zielkugel auf französisch genannt wurde. Ein kleiner rundlicher Mann mit grauem Spitzbart und Gehstock beobachtete den Wurf. »Sie waren auch schon besser«, kommentierte er respektlos, stellte sich selber in Positur und ließ seine Kugel fliegen, begleitet vom beifälligen Gemurmel der anderen Mitspieler.

Als sie die Partie beendet hatten, wandte sich die Pfarramtssekretärin an den Alten: »Herr Volkhardt, ich hätte eine Frage, die Sie mir als erfahrener Fachmann sicherlich beantworten können.«

Der Rektor im Ruhestand fühlte sich geschmeichelt. »Fragen Sie, mein Kind, fragen Sie!«

»Ich hatte neulich mit Spangenberger Schülerlisten aus den

1960er Jahren zu tun. Hinter den Namen waren verschiedene Bemerkungen notiert, darunter recht häufig das Kürzel 'ZF'. Können Sie mir sagen, was das zu bedeuten hatte?«

»Das wissen Sie nicht?«, versuchte Volkhardt den Stolz auf sein Insider-Wissen zu verbergen. »Das hieß 'Zonenflüchtling'.«

Sechzehn

»Zonenflüchtling?« Jojo meinte sich verhört zu haben.

»Ja«, erwiderte Bea, »der alte Rektor erklärte meiner Bekannten, daß bis Mitte 1961 eine Menge Leute aus der DDR über die grüne Grenze in den Westen gelangt seien, von denen sich etliche im nahen Grenzgebiet niedergelassen hätten. Deren Söhne und Töchter seien dann eben auch auf die Spangenberger Schule gegangen.«

»Davon habe ich als Kind aber nichts mitbekommen«, zweifelte der Journalist und wechselte das Mobiltelefon ans andere Ohr.

»Das kann ich mir denken. Das hat sicherlich nicht jeder an die große Glocke gehängt, und den Kindern wird es ohnehin egal gewesen sein, wo sie lebten. Sie mußten halt bei ihren Eltern sein. Der alte Rektor, Volkhardt heißt er, hat übrigens noch einen Verdacht geäußert. Er wisse zwar nichts von einem verschwundenen Mädchen, aber es habe durchaus Fälle gegeben, daß manche Flüchtlingsfamilien wieder in die DDR zurückgegangen seien.«

»Und vorher bringen die Eltern die Tochter um und endlagern sie in der Spangenberger Kirche?«, spottete Jojo. »Eine gewagte These.«

»Nein, Volkhardt weiß ja nichts von dem Knochenfund. Meine Bekannte hat ihm lediglich von einem vermißten Kind erzählt. Aber es könnte doch sein, daß sich so das Verschwinden deiner Klassenkameradin erklären läßt.«

»Sofern sie nicht identisch ist mit dem ermordeten Mädchen.« Jojo dachte über diese neue Spur nach. So geruchsarm sie auch war, er könnte sie immerhin verfolgen.

»Bist du noch dran?«, fragte Bea.

»Ja. – Was meinst du: Die Staatssicherheit der DDR dürfte doch über Grenzwechsel gut unterrichtet gewesen sein, egal in welche

Richtung sie erfolgten. Und möglicherweise gibt es darüber Akten bei der Birthler-Behörde. Ob ich da mal nachbohre?«

»Wenn du willst. Ich bin jedenfalls bis mindestens Ende der Woche hier festgenagelt. Willst du übrigens gar nicht wissen, wie es meinem Bein geht?«

Jojo erschrak und entschuldigte sich. Er war froh, als er hörte, daß die Operation zur Entfernung des Fixateurs gut verlaufen war. »Gut. Ich werde also nach Berlin fahren und versuchen, als Pressevertreter Einblick in die Stasi-Akten zu erhalten.«

Sie verabschiedeten sich, und Jonas begann zu packen. Es waren über sechshundert Kilometer nach Berlin, und er hatte vor, sie per Motorrad-Gespann auf kleinen Straßen zurückzulegen. Und daß er es nicht vergaß: Morgen müßte er mit Doğan telefonieren, um ihn auf dem laufenden zu halten, was Grundlach betraf. Und das ZF-Kürzel.

Cem Doğan allerdings saß noch immer am Schreibtisch, starrte seine Aufzeichnungen an und schüttelte ab und zu den Kopf. Das durfte ja wohl nicht wahr sein! Er hatte sicherheitshalber zurückgerufen und sich die Anordnung nochmals bestätigen lassen. Auf seine Bitte hin, ihm das schriftlich zu geben, hatte der andere nur aufgelacht. »Sie glauben doch wohl nicht, daß in dieser Sache irgendein Papier beschrieben wird?«, hatte der gesagt. Und dann leise angehängt: »Mir sind doch selber die Hände gebunden. Ich muß mich doch auch an die Anweisung halten. Und reiten Sie mich ja nicht hinein!« Mit dem Hinweis: »Und denken Sie an Ihre beiden Amateure!« hatte er sich verabschiedet.

Doğan seufzte, griff zum Handy und wählte eine gespeicherte Nummer aus. Er zögerte, die Wahltaste zu drücken, blickte eine Zeitlang auf das Display und legte das Gerät schließlich wieder zurück. Nein, die Nachricht mußte er persönlich überbringen. Da fände er die passenderen Worte. Und außerdem konnte man nicht wissen, wer alles das Handy-Gespräch mithörte. Er würde morgen hinfahren.

***

Verhaltensforscher und Psychologen sprechen von »Flow«, wenn, etwa beim Sport, eine perfekte Balance zwischen Unter- und Überforderung entsteht. Der Sportler geht dabei völlig in der mühelosen Bewegung auf, sein Gehirn produziert eine Menge Glückshormone, was ein Gefühl zur Folge hat, ihm könne nichts passieren.

Flow ist gut bekannt vom Motorradfahren. Vor allem auf Landstraßen mit langgezogenen Kurven kann durch das harmonische Schwingen des Fahrzeugs *Flow* entstehen. Obwohl der Mensch maximal auf seine Tätigkeit konzentriert ist, unterlaufen ihm mitunter durch die euphorische Unterschätzung möglicher Gefahren schwere Fahrfehler.

Jojo kannte den *Flow*, er hatte ihn auf verschiedenen leistungsstarken Enduros erlebt. Er erinnerte sich deutlich an die Euphorie, die ihn einst auf einer KTM 990 Adventure auf den Straßen im Weserbergland ergriffen hatte, und eine Kurve, die sich plötzlich zuzog, eine sogenannte Hundekurve, wäre ihm beinahe zum Verhängnis geworden. Er war viel zu schnell und mußte den Notausgang ins Gelände nehmen. Glücklicherweise standen an dieser Stelle weder Leitplanken noch Bäume oder Häuser, und die angrenzende Wiese lag auf fast gleicher Höhe mit der Straße.

Nach dem Erlebnis war der Körper mit Adrenalin so vollgepumpt, daß es in allen Gliedern kribbelte. Jojos Knie waren weich geworden, so daß er sich hatte setzen und mit der Weiterfahrt warten müssen, bis das Zittern vorbei war.

Interessanterweise trat *Flow* nur auf Solo-Motorrädern auf, von Gespannen war er unbekannt. Wahrscheinlich lag dies an der Geometrie, denn ein Motorrad-Gespann war das einzige asymmetrische Fahrzeug auf den Straßen. Was nicht hieß, daß damit nicht auch Fahrfehler vorkamen, manchmal sogar tragische. Wenn der Beiwagen in einer zu schnell angefahrenen Rechtskurve stieg, konnte man in den Gegenverkehr geraten, und links herum hatte sich schon mancher über die Beiwagenschnauze überschlagen.

Als Jojo einst mit dem Gespannfahren begonnen hatte, war ihm dies leichtgefallen, denn er fuhr noch nicht lange Motorrad. Die Reflexe hatten sich noch nicht eingeschliffen, die langjährigen Solofahrern den Umstieg auf drei Räder so schwermachten. So war er auf zwei und drei Rädern gleichermaßen sicher unterwegs. Nur wenn er ein altes englisches oder italienisches Motorrad fahren sollte, bei denen Schalthebel rechts und Bremse links saßen, hatte er Probleme und stellte das Fahrzeug nach wenigen Kilometern wieder ab.

Als er an diesem Dienstag Nachmittag auf dem Weg nach Berlin die Rhön hinter sich ließ und in den Thüringer Wald eintauchte, fiel ihm siedendheiß ein, daß er vergessen hatte, Cem Doğan anzurufen. Da ihm ohnehin das Benzin auszugehen drohte, steuerte er die nächste Tankstelle an, bunkerte Sprit und holte dann sein Mobiltelefon hervor. Überrascht stellte er fest, daß der Kommissar seinerseits versucht hatte, ihn zu erreichen. Die Mailbox aber war leer. Als die Verbindung aufgebaut war, hatte er Doğan am Apparat.

Doch seltsam – der Polizist schien sich nicht für Jojos Recherchen über Grundlach zu interessieren. Er unterbrach den Journalisten bei dessen Bericht. »Herr Jordan, kann ich Sie irgendwo persönlich sprechen, vielleicht in der Klinik zusammen mit Frau Aschenbrenner?«

»Das wird derzeit kaum möglich sein. Ich bin auf dem Weg nach Berlin.«

»Nach Berlin?« Doğan schien erstaunt.

»Ja. Es hat sich herausgestellt, daß das Kürzel 'ZF' auf den Schülerlisten 'Zonenflüchtling' bedeutet, also DDR-Auswanderer. Möglicherweise erfahre ich aus den Akten bei der Birthler-Behörde mehr über unser mysteriöses Mädchen.«

Am anderen Ende der Leitung entstand ein Geräusch, als ob jemand schnell die Luft einzöge. »Ich glaube nicht, daß Sie da Erfolg haben«, ließ sich der Kommissar dann hören. »Mir wäre sehr daran gelegen, daß wir uns zeitnah persönlich sprechen könnten. Es ...« Er zögerte. »Es gibt da neue Entwicklungen.«

»Neue Entwicklungen?« Jojo war verwundert und neugierig.

Der Polizist druckste unüberhörbar. »Das eignet sich nicht fürs Telefon.« Und nach ein paar Sekunden: »Ich werde gleich Frau Aschenbrenner im Krankenhaus aufsuchen und auch mit ihr sprechen. Kommen Sie dazu?«

»Herr Doğan«, sagte Jojo, »ich bin kurz vor Suhl. Und mein Gespann hat zwar achtzig PS, aber es kann nicht fliegen. Ich melde mich, wenn ich wieder in Spangenberg bin, okay?«

Der Kommissar seufzte und erklärte sich einverstanden. Sie verabschiedeten sich. Jonas konnte sich die Veränderung des forschen und distanzierten Kriminalbeamten nicht erklären. Welche Neuigkeit konnte so gravierend sein, daß Doğan am Telefon nicht darüber sprechen wollte? Nun, wie auch immer – Jojo hatte nicht vor, seine Reise nach Berlin abzubrechen. Der Polizist konnte auch noch ein paar Tage warten. Und außerdem würde er ja, wie er gesagt hatte, Bea besuchen und ihr die neuen Erkenntnisse mitteilen. Und Bea würde ihm, Jojo, gegenüber am Telefon nicht so verschlossen sein. Er zog Helm und Handschuhe an.

Noch während Jonas telefoniert hatte, war ein roter Golf in die Station eingebogen, besetzt mit drei blonden, breitschultrigen anabolen Steroiden. Der Wagen fuhr an allen Zapfsäulen vorbei und hielt eine Fahrzeuglänge dahinter an. Der Fahrer fädelte seinen Schultergürtel aus der Türöffnung und schritt mit leicht gespreiztem Gang, dilettantisch von John Wayne kopiert, zum Handschuhspender an der Säulenreihe. Sichtlich überfordert versuchte er, seine manikürten Baggerschaufeln in die Einmalgummis zu versenken, o-beinte sodann zur rechten Seite des tiefergelegten VWs und öffnete die Tankklappe.

Eingehend wurde er währenddessen durch Muskelprotz Zwei von der Rückbank des Wagens aus observiert, der sich dabei den Stiernacken gefährlich ausrenkte. Geschüttelt von der plötzlichen Erkenntnis, daß das Fahrzeug viel zu weit von einer Zapfsäule entfernt war, um deren Schlauch auch nur entfernt in die Nähe zu zerren, verharrte der Fahrzeugführer eine Weile, um dann wieder einzusteigen und die außergewöhnliche Situation mit den beiden anderen vermittels eines zweistelligen Wortschatzes auszudiskutieren.

Nun kam der dritte Mann ins Spiel. Er quälte sich aus der Beifahrertür, straffte sich entschlossen und schritt hinter den Golf, um mit befehlsgewohnt erhobenem Arm etwaige weitere Fahrzeuge am Befahren der Tankgasse zu hindern. Befriedigt stellte er fest, daß weit und breit keine Gefahr drohte, so daß er, die Arme wie Windmühlenflügel schwenkend, dem Fahrer bedeuten konnte, den Wagen zurückzusetzen.

Was dieser auch tat. An die Tanksäule zu seiner Linken. Stieg aus. Griff sich ein paar neue Handschuhe. Hebelte die Zapfpistole aus dem Halter. Drehte sich zu seinem Auto. Erstarrte vor ungläubigem Erstaunen: Die Tanköffnung war verschwunden!

Der Beifahrer, der bis dato die Einfahrt der Säulengasse gegen tankgewillte Fremde gesichert hatte, sah sich plötzlich zwei Anforderungen gegenüber, deren Anzahl ihn sichtlich überforderte. Einerseits konnte er seinen Kameraden bei der Suche nach dem entlaufenen Tankverschluß nicht im Stich lassen. Andererseits fuhren ausgerechnet jetzt zwei Autos in die Tankstelle ein, ein dunkelblauer BMW und dahinter ein weißer Toyota, die, fuhren sie dem roten Golf zu dicht auf, die Tankklappen-Suche erschweren würden.

Kurz entschlossen baute sich die Schwarzenegger-Kopie weit hinter dem Auto seines Kumpels auf und gebat dem BMW, bereits an der ersten von fünf Tanksäulen zu halten. Nun eilte er zu Radkäppchen und dem bösen Golf zurück und besah gemeinsam mit seinem Kameraden das Unerklärliche. Plötzlich begann der Golf gefährlich zu schaukeln, denn der Zellklumpen auf der Rückbank wälzte sich auf die rechte Seite des Fahrzeugs, was die beiden anderen Hirnamöben veranlaßte, ebenfalls dorthin zu sprinten, wohl, um das Auto vor unerwartetem Überschlag zu schützen.

Dort angelangt, erwartete sie allerdings eine Überraschung. Ein böser Zauber mußte die Tanköffnung des Wagens auf die rechte Seite verlegt haben. Erneut war der Benzinschlauch zu kurz. Was nun?

Jetzt bewährte sich das Intelligenztraining des Bodybuilding-Studios. Der Fahrer hängte die Zapfpistole wieder ein, bestieg den Wagen und rangierte ihn unter Verkehrssicherung durch Premiumteutone Numero drei und Observation durch Biomasse Numero zwei quer in die Gasse, um Tanköffnung und erwählten Schlauch möglichst intim zusammenzuführen. Und olé: Die Tankhandlung konnte vollendet werden!

Fasziniert hatte Jojo dem Schauspiel zugesehen. Konnte es tatsächlich sein, daß Einzeller auch außerhalb von Talkshows lebten? Während die Anabol-Brothers noch hantierten, wollte der BMW die Station wieder verlassen. Doch keine Chance – vor ihm blockierte der rote Golf quer die Gasse, hinter ihm stand der Toyota, dessen Fahrer sich angesichts der Wartezeit aufs Klo verdrückt haben mußte. Bevor Jojo die Tankstelle verließ, konnte er noch beobachten, wie der BMW-Fahrer zeternd ausstieg, die drei Bodybuilder verscheuchen wollte, diese sich ihm jedoch mit drohendem

Muskelspiel zuwandten: Niemand würde sie nach dem bestandenen Hirntraining am Tanken hindern, erst recht kein BMW!

***

Cemalettin Doğan fand ein leeres Bett vor. Er hatte Befürchtungen, Beate Aschenbrenner sei bereits entlassen worden. Doch er traf sie im Gemeinschaftsraum der Station an, wohin sie mit Gips und Krücken gehumpelt war, weil sie vom ständigen Liegen die Nase voll hatte.

Freudig berichtete sie ihm von ihren Recherche-Erfolgen, das Kürzel »ZF« betreffend sowie die letzten Worte des Pfarrerssohns Lukas Xavier. Geduldig hörte der Kommissar zu. Schließlich sagte er: »Frau Aschenbrenner, ich habe ein schlechte Nachricht. Mir ist von höherer Stelle untersagt worden, mich weiter um den Fall zu kümmern. Der Tod des Mädchens sei zu lange her, und mangels Angehöriger bestehe auch keine Notwendigkeit, Ernergie in weitere Ermittlungsarbeit zu stecken, die für aktuelle Fälle dringender benötigt werde.«

»Das ist ja interessant«, erwiderte Beate. »Auch ich habe offiziell den Auftrag entzogen bekommen, mich um die Kirchengeschichte zu kümmern, was auch die Gebeine in der Spangenberger Kirche umfaßt. Was könnte Ihrer Meinung nach dahinterstecken?«

Doğan setzte sich aufrecht und wurde amtlich. »Wie ich schon sagte: Personalmangel und nicht vorhandenes öffentliches Interesse.«

Bea schwieg und sah ihn eindringlich an.

Schließlich verlor der Polizist wieder seine Behördenmiene. »Okay.« Er zögerte. »Es gibt Institutionen und Personen, die auf polizeiliche Entscheidungen massiven Einfluß haben. Offiziell ist das die Staatsanwaltschaft, aber ich schätze mal, in diesem Fall ging die Anweisung von anderer Stelle aus. Sie ist dennoch bindend, ich muß sie befolgen. Und ich muß darüber hinaus Sie und Herrn Jordan dringend bitten, sich ebenfalls nicht mehr mit der Sache zu befassen.«

In Beate Aschenbrenner stieg Zorn hoch. »Herr Doğan, wollen Sie uns verbieten, wie wir unsere Freizeit verbringen?«

»Nein«, gestand der Kommissar ein, »das darf ich nicht. Ich kann lediglich eindringliche Empfehlungen aussprechen.« Nachdenklich zupfte er ein paar virtuelle Stäubchen von seinem makellosen Jackett. Er schien mit sich zu ringen und nach einer Lösung zu suchen. Schließlich stahl sich ein jungenhaftes Grinsen auf sein Gesicht. »Nun, die Polizei hat gegenüber dem Bürger ja auch einen Beratungsauftrag. Sollten Sie zukünftig Hilfe oder Informationen benötigen, werde ich Ihnen nicht die Tür weisen. Allerdings wird es am besten sein, Sie suchen mich privat auf. Telefonkontakt hielte ich in diesem Fall für ungünstig.«

Bea verstand. »Und wie erreichen wir Sie?«

Cem Doğan gab ihr seine Privatadresse in Wabern. Der Ort südlich von Kassel war bekannt für seine einhundertdreißig Jahre alte Zuckerfabrik, in die jährlich rund tausend Landwirte ihre Zuckerrübenernte ablieferten. Doğan nahm der jungen Frau das Versprechen ab, Jonas Jordan ausführlich über die Sachlage zu informieren. Er verabschiedete sich mit einer Warnung. »Passen Sie auf sich auf! Es scheint jemandem gegen den Strich zu gehen, daß Sie sich weiter um die Gebeine des Mädchens kümmern.«

Die Patientin bedankte sich, und sie gaben sich die Hand.

Beate Aschenbrenner dachte nicht daran, jetzt aufzugeben. Vielmehr fühlte sie sich durch den geheimnisvollen Widerstand erst recht angestachelt. Wie ein Spürhund, dachte sie, der Witterung aufgenommen hat.

Siebzehn

»Engerwißbsch!«, sagte die Frau.

Jojo seufzte. Er suchte lediglich nach einer Unterkunft für eine Nacht, und die erste Passantin, die er fragte, mußte natürlich ausgerechnet eine Tschechin oder Rumänin oder Ungarin sein, die kein Deutsch sprach. *Engerwißbsch* – wie sollte Jonas wissen, was das auf ausländisch hieß?

Doch die Frau deutete noch immer die Straße hinunter und begann nun zu lachen. »Sie sind nicht von hier, was?«, fragte sie plötzlich in erstaunlich gutem Deutsch. »Unterweißbach«, erklärte sie dann, um deutliche Artikulation bemüht. »Dort finden Sie genügend Gasthäuser und Ferienzimmer. Fragen Sie einfach bei der Touristeninformation in der Dorfmitte.«

Jojo bedankte sich und fuhr in die bezeichnete Richtung. Er hatte bis dato geglaubt, er verstehe alle deutschen Dialekte. Von wegen! Gleich beim ersten Gespräch in Thüringen war eben sein Sprachstolz gestutzt worden.

Er lenkte sein Dreirad die kurvige Straße hinunter. Er hatte sich daran gewöhnt, vor Rechtskurven stark abzubremsen, da der leichte Enduro-Beiwagen allzu leicht stieg, wenn kein Beifahrer darauf saß – oder Beifahrerin, wie er bei sich dachte, Beas Bild vor Augen. Sein Gespann kam aus dem Geländesport, es war einst im Moto Cross eingesetzt worden. Wasp in England hatte den gelöteten Edelstahl-Rahmen geliefert, ein japanischer Zweizylinder mit einem Liter Hubraum war mit saugender Passung hineingequetscht und das Ganze straßenzugelassen worden. Jojo hatte später noch einen Beiwagensitz montieren lassen, denn auf langen Strecken zu stehen wie im Moto Cross, konnte keinem Beifahrer zugemutet werden. Wie auch immer, mit dieser Biografie und Stollenreifen war das Fahrzeug extrem geländetauglich, wenngleich es Jojo vorwiegend im Straßeneinsatz fuhr.

Es dämmerte, als er in Unterweißbach (*Engerwißbsch!* Die mußten hier alle doch Knoten in der Zunge haben!) im Gasthaus *Zum Hirsch* sein Zimmer bezog. Er duschte des Tages Anstrengungen ab, stieg in frische Klamotten und wählte Aschenbrenners Nummer.

Sie sah auf ihrem Display, wer anrief. »Hallo Jojo, wo steckst du?«

»Jojo hier, ich grüße dich.« Er konnte und wollte es nicht lassen. »Ich habe Rast gemacht in einem thüringischen Dorf mit unaussprechlichem Namen. Morgen geht's nach Berlin weiter. Weißt du, was mit Doğan los ist? Der druckste heute am Handy herum.«

Bea berichtete ihm vom Stand der Dinge.

»Nicht vorhandenes öffentliches Interesse? Mord und Totschlag sind Offizialdelikte!« Jonas hatte doch einiges aus seinem Jurastudium behalten. »Da geht es nicht um Interesse, sondern die Verfolgung ist zwingend. Das sollte der Staatsanwalt wissen.«

»Dem Kommissar scheint befohlen worden zu sein, den Fall zu den Akten zu legen. Er will uns aber weiter unterstützen. Auf informeller Ebene – nennt man das so?«

Sie vereinbarten, daß Jojo seinen Berlin-Besuch wie geplant

durchführen sollte. Wenn er zurück sei und Bea die Klinik verlassen könne, würden sie weitersehen.

Nachdenklich ging der Journalist hinunter in das Restaurant des Gasthofs und nahm Platz. In der Speisekarte suchte er nach thüringischen Spezialitäten und bestellte ein Schwarzbier aus der nahen Köstritzer Brauerei sowie als Vorspeise Soljanka. Diese pikante Suppe stammte zwar nicht aus Thüringen, sondern aus Rußland, war aber zu DDR-Zeiten im ganzen Land beliebt und verbreitet gewesen. Das hatte sich bis heute zu Recht erhalten. Als Hauptgericht wählte er Löffelnocken. Allein der Name schien dem Motorradfahrer bereits sympathisch, erinnerte er doch an Nockenwellen im Viertakt-Motor.

Vor hundertdreißig Jahren, so hatte Jojo gelesen, hatte ein obergescheiter Gymnasiallehrer die Thüringer beschimpft. Sie seien nicht zivilisiert und hätten grobe und phlegmatische Gesichtszüge, »ihre Augen haben jenen einförmigen Ausdruck, der von Zufriedenheit und Sorglosigkeit Zeugnis gibt.«

Studienräte! Jonas stieg die Galle hoch, wenn er an das eingebildete Pack dachte, dessen Wissen und Vorstellungskraft nicht von Zwölf bis Mittag reichte, von Pädagogik ganz zu schweigen. Nun gut, er sah ein, daß er heftige Verallgemeinerungen hegte, aber was er persönlich in seiner Gymnasialzeit und danach erlebt hatte, rechtfertigte diese in allen Punkten, von raren Ausnahmen abgesehen.

Außerdem, so dachte Jojo bei sich, hatte jener Oberlehrer offensichtlich nicht die Pfälzer gekannt, sonst wäre infolge der Vergleichsmöglichkeit sein Urteil über die Thüringer weit milder ausgefallen. Jonas hatte sich als Wahl-Badener, wenn auch mit hessischem Migrationshintergrund, die alte Fehde zwischen Baden und Pfalz porentief einmassiert – und natürlich auch die zwischen Baden und Schwaben. Wenn er einmal ein sympathisches Exemplar dieser Spezies traf, war er sofort bereit, es in die Die-Ausnahme-bestätigt-die-Regel-Schublade einzusortieren.

Als die Löffelnocken serviert wurden, stiegen die Thüringer in Jojos Achtung noch höher, und er verzieh ihnen ihren konsonantengesättigten Dialekt vollends. Hauptbestandteil des Gerichts waren Hackfleischbällchen, die mit Eiern, Wein, Kräutern, Zitrone und Sardellen versetzt und gebraten waren. Dazu wurde Kartoffelsalat gereicht, der, wie es sich gehörte, nicht mit dumpfer Industriemayonnaise, sondern mit Speck und Brühe angemacht worden war. Ein frischer grüner Salat gab das Chlorophyll hinzu.

Satt und zufrieden lehnte sich Jojo zurück. Er war gespannt auf den morgigen Tag. Telefonisch hatte er sich bereits bei der Bundesbehörde für die Stasi-Unterlagen angemeldet, der nach ihrer Leiterin genannten Birthler-Behörde, und die Kopie seines Presseausweises als Legitimation gefaxt. Am frühen Nachmittag wollte er dort sein.

Der Journalist zahlte und stieg zu seinem Zimmer hinauf. Säuberlich legte er seine Kleidung über den Stuhl, stieg in den Schlafanzug und wollte den Wecker stellen, da er früh aufzubrechen gedachte. Berlin war immerhin noch rund dreihundert Kilometer entfernt.

Jojo suchte nach seinem Mini-Computer, der unter vielen anderen Aufgaben die Weckfunktion übernahm. Dieser Klein-PC, kaum größer als eine Brieftasche, bot sämtliche notwendigen Programme und verfügte über eine komplette Tastatur. Der Journalist hatte auf ihm bereits ganze Bücher verfaßt. Und im Gegensatz zu heutigen Notebooks, die weitaus größer und schwerer waren und deren Akkus knapp drei Stunden durchhielten, reichten die Batterien des Psion drei Jahre aus. Die britische Firma hatte die Produktion der kleinen Wundermaschinen längst eingestellt, da ein mächtiger US-amerikanischer Marktbeherrscher ein Produkt auf den Markt gebracht hatte, das zwar viel schlechter war, er es aber vermittels seines Geldes gegen alle Konkurrenz durchsetzen konnte.

Der britische Taschen-PC war nun über zwanzig Jahre alt, und nur wenige Nutzer beherrschten dessen antikes, aber leistungsfähiges Betriebssystem. Jojo war einer von ihnen. Umso mehr ärgerte es ihn, daß er jetzt das Gerät nicht finden konnte. Sollte er es tatsächlich zuhause vergessen haben? Er war sich fast sicher, daß er es eingepackt hatte. Alle seine Notizen und Adressen waren darin untergebracht. Jonas durchsuchte seine Taschen und Beutel, schließlich zog er sich wieder an und ging zum Gespann hinunter, um dort in den Packkisten nachzuschauen. Der Psion blieb unauffindbar.

Jojo seufzte. Sicherlich lag der Kleincomputer zuhause unschuldig auf dem Schreibtisch und wunderte sich, daß sein Herrchen ihn nicht mitgenommen hatte. Jonas stieg wieder zu seinem Bett hinauf, stellte den hauseigenen Wecker des Gasthauses und legte sich hin. Er mußte dann eben wie in grauer Vorzeit alles per Hand notieren, war einer seiner letzten Gedanken, bevor ihn der Schlaf umhüllte.

***

Die Tür des Krankenzimmers wurde halb geöffnet. »Nein«, hörte Bea jemanden sagen, »wir machen jetzt Visite. Bitte warten Sie so lange.« Nun schwang die Tür vollends auf, und Doktor Ferdinand Plaut erschien, gefolgt von einer Korona von Schwestern, Pflegern, Studenten und Arztfrischlingen. Das Rudel Weißkittel sammelte sich zunächst um das Bett von Gisela Breckow, dann wandten sich alle zu Bea. »Sie haben gute Knochen, Frau Aschenbrenner«, sagte Plaut jovial. »Wenn es weiter so vorangeht, werden Sie uns am Samstag verlassen können. Wie fühlen Sie sich?«

»Gut«, erwiderte sie. »Nur die Rippen tun mir noch weh.«

»Das wird in ein paar Wochen vorbei sein. Gebrochene Rippen können wir leider nicht schienen, sie müssen ohne Hilfe heilen. Achten Sie darauf, daß Sie nichts Schweres tragen, solange es weh tut. Also, Frau Aschenbrenner, wir freuen uns, daß Sie den Unfall so gut überstanden haben. Jetzt können Sie Ihren Bruder empfangen.«

»Welchen Bruder?«, fragte die junge Frau. »Ich habe keinen Bruder.«

Plaut schien irritiert. »Draußen wartet ein junger Mann, der behauptet, Ihr Bruder zu sein.« Er zögerte. »Sollen wir ihn fortschicken?«

»Nein, lassen Sie ihn herein.« Die Patientin war neugierig. »Bin gespannt, wer es ist.«

Der Visitenschwarm verzog sich, und kurz danach betrat ein junger Mann das Zimmer. Er war sehr schlank, schien knapp dreißig Jahre alt zu sein, trug blonde lange Haare, die er zu einem Pferdeschwanz zusammengefaßt hatte, Jeans, Turnschuhe und eine abgewetzte braune Lederjacke über einem schwarzen T-Shirt. Zielstrebig ging er auf die Zimmergefährtin der Historikerin zu, die in einem Buch las. »Guten Tag, Frau Oschenbrenner.«

Gisela Breckow blickte von ihrer Lektüre auf, zu Bea hinüber, dann wieder zu dem Mann. Wortlos deutete sie auf das Bett zu ihrer Rechten.

Die Lederjacke blinzelte irritiert und wandte sich dann an Bea. »Ah! Ääh ...«

Beate Aschenbrenner grinste innerlich. Nach außen wurde sie förmlich: »Guten Tag. Kann ich Ihnen helfen?«

»Müller mein Name. Guten Tag, Frau Oschenbrenner.«

Bea verzichtete darauf, ihren Namen richtigzustellen, und sah ihm in die Augen.

»Ich komme vom Ministerium und hätte kurz etwas mit Ihnen zu besprechen.«

»Schießen Sie los!«

Zögernd blickte sich der Pferdeschwanz nach dem anderen Bett um. Die Patientin dort aber schien zu lesen. »Äh, können wir unter vier Augen ...?« Dann sah er auf Beas eingegipstes Bein und korrigierte sich sogleich. »Nein, das geht wohl nicht.«

Beate Aschenbrenner sah keine Veranlassung, dem Fremden zu eröffnen, daß sie sehr wohl fußfit war, wenn auch mit Gehstöcken. Sollte er ruhig unter Zeugen ausspucken, was er auf dem Herzen hatte.

Die Lederjacke gab sich einen Ruck und fuhr mit leiser Stimme fort: »Sie hatten den Auftrag, die hiesige Kirchengeschichte zu erforschen, und meines Wissens ist der Auftrag abgeschlossen. Nun haben wir erfahren, daß Sie dennoch daran weiterarbeiten wollen. Das ist eine sehr unschöne Geschichte« – er sah sich erneut nach der Mitpatientin um – »und wir möchten Ihnen dringend raten, sich anderen Aufgaben zuzuwenden.«

»Wer ist 'wir'?«, fragte Bea.

Müller druckste. »Der Minister und seine Mitarbeiter«, meinte er schließlich, um sogleich, noch ehe Bea weiter fragen konnte, anzuschließen: »Es spielt auch keine Rolle. Sie werden jedenfalls eine neue Aufgabe bekommen. Es wird nicht Ihr Schaden sein, wenn Sie alte Knochen ruhen lassen. Wenn nicht, könnte es sich ungünstig für Sie auswirken.« Er straffte sich und versuchte, eine drohende Körperhaltung einzunehmen, was ihm mit seiner schmächtigen Figur nur unzureichend gelang.

Beate Aschenbrenner ließ sich nicht beirren. »Herr Müller«, begann sie, »Sie geben sich als mein Bruder aus und schleichen sich mit dieser Lüge ins Krankenhaus ein.« Sie wurde lauter, und die Frau im anderen Bett blickte von ihrer Lektüre hoch. Bea griff während ihrer Predigt zum Handy auf dem Nachttisch und hielt es wie zufällig vor sich auf die Bettdecke. »Dann versuchen Sie mir zu drohen und vorzuschreiben, mit was ich meine Freizeit verbringe. Schließlich können oder wollen Sie mir nicht sagen, wo Sie herkommen oder wer Sie geschickt hat. Ministerium? Welches Ministerium? Glauben Sie allen Ernstes, ich nehme Ihnen diese Märchen ab?« Sie hatte bei den letzten Worten das Handy aufgerichtet und betätigte nun den Fotoauslöser.

Erschrocken starrte die Lederjacke auf das Gerät, drehte sich um und sprang zur Tür. Er war bereits halb draußen, als er ins Zimmer zurückrief: »Nehmen Sie es ernst! Lassen Sie die Finger davon!« Damit war er entschwunden.

Beate Aschenbrenner atmete tief durch und lehnte sich in die Kissen zurück. Was war das für ein Vogel gewesen? Woher kam er, was hatte er mit den Gebeinen zu tun?

»Hat Ihr Handy Bluetooth oder eine Infrarot-Schnittstelle?« Die Stimme kam aus dem anderen Bett.

Bea schaute irritiert zu Gisela Breckow. »Ja, ich glaube schon.«

»Dann spielen Sie mir das Bild auf mein Handy herüber.« Bea verstand nicht, und die andere Frau erklärte: »Der war doch nicht hasenrein. So erschrocken wie der war, als Sie ihn fotografiert haben, wird er alles versuchen, daß das Bild gelöscht wird. Und wenn er Ihr Handy klaut oder zerstört.« Sie grinste. »Er wird aber nicht auf den Gedanken kommen, daß ich eine Kopie des Bildes habe. Also schicken Sie's mir rüber.«

Beate dachte nach. »Ich kann doch das Bild auch per SMS an meinen Bekannten senden oder, noch besser, an meinen Computer zuhause.«

Die andere widersprach. »Wenn die« – sie ließ offen, wen sie meinte – »gut ausgerüstet sind, werden die Ihr Handy überwachen. Und dann wissen sie, wohin das Bild geschickt wurde und wer der Empfänger ist. Dann wird der PC oder das Handy geklaut und das Bild darauf gelöscht. Fertig. Man braucht dazu nur genügend kriminelle Energie.«

»Sie kennen sich aber gut aus«, meinte Bea bewundernd. »Und Bluetooth können die nicht orten?«

»Das reicht hier im Gebäude höchstens zwanzig Meter weit. Der nette Herr von eben ist sicherlich nicht mit komplexer Elektronik ausgestattet. Und Infrarot erfordert ohnehin Sichtkontakt. Ich arbeite doch bei einer Elektronik-Firma, daher weiß ich ein wenig Bescheid. Ich gebe Ihnen meine Adresse, dann kommen Sie jederzeit an das Bild, wenn es bei Ihnen abhanden kommen sollte. Und meine Zeugenaussage können Sie auch haben, falls Sie sie brauchen.«

Sie verbanden die Mobiltelefone per Infrarot, und eine Kopie des Lederjacken-Bildes wanderte durch den Raum. Manchmal, so dachte Bea, ist es doch gar nicht schlecht, im Krankenhaus kein Einzelzimmer zu bekommen.

***

Jojo war zeitig aufgebrochen. Die Übernachtung war erstaunlich günstig gewesen, und die thüringer Sonne warf durch die Laubbäume des Waldes tanzende Flecken auf den Asphalt. Hier kannte sich Jonas aus. Vor Jahren, kurz nach der Grenzöffnung, hatte er an der traditionellen Vierundzwanzigstunden-Fahrt des Allgemeinen Deutschen Motorsportverbandes der DDR teilgenommen. Seit den Sechziger Jahren war die Veranstaltung bekannt unter dem Motto »Tausend Kilometer ohne Bett und Bier«, erlaubt waren nur Zwei- und Dreiräder. Damals hatte die Strecke, gespickt mit etlichen Sonderprüfungen, hier entlanggeführt, und Jojo lernte einige mehr oder weniger legale Abkürzungen kennen. Er und sein Beifahrer, ein alter DDR-Motorsporthase, hatten sich bei der Fahrt abgewechselt und waren schließlich als Vierte ins Ziel gekommen, bevor sie todmüde in die Betten gefallen waren.

An diesem Morgen nun fuhren wenige Fahrzeuge auf den kleinen Straßen, die nahegelegene Autobahn A9 hatte sicherlich Anteil daran, indem sie das Gros des Verkehrs aufnahm. So konnte der Journalist den Quirl aufdrehen, selten kam Gegenverkehr. Die Sonne blinzelte durch die Baumkronen des Thüringer Waldes, deren Blätter sich hier und dort zu färben begannen. Lichtflecken tanzten auf dem Makadam, und Jojo ließ den luftgekühlten Zweizylinder sein sonores Lied singen.

Mit dem leichten unbesetzten Enduro-Beiwagen war er allerdings gezwungen, vor Rechtskurven deutlich abzubremsen. So hatte sich seit einigen Kilometern ein dunkelblauer BMW hinter Jojos Gespann geklemmt, der ständig dichter auffuhr, weil ihm das Dreirad offenbar zu langsam war. Jonas konnte mangelnden Abstand nicht leiden. Was, wenn er plötzlich stark bremsen mußte? Der Nachfolger walzte ihn dann doch platt, er konnte es gar nicht verhindern.

An einem geraden Straßenstück bremste Jojo ab, um den eiligen Bayern vorbeizulassen. Doch der wollte nicht überholen und klebte weiter am Nummernschild des Gespanns. Jojo zuckte die Schultern und gab wieder Gas. Der BMW auch. An irgend etwas erinnerte den Journalisten dieses Auto, er kam aber nicht drauf, was es war.

Schließlich ließ sich der PKW zurückfallen, schloß jedoch gleich danach wieder dicht auf. Wollte er spielen? Jojo kannte eine kurze Nebenstrecke, die durch ein thüringisches Dorf führte. Er setzte den Blinker rechts und bog ab. Der BMW folgte. Ganz offensichtlich hatte er es auf Jonas' Gespann abgesehen. Der Journalist hatte es durchaus schon erlebt, daß er mit seinem seltenen Fahrzeug aus reiner Neugierde verfolgt wurde, doch so hartnäckig hatte sich noch kein Bewunderer gezeigt.

Als Jojo wieder auf die Landstraße stieß, den PKW nach wie vor dicht hinter sich, wurde es ihm zu bunt. Mal sehen, dachte er, was dein Tieferlegungssatz und deine Breitreifen ausrichten können.

Eine langgezogene Rechtskurve lag vor ihnen, Jonas konnte sich gut an sie erinnern. Im Scheitel der Kurve zweigte ein Waldweg ab, direkt in Verlängerung von Jojos Fahrlinie. Hinter der Kurve kam ihnen ein Sattelschlepper entgegen, der durch den lichten Wald gut zu erkennen war.

Jonas Jordan schaltete einen Gang zurück, ließ den BMW noch dichter auffahren und riß dann das Gas auf. Sein Gespann schoß über die Gegenfahrbahn hinweg, kurz vor der Schnauze des Sattelzugs direkt den Waldweg hinauf. Jojo stellte sich in die Rasten, mit hoher Geschwindigkeit raste sein Enduro-Gefährt über unwegsames Gelände. Hinter sich hörte er die zornige Fanfare des Lasters und quietschende Reifen. Seinem Motor gönnte Jonas keine Verschnaufpause und prügelte das Dreirad weiter über Baumwurzeln, Wackersteine und Grasnarben. Zwei Weggabelungen lagen vor ihm, die ihn der erfahrene Motorsportler damals entlanggeschickt hatte, um abzukürzen. Schotter prasselte, als das Gespann hindurchstob, und der Beiwagen mähte eine lange Reihe verblühter Fingerhüte nieder. Äste knackten und wurden emporgeschleudert, und zwei alte Eschen standen wie Torwächter links und rechts am Waldweg, um kein Fahrzeug hindurchzulassen, das breiter war als Jojos Gespann.

Der Journalist grinste unter seinem Helm. Den Verfolger hatte er abgeschüttelt. Das Fahrwerk der Zuhälter-Schaukel würde es keine zehn Meter weit mit dem Gelände des Thüringer Waldes aufnehmen können.

***

Auf dem Rest der Strecke wurde Jonas nicht mehr belästigt. Ungestört hatte er die Abkürzung nehmen können und war dann auf legaler Asphaltstraße weiter in Richtung der Bundeshauptstadt gefahren. Gegen Mittag erreichte er Berlin, eine Stadt, die sich selbst für eine weltoffene Kulturmetropole hielt, aber doch nur ein schlecht riechendes Provinzkaff war.

Westberlin war vierzig Jahre lang von Bonn aus mit Geld und Ideologie vollgepumpt worden, weil es, wie Adenauer und Stadtchef Reuter gesagt hatten, die »billigste Atombombe« war, ein »Pfahl im Fleisch der Sowjetzone«. Nach Westberlin, das völkerrechtlich nicht zur Bundesrepublik gehört, sondern einen speziellen Viermächte-Status besessen hatte, waren alle Sorten von Kriminellen geströmt, Wirtschaftsflüchtlinge, Steuerhinterzieher, Bordellbetreiber, halbseidene Unternehmer, Immobilienhaie, korrupte Baulöwen, Rechtsradikale und Menschenhändler, aber auch Sozialhilfeempfänger, Studenten und Armee-Flüchtlinge. Vor allem jedoch war es Stützpunkt unzähliger Geheimdienste vieler Herren Länder gewesen, und den allein dreizehn Spionage-Organisationen Westdeutschlands hatten die großen politischen Parteien noch eigene militante Schlapphut-Vereine hinzugefügt, die Tunnel in den Osten buddelten, Brandanschläge organisierten und Agenten anwarben.

Natürlich war auch der Osten nicht untätig gewesen. An dieser Stadt, die an der Nahtstelle zweier verfeindeter Weltreiche lag, hatte sich die ganze Gewalt des europäischen Zwanzigsten Jahrhunderts ausgetobt, und heute stritten sich die Historiker darum, wessen Verdienst es war, daß aus dem Kalten Krieg kein heißer wurde.

In Westberlin jedenfalls waren Protzbauten hochgeschossen neben heruntergekommenen Sozialbaracken, wurden planlos Straßen durch Häuserschluchten gepflügt und ganze Blocks mit schreiender Werbung zugepflastert. Die anarchische Stadtentwicklung hatte nach der Grenzöffnung 1989 auch den Ostteil der Stadt ergriffen. Hier wurde Geschichte entsorgt, indem man Straßen umbenannte, hier wurden ganze Stadtteile platt gemacht, der Spekulation oder sich selbst überlassen.

Im Zentrum der Stadt fuhr Jojo an einem großen Platz vorbei, auf dem einst der DDR-»Palast der Republik« gestanden hatte, ein Kultur-, Kontakt- und Freizeitzentrum für alle Bürger. Da nichts mehr an das verhaßte zweite Deutschland erinnern durfte, war das Gebäude unter einem Vorwand abgerissen worden. Nun sollte für viele hundert Millionen Steuergelder ein Plagiat des einstigen Hohenzollern-Schlosses dort erstehen, ein Disneyland der Dekadenz, potemkinsche Simulation angeblicher Kultur – und doch nur erbärmliches Symbol eigener Unfähigkeit, die sich am Kitsch untergegangener Epochen berauschte. Mit dem Reichstagsgebäude, das tatsächlich nicht umbenannt wurde, war es vorgemacht worden, die einst größenwahnsinnige Hohenzollern-Bande hatte in den Gräbern jubiliert.

Jojo schwenkte sein Gespann auf den Parkplatz der Birthler-Behörde, die paradoxerweise in der Karl-Liebknecht-Straße residierte. Hinter dem Eingang mußte er sich einer Leibesvisitation unterziehen und trotz erfolgter Anmeldung ein umfangreiches Formular mit allen persönlichen Daten ausfüllen, bevor er eingelassen wurde. Achtzig Euro wurden ihm abgeknöpft, bevor er schließlich einen beschlipsten Aufpasser zur Seite gestellt bekam, der ihn in die Geheimnisse der Aktenverwaltung einweihte.

Achtzehn

Cemalettin Doğan hatte recht behalten. Tatsächlich war in den sogenannten Stasi-Akten nichts zu finden, was auf ein vermißtes Mädchen Anfang der sechziger Jahre oder eines mit dem Vornamen Lara schließen ließ. Trotz der großen Mühe, die sich die Birthler-Behörde gab, der DDR-Staatssicherheit alles Mögliche in die Schuhe zu schieben, lieferten die nüchternen Originaldokumente lediglich die Information, daß der Geheimdienst der DDR über sehr viele Republikflüchtlinge informiert gewesen war. Interessant war allenfalls, daß sich mehr als die Hälfte aller Emigranten der teuren Hilfe westdeutscher Schleuser-Organisationen bedient hatten. Jojo gewann sogar den Eindruck, daß eine größere Anzahl Menschen noch nicht einmal aus völlig freien Stücken über die grüne Grenze gebracht worden waren, sie schienen überredet, gelockt oder gar erpreßt worden zu sein.

Das erklärte natürlich den Bericht des alten Rektors, etliche Aussiedler seien damals freiwillig zurückgekehrt. Der Wachhund an Jojos Seite hatte erst auf penetrantes Nachfragen die Akten herausgerückt, die das bestätigten. Aber auch darunter hatte sich keine Lara befunden, geschweige eine Tochter, mit der Eltern aus, aber nicht wieder eingereist waren.

Jojo war vergeblich nach Berlin gefahren.

Es war später Nachmittag an diesem Mittwoch, als Jonas Jordan die Hauptstadt verließ. Er hatte vor, bei der Gelegenheit einen Journalisten-Kollegen im Harz zu besuchen, den er lange nicht gesehen hatte, so stellte er sich auf die A2 Richtung Westen.

Kurz vor der Ausfahrt Magdeburg überholte ihn ein Polizeiwagen, setzte sich vor ihn und ließ auf dem Dach die Laufschrift leuchten: »Bitte folgen«. Jojo seufzte. Jahrelang war er nicht kontrolliert worden, und nun innerhalb weniger Tage zum zweiten Mal. Er folgte dem Kombi die Ausfahrt hinunter und hielt auf einer Ausweichstelle hinter ihm an. Der Beifahrer verließ den Wagen, setzte die Dienstmütze auf und schritt zu dem Gespann. »Ihre Papiere bitte.« Und nach einem kurzen Blick darauf: »Bitte folgen Sie uns zum Revier.«

Bevor Jojo protestieren konnte, war der Beamte bereits wieder zum Auto zurückgegangen, und der Streifenwagen setzte sich in

Bewegung. Jonas' Ausweise hatte der Mann behalten. Seit wann wurde man bei einer einfachen Verkehrskontrolle aufs Revier befohlen? rätselte Jojo. Zudem ärgerte es ihn, daß er wertvolle Zeit verlor, denn er mußte ja noch irgendwo eine Unterkunft für die Nacht finden.

Noch mysteriöser wurde die Geschichte, als ihm in der Polizeidienststelle ohne Erklärung geboten wurde, sich auf eine Holzbank zu setzen. Die beiden Beamten verschwanden, zurück blieb nur ein weiterer Polizist, der hinter einem abgegriffenen Schreibtisch lustlos auf seiner Computertastatur herumklapperte. Auf Jojos Frage, was das Ganze zu bedeuten habe, zuckte der nur die Schultern und schrieb schweigend weiter.

Es dauerte nahezu eine halbe Stunde, bis sich die Tür öffnete und Jonas in einen angrenzenden Raum gerufen wurde. Der Beamte, der dort saß, schien angesichts seiner Schulterklappen ein höherer Dienstgrad zu sein. »Nehmen Sie Platz, Herr Jordan«, begrüßte er den Journalisten, während er in Jojos Papieren blätterte.

»Warum halten Sie mich fest? Wird mir etwas vorgeworfen?«, platzte Jojo heraus.

Der Mann sah ihn an. »Wir halten Sie doch nicht fest. Wir möchten lediglich etwas überprüfen.« Und nach einem Blick in den Fahrzeugschein: »Auf Ihrem Motorrad ist ein Benzintank aus Kunststoff montiert. Und wie ich sehe, ist er nicht in den Papieren eingetragen. Können Sie uns etwas dazu sagen?«

Jojo war verblüfft. »Der Tank ist serienmäßig. Das Fahrwerk wird vom Hersteller damit ausgeliefert.«

»Wasp, nicht wahr?«, fragte der Beamte, wobei er das englische Wort deutsch aussprach.

»Nein, der Hersteller heißt Rhind-Tutt und sitzt in Großbritannien. Wasp« – Jonas sprach es korrekt aus – »ist der Markenname.«

»Ein Kunststofftank«, belehrte ihn der Polizist, »muß wegen elektrostatischer Gefährdung speziell geprüft und eingetragen werden. Das wurde bei Ihrem Fahrzeug versäumt. Wir müssen es daher leider beschlagnahmen und hierbehalten.«

»Bitte?« Jojo glaubte sich verhört zu haben. »Der Tank ist abgenommen und Teil der Betriebserlaubnis!«

»Das werden wir überprüfen, allerdings erst morgen. Warten

Sie einen Moment«, erwiderte der andere und verließ das Zimmer.

Jonas war sprachlos. Sollte er die Nacht hier auf dem Revier verbringen?

Nach einer Weile öffnete sich die Tür erneut, und zwei junge Männer in Zivil traten ein. Einer von ihnen kam Jonas bekannt vor, er konnte ihn jedoch nicht einordnen.

»Guten Abend, Herr Jordan«, begann der Unbekannte der beiden. Er war schlank und mittelgroß, zur teuren Leinenhose trug er ein gestreiftes Hemd und graue Lederschuhe. Sein blondes Haar war ultrakurz geschnitten, und seinen schlanken Fingern sah man sorgfältige Pflege an. Seltsam: Trotz seiner sauberen Erscheinung ging von ihm ein schmieriger Eindruck aus. Jojo überlegte, woran dies liegen mochte. Möglicherweise trug die Mimik des Mannes dazu bei, die vollkommen aufgesetzt schien.

Der Zweite besaß Figur und Haarschnitt seines Kollegen, nur waren Teint und Haarfarbe dunkler, und er ließ die Schultern hängen, so daß er leicht gebückt erschien. Statt eines Hemdes trug er einen dunkelblauen Pulli.

Der Blonde zog einen Stuhl heran und setzte sich. Der andere blieb stehen. »Wie wir hörten, haben Sie Unannehmlichkeiten«, meinte der Sitzende. »Dann sind wir ja fast quitt.« Er grinste. Weil Jonas ein fragendes Gesicht schnitt, fuhr er fort: »Sie haben uns heute morgen auf einen Waldweg in Thüringen gelockt. Der hat die Vorderachse unseres Wagens ziemlich verformt.« Das Grinsen verschwand. »Es war nicht leicht für uns, das unseren Vorgesetzten zu erklären. Denen sitzt der Rechnungshof im Nacken, und die Reparatur eines BMW ist nicht billig.«

Jojo ging ein Licht auf. Diese halbseidenen Gestalten hatten ihn auf dem Weg nach Berlin gejagt, und er hatte sie abgehängt. Ihr Auto mußte auch der BMW gewesen sein, der von den Bodybuildern in der Tankstelle ausgebremst worden war. Und hatte nicht vor seinem Häuschen ein paar Tage zuvor ein dunkelblauer BMW gestanden? Rechnungshof? Welche Mischung aus Staatsdienern und Kriminellen wollte ihm hier ans Fell?

»Ich sehe, Sie verstehen, Herr Jordan«, fuhr der andere fort. »Nun müssen Sie eine kalte Nacht in Magdeburg verbringen« – er setzte eine mitleidheuchelnde Miene auf, ungeachtet der Tatsache, daß Magdeburg eine eher schwülwarme Spätsommernacht bevorstand – »und womöglich mit dem Zug heimfahren. Sehr schade.«

Was würde jetzt kommen? Was wollten die beiden Vögel von ihm?

»Wir sind zum Glück nicht nachtragend. Wir können Ihnen durchaus aus der Patsche helfen. Für eine kleine Gefälligkeit.« Der Mann auf dem Stuhl legte eine Kunstpause ein. Sein Partner sagte noch immer nichts. »Sie suchen nach einem getöteten Mädchen. Sie haben in der Gauck-Behörde recherchiert.«

»Birthler-Behörde«, korrigierte Jojo automatisch.

»Natürlich. Entschuldigung. Herr Gauck hat seine Amtsgeschäfte ja an Frau Birthler übergeben. Wie auch immer. Sie haben jedenfalls die Akten gesichtet und herausgefunden, daß die Stasi seinerzeit dieses Mädchen hat töten lassen.«

»Das ist Unsinn«, widersprach Jonas. »Ein totes Kind wurde nirgends erwähnt, schon gar nicht ein ermordetes. Ich habe noch nicht einmal die Identität des Mädchens feststellen können. Das einzige, was ich weiß, ist, daß es sich um die Tochter einer Flüchtlingsfamilie aus der DDR gehandelt haben könnte. Und auch das stand nicht in den Akten.«

»Na, sehen Sie!« Sein Gegenüber schien befriedigt. »Was liegt da näher, als daß die Stasi aus Rache den Mord beging? Sie erhalten jetzt Ihr Motorrad zurück, wir vergessen die Sachen mit dem kaputten BMW und dem Benzintank. Und Sie fahren zurück, berichten allen Beteiligten von der Lösung des Falles und schreiben über den Stasi-Mord eine Reportage. Wir sorgen dafür, daß diese in die richtigen Zeitungen kommt. Und Sie erhalten sogar noch ein fürstliches Honorar dafür. Ist das nicht ein Angebot?«

Jojo war perplex. Hier saßen mutmaßliche Staatsdiener und verlangten von ihm, dem Journalisten, faustdicke Lügen zu produzieren. Nein, übler noch: Sie erpreßten ihn dazu.

»Schlagen Sie das allen Journalisten vor?«, fragte er sarkastisch.

Der Mann hob abwehrend die Hände. »Nein, wo denken Sie hin? Die meisten Ihrer Kollegen halten sich an die Wahrheit und schreiben nicht gegen unsere demokratische Grundordnung an. Wir leben schließlich in einem freien Land!«

Ja, das hatte Jojo soeben zu spüren bekommen. Er sammelte sich. »Hören Sie«, begann er, »ich weiß nicht, wo Sie herkommen. Sie haben sich noch nicht einmal vorgestellt. Sie wollen, daß ich meinen Beruf verrate und die Leser anlüge. Wissen Sie so wenig von mir, daß Sie denken, ich ginge darauf ein?«

»Oh, Entschuldigung«, erwiderte der auf dem Stuhl mit öliger Stimme, »die Vorstellung haben wir tatsächlich vergessen. Das tut uns aber leid. Mein Name ist Meier, und das ist mein Kollege, Herr Schmidt.«

Klar, dachte Jonas mit Ironie, das sind natürlich eure richtigen Namen!

»Wer spricht hier von Lügen?«, fuhr der Mann fort. »Alle Welt weiß, daß die Stasi Leute ermorden ließ. Da könnte es in diesem Fall genauso gewesen sein. Im übrigen schlagen wir lediglich ein reelles Geschäft vor. Sie verraten Ihren Beruf? Machen Sie sich nicht lächerlich! Was sind es anderes als marktwirtschaftliche Geschäfte, wenn Sie Informationen gegen Honorar verkaufen? Die ganze Medienwirtschaft ist doch ein großer Handel. Worte und Bilder gegen Geld. Ob sich da die eine oder andere Ungenauigkeit einschleicht, interessiert doch niemanden. Habe ich recht?«

So hatte es Jonas noch nicht betrachtet. Doch in diesem Punkt mußte er dem Mann innerlich zustimmen. Berufsehre? Drauf geschissen, wenn das Honorar stimmte! So dachten doch die meisten Journalisten. Und dennoch – für ihn selbst traf das nicht zu, wie er sich einredete.

»Wir kommen Ihnen sogar noch ein weiteres Stück entgegen«, schleimte Meier. »Wir haben etwas gefunden, was, glaube ich, Ihnen gehört.« Er gab dem schweigenden Schmidt einen Wink, der daraufhin ein brieftaschengroßes Mäppchen aus der Tasche zog.

Jojos Augen weiteten sich. Sein Psion, sein Minicomputer! »Wo haben Sie den her?«

»Sagen wir, wir haben ihn in einem Gasthof gefunden.«

Gefunden? Jonas wurde einiges klar. Sie waren, während er Löffelnocken genoß, in sein Zimmer eingedrungen und hatten den Psion gestohlen.

»Leider«, ließ sich Meier vernehmen, »arbeiten Sie mit uraltem Gerät. Unsere Techniker konnten das Teil nicht zum Laufen bringen.« Er setzte wieder sein scheinheiliges Gesicht auf. »Uns nützt es also nichts. Aber vielleicht Ihnen? Wollen Sie es wieder zurückhaben? Es wäre Teil unseres Geschäfts.«

Jojo überlegte. Sie waren in der Lage, seinen Psion und, schlimmer, sein Gespann einzubehalten und zu verschrotten. Beschlagnahmtes Eigentum verschrotten? Ja, mit getunten Motorrollern von Teenies, das wußte er, hatte die Polizei es schon gemacht, die Klage eines Besitzers dagegen war erfolglos gewesen. So viel zur Eigentumsgarantie des Grundgesetzes. Wie er die beiden Männer einschätzte, wären sie außerdem in der Lage, dafür zu sorgen, daß er als Freelancer nirgendwo mehr einen Artikel unterbrächte. Das wäre das Aus für seinen Berufsweg.

Was würde er riskieren, wenn er auf die Erpressung einging? Ob er die erwünschte Reportage schrieb, und wenn ja, wie er sie formulierte, war ja immer noch seine eigene Entscheidung.

»Also gut«, stimmte er schließlich zu, »wir können das Geschäft machen.«

»Wunderbar«, meinte Meier. Er wedelte mit der Hand, und Schmidt gab Jojo den Taschencomputer zurück. »Ihr Fahrzeug steht wieder zu Ihrer Verfügung.« Er zog eine Visitenkarte aus der Jacke und reichte sie dem Journalisten. »Die besprochene Reportage senden Sie bis zum einundzwanzigsten September an diese Adresse, und wir sorgen für den Abdruck in einem überregionalen Magazin, pünktlich zum Jahrestag der Wiedervereinigung. Natürlich unter Ihrem Namen. Und selbstverständlich sorgen wir auch für ein angemessenes Honorar.« Er grinste zu seinem Kollegen hinauf. »Sollten Sie es sich unvernünftigerweise anders überlegen« – er sprach mit Jonas, sah dabei aber nicht ihn, sondern den schweigsamen Schmidt an – »so empfehle ich Ihnen, an zukünftige Aufträge zu denken, die Ihnen möglicherweise entgehen. Sie wollen doch sicherlich Ihr Häuschen noch fertig abbezahlen.«

Jonas erkannte, daß der andere an alles gedacht hatte. Gab es für ihn, Jojo, keine Lücke, wie er aus der Geschichte herauskam? Mist! Er konnte keine entdecken.

»Sehr schön«, ließ sich Meier vernehmen und erhob sich. »Wir dürfen uns verabschieden. Und ach ja: Falls Sie für heute Nacht ein Zimmer brauchen, kann ich Ihnen den Gasthof *Rose* empfehlen, nicht weit von hier.« Er grinste. »Dort soll man in den Zimmern noch keine verlorenen Gegenstände gefunden haben.« Er beschrieb Jojo den Weg, und schließlich verließen Meier und der schweigsame Schmidt den Raum.

Kurz darauf kam der diensthohe Polizist wieder herein und übergab Jonas die Schlüssel und Papiere zu seinem Gespann. »Wir haben es überprüft«, meinte er, wobei er es vermied, Jojo in die Augen zu sehen, »der Tank ist tatsächlich serienmäßig und legal. Entschuldigung für die Verzögerung und gute Weiterfahrt!«

Neunzehn

Als Manfred Wenderoth in die Zufahrt zur Zuckerfabrik einbog, war es zwanzig Minuten vor Zwei. Er war spät losgekommen aus der Wohnung seiner Freundin und mußte seine Ténéré mit ungewohnten Drehzahlen quälen, damit er rechtzeitig zum Schichtbeginn an seinem Arbeitsplatz erschien. Auf dem Werksgelände waren lediglich zwanzig Kilometer erlaubt, und der Fahrer interpretierte zu seinen Gunsten, daß dies pro Rad gelte.

Manfred Wenderoth war zweiundzwanzig Jahre alt, schlaksige ein Meter dreiundachtzig lang und brünett. Wega hieß nicht nur eine Sonne im Sternbild Leier, sondern war auch der Name jenes Ortes bei Bad Wildungen, in dem der begeisterte Motorradfahrer das ehrbare Bäckerhandwerk erlernt hatte. Deutschlandweit breiteten sich immer mehr Backwarenketten aus, deren Dumpingpreise einzelne Familienbetriebe in den Ruin trieben. Auch Wenderoths Lehrbetrieb in Wega hatte es erwischt. In der Nähe öffnete eine »KauFrisch«-Filiale, und obwohl deren Gummibrötchen und aufgewärmte Zellulose-Brote nach Socken aus Bestattungsbedarf schmeckten, schloß Wenderoths Lehrmeister eineinhalb Jahre danach seinen Betrieb. Er redete sich selbst ein, das geschehe aus Altersgründen, doch im Grunde ging es ihm gegen die Berufsehre, nur noch biologisch tote Halbprodukte zusammenzumantschen, und Qualität war teuer.

So hatte Manfred Wenderoth mit fertigem Gesellenbrief, aber ohne Aussicht auf Arbeit ein halbes Jahr auf dem Flur der zuständigen Arbeitsagentur verbracht. Daß er schließlich eine Anstellung in der Waberner Zuckerfabrik fand, war reines Glück in der strukturschwachen Region. Er mußte nun zwar Schicht arbeiten, was aber immer noch besser war als nachts um Drei in der fünfundvierzig Grad heißen Backstube zu beginnen. Von der besseren Bezahlung und dem Urlaubsgeld ganz zu schweigen.

Heute nun war die Zeit knapp. Wenderoth zwängte sich in die Arbeitskleidung, schmiß die Spindtür zu und rannte im Laufschritt zur Sortieranlage, wo der Kollege für die Schichtübergabe bereits wartete.

Gerade noch geschafft! Wenderoth konnte verschnaufen. Ein siebenstündiger Arbeitstag lag vor ihm. Er mochte die Spätschichten, da konnte er ausschlafen, und seine Freundin kam als Kassiererin eines Supermarkts ohnehin selten vor zweiundzwanzig Uhr nach Hause.

Die Rübensortieranlage lief jetzt zur Hochsaison fast rund um die Uhr, und der junge Mann kannte sie gut, bediente sie mit routinierten Handgriffen und wußte, bei welchen Geräuschen er wohin zu blicken hatte. Er zog eine bunte Motorradzeitschrift aus der Tasche, setzte sich neben das Schaltpult und begann zu lesen.

Eine halbe Stunde mochte vergangen sein, als ein kurzes Poltern anzeigte, daß ein unrübiger Fremdkörper aus dem Strom der Zuckerknollen aussortiert und auf die Ausschußrutsche geleitet wurde. Ein Feldstein vielleicht? Nein, dafür war das Maschinengeräusch zu dumpf gewesen. Also ein großer Erdklumpen oder ...

Manfred Wenderoths Blick folgte dem Weg des Ausschusses die Rutsche entlang. Reflexartig schlug seine linke Hand auf den Not-Stop. Rasselnd kam die Anlage zum Stillstand. Manfred Wenderoth übergab sich direkt auf seine bunte Motorrad-Illustrierte, was, nebenbei erwähnt, deren Qualität nicht wesentlich verminderte.

***

Cemalettin Doğan kannte den Weg von Homberg nach Wabern im Schlaf, es war schließlich seine Hausstrecke. Als er an der Sortieranlage der Zuckerfabrik eintraf, bot sich ihm ein Gruppenbild mit Dame. Etwas abseits des rot-weißen Absperrbandes hatten sich etliche Arbeiter versammelt, die neugierig des Fortgangs der ungewohnten und durchaus willkommenen Arbeitsunterbrechung harrten. Unmittelbar vor der Absperrung saß auf einem Stuhl in

Arbeitskleidung ein junger Mann, dessen Gesichtsfarbe den Schluß nahelegte, daß er die Leiche war, von der man Doğan berichtet hatte. Jener wischte sich allerdings ab und zu die Stirn, was Leblose eher selten tun.

Neben ihm stand eine Frau um die fünfzig in grauem Kostüm und beängstigend hochhackigen Schuhen – falsch: Sie stand nicht, sondern trippelte auf der Stelle, während sie fortgesetzt ihre Hände knetete, als wolle sie einen besonders gediegenen Hefeteig bereiten.

Und schließlich lehnte rechts neben ihr ein dürrer, hochaufgeschossener Mann an einem Hallenpfeiler. Der Mann trug die grüne Uniform eines Polizeimeisters, und auch sein Gesicht wies deren Farbe auf – und vor allem bewegte er sich kaum und sprach kein Wort. So hätte ihn Doğan fast nicht erkannt, aber als er es tat, wäre er am liebsten sofort wieder umgekehrt.

Der Oberkommissar seufzte stattdessen tief und wandte sich routinemäßig an den grünen Schweiger. »Guten Tag, Kollege Kiefer. Sind Sie allein?«

Der Polizist versuchte gerade zu stehen. »N-nein. Karl, ääh, wir wurden, da gab es eine, äh, wir haben alles, die Spuren müssen doch.« Er holte Luft. »Toilette«, brachte er schließlich noch hervor, bevor er wieder in Schweigen versank.

Natürlich, dachte Doğan, Kuminz hatte sich aufs Klo verdrückt. Diesmal vielleicht noch nicht einmal grundlos, zog man den Zustand des Kollegen in Betracht. »Wo?«, fragte er nur. Kiefer zeigte fahrig hinter sich und machte keinerlei Anstalten, noch einmal dorthin zurückzukehren, von wo er seinen grünen Teint mitgebracht hatte. Der Kommissar seufzte, hob das Absperrband und ging auf die Ausschußrutsche der Sortieranlage zu.

Am Ende der Mulde lag auf Steinen, Erdklumpen und Kraut ein Arm. Er war dreckverschmiert, und braunkrustiges Blut klebte an ihm. Dennoch war zu erkennen, daß dieser Arm von einer Schulter gerissen worden war. Fetzen eines karierten Hemdärmels waren bis zum Handgelenk heruntergerutscht.

Cem Doğan betrachtete das Gliedmaß mit beinahe wissenschaftlichem Interesse. Er wußte, daß ihn schreckliche Bilder verfolgen würden, wie immer, wenn er auf Tote stieß – oder Teile von ihnen. Doch Übelkeit und Alpträume setzten meist erst nach Stunden ein. Solange er an Ort und Stelle war und handeln konnte, ließ ihn das Entsetzen unberührt. Nüchtern registrierte er daher: Es handelte sich um einen linken Arm, und zwar den einer Frau, soweit er es beurteilen konnte. Nagellack oder Schmuck waren zwar nicht zu sehen, aber die Zierlichkeit der Glieder legte es nahe. Zweitens war es durchaus nicht ausgemacht, daß der Mensch, dem dieser Arm gehört hatte, gestorben war. Wurde jemand schnell medizinisch versorgt, konnte er selbst schrecklichere Verletzungen überleben. Drittens mußte das Körperteil auf einem Zuckerrüben-Anhänger angeliefert worden sein, denn wenn ein Mensch hier in der Sortieranlage derart verletzt worden wäre, sähe es anders aus.

Doğan wußte, was zu tun war. Die Spurensicherung war bereits informiert und auf dem Weg hierher. Er und seine Leute mußten nun telefonisch alle Krankenhäuser und Polizeidienststellen der Umgebung abklappern, um zu erfahren, ob eine Person mit entsprechender Verletzung gemeldet oder behandelt worden war. Und schließlich waren die Fahrzeuge sämtlicher Bauern zu untersuchen, die zum fraglichen Zuckerrübenberg beigetragen hatten. Cem Doğan und seinen Leuten stand möglicherweise eine elende Klinkenputzerei bevor, wenn sich der Fall nicht bereits durch eine Meldung geklärt hatte.

Als er sich umdrehte und zu den Wartenden zurückging, bog bereits das Fahrzeug der Spusi ein. Der Kommissar instruierte die Kollegen und schärfte ihnen ein, auch den verbliebenen Rübenvorrat auf mögliche weitere Körperteile zu untersuchen.

Nun stöckelte die Frau in Highheels und Kostüm auf Doğan zu. »Herr Wachtmeister«, schrillte sie mit einer Stimme, bei der Bierkrüge zersprungen wären, »können wir nicht ...«

»Kriminaloberkommissar Doğan«, unterbrach und korrigierte sie der Mann, indem er sich vorstellte. »Sie sind ...?«

»Finkelbach«, erwiderte die Frau und knetete weiter ihre manikürten Hände, »Heidelinde Finkelbach. Ich leite den Betrieb hier.«

Sie sah nicht so aus, als hätte sie sich jemals in ihrem Arbeitsleben die Finger dreckig gemacht, dachte Doğan. Wahrscheinlich wußte sie kaum, wo die Maschinen und Anlagen standen und trippelte auf ihren Absätzen nur in den Büros herum.

Sie setzte erneut an: »Wann können Sie das Band wieder freigeben? Die ganze Produktion steht still, wir sind auf die Sortierung angewiesen.«

Ein Mensch war grauenhaft verletzt worden, vielleicht sogar tot. Und diese Frau aus der Schicht derjenigen, die ständig Verantwortung für ihre »lieben Mitarbeiter« heuchelten, interessierte nur die ungestörte Produktion, der ungestörte Geldfluß. Gesindel!, dachte Doğan und gab sich wenig Mühe, seine Häme zu verbergen, als er erwiderte: »Tut mir leid, Frau Fistelbauch« – das war seine Rache für den »Wachtmeister« – »vor morgen mittag wird das nichts.« Im Hintergrund sah er die Arbeiter grinsen.

Zwanzig

»Hast du eine Idee, wie ich da rauskomme?« Jojo lehnte sich auf dem Ledersofa zurück und streckte die Beine aus.

Wie er es vorgehabt hatte, war er von Magdeburg in den Harz gefahren. Nun war er in Freiheit – das Wortspiel gefiel ihm. Freiheit war der Name des Dorfes bei Osterode, wo Jonas' Kollege Wolfgang Liebers wohnte, bei dem er sich für eine Nacht einquartiert hatte. Liebers war ein mittelgroßer Mann Ende Vierzig mit sorgfältig gestutztem Vollbart, dunklem Haar mit grauen Strähnen darin und mittlerweile beträchtlichem Leibesumfang. Er arbeitete für die Berliner *Zat – Zeitung für alle Tage*, das Blatt, das einst im Zuge der Grünen-Bewegung entstanden war und unverändert als alternativ galt.

Jojo hatte Wolfgang Liebers vor vielen Jahren in Heidelberg kennengelernt. Damals war die *Heidelberger Rundschau* gegründet worden, eine Zeitung, die gegen das Monopol der oberbürgermeisterhörigen *Rhein-Neckar-Zeitung* anstinken sollte. Felix Wankel, Heidelberger Bürger und Erfinder des berühmten Wankelmotors, hatte enorme Beträge aus seinem Vermögen in die *Rundschau* gesteckt, was sie trotz geringen Anzeigenaufkommens etliche Jahre durchhalten ließ.

Die Zeitung war längst Geschichte, doch damals hatte Wolfgang Liebers als einer ihrer Redakteure eine Reportage über den Motorradclub geschrieben, dem Jojo seinerzeit angehörte. Der Club mischte sich in politische Themen ein, so daß er für die *Heidel-*

berger Rundschau interessant wurde. Folgerichtig hatte Liebers seine Reportage mit »Sozialismus auf dem Sozius« betitelt – oder sollte man sagen: beknittelt?

Nach dem Ende der *HR* war Liebers zur *Zat* gewechselt und in den Harz gezogen. Und nun hatte ihm Jojo von seinen Erlebnissen in der Magdeburger Polizeistation berichtet, von »Meier« und »Schmidt«, die ihn zu einer Lügengeschichte erpreßt hatten. »Hast du eine Idee, wie ich da rauskomme?«, fragte er also seinen Kollegen nun beim Cognac, nachdem sie zu Abend gegessen hatten.

Wolfgang Liebers schwenkte sein Glas und schaute nachdenklich hinein. »Warum willst du da rauskommen?«, fragte er schließlich.

»Na, hör mal, ich sauge mir doch keine Märchen aus den Fingern. Das wäre doch Leser-Verarsche!«

»Wäre das so schlimm?«, entgegnete Liebers. »Das tun wir doch alle täglich. Die Leute wollen doch Sensationen, egal, ob sie wahr sind oder nicht. Was meinst du, wieviel ich schon erfunden habe! Journalismus ist ein Geschäft wie andere auch.« Das hatte Jojo gestern schon einmal gehört. »Du bekommst ein fettes Honorar, und dein Name wird bekannt. Ich kann mir vorstellen, daß *Wochenblick, Focus* oder *Stern* deine Story mit Kußhand nehmen.«

Jonas war sprachlos. Das war Wolfgang Liebers, der einst gegen jeden Stachel gelöckt hatte? Der mit gebleckten Zähnen Qualitätsjournalismus eingefordert und auf die Mainstream-Presse geschimpft hatte? Und was murmelte der nun? »Wer gegen den Wind pinkelt, bekommt nasse Füße, Jojo! Das habe ich bei der *Zat* gelernt.«

»Ausgerechnet bei der *Zat*?«, wunderte sich Jonas.

»Allerdings.« Wolfgang Liebers lachte auf. »Die Leute halten uns immer noch für alternativ, womöglich links. Dabei schalten wir inzwischen Anzeigen für die *Bild*-Zeitung, erhalten Preise vom Axel-Springer-Verlag und unterstützen den Krieg in Jugoslawien.«

Jojo mußte feststellen, daß er schon lange keine *Zat* mehr gelesen hatte.

»Jugoslawien ist übrigens ein gutes Beispiel«, fuhr Liebers fort. »Die Story von den serbischen Massenvergewaltigungen im Bürgerkrieg haben wir uns ausgedacht.« Der Journalist schien stolz auf diese Ente zu sein, mit der, neben anderen Kriegslügen, der NATO-Angriff auf den Balkan-Staat und dessen schließliche Zerschlagung begründet worden war.

Liebers bemerkte Jojos entsetzte Miene, beugte sich vor und redete auf ihn ein: »Versteh doch! Wenn du gegen den Strom schwimmst, ertrinkst du! Willst du mit dem Kopf durch die Wand?«

»Womit denn sonst?« Jonas konnte diese Phrase hasenfüßiger Spießer schon seit Jahren nicht mehr hören. »Die stärkste Kraft des Menschen ist doch sein Kopf! Damit hat er doch erst die Werkzeuge erfunden, die einen Wanddurchbruch ermöglichen!«

Wolfgang Liebers, der einst Journalistenkollegen als »Konsumknechte« beschimpft hatte, wenn diese ein menschenwürdiges Gehalt forderten, argumentierte nun mit Geld: »Wir wollen doch alle von unserem Beruf leben. Meinst du, ich hätte mir dieses Haus leisten können, die Einrichtung, den Cayenne vor der Tür, wenn ich mich gegen die herrschende Meinung gestellt hätte?«

»Du fährst im Porsche zur *Zat*-Redaktion?«

»Nein, natürlich nicht. Dafür habe ich einen alten Fiat. Sonst wär's ja schlecht fürs Image. Im übrigen« – er lehnte sich wieder zurück – »ist es kindisch, alles nur schwarz-weiß zu malen. Man muß Politik und Wirtschaft differenziert betrachten.« Und ohne den Widerspruch zu diesem Satz zu bemerken, fuhr er fort: »Die Stasi war doch ein reiner Verbrecherverein. Da könnte es durchaus sein, daß sie das Schulmädchen getötet haben. Dir bricht doch keine Perle aus der Edelfeder, wenn du das schreibst!«

»Wenn ich richtig zähle« – Jojos Stimme war deutlich abgekühlt – »haben wir heute zwanzig deutsche Geheimdienste, nicht nur einen wie die DDR.«

»Das ist doch etwas völlig anderes«, widersprach Liebers. »Wir leben in einer Demokratie!«

»Stimmt!«, meinte Jonas sarkastisch. »Das sehen wir in Gorleben, in Stuttgart, München, Berlin und Dortmund. Demokratische Knüppel. Demokratisches Kampfgas. Demokratische Wasserwerfer.«

Wolfgang Liebers zuckte mit den Schultern. »Hitzköpfe kann man halt am besten mit Wasser kühlen. Wir können das dumme Volk eben nicht an der langen Leine lassen. Man muß ihm sagen, wo's langgeht. Das ist die Aufgabe der Presse, der Medien. Bei der *Zat* kommt dazu, daß wir hin und wieder Überdruckventil spielen müssen. Der *Bildzeitungs*-Chefredakteur war nicht von ungefähr mal Chefredakteur bei uns.«

»Ja, für einen Tag.«

»Wenn schon. Er hätte es ruhig auch länger sein können. Und er ist Mitglied der *Zat*-Genossenschaft.«

Jojo dachte an jenen Menschen, der einst auf gerichtlichem Weg der *Zat* verbieten lassen wollte, Überlegungen zur Größe seines Gemächts zu veröffentlichen. Den Prozeß hatte er verloren und war stattdessen Mitglied der *Zat*-Genossenschaft geworden. Jonas hielt ihn für einen gegelten Schmierlappen.

»Ist es nicht schön«, kalauerte Liebers, »ein Alter erreicht zu haben, in dem man Cocktails trinkt anstatt sie zu werfen?"

»Das war der Text der Springer-Anzeige in der *Zat* vom April, nicht wahr?« Jojo hatte davon gehört und bereits vor einem halben Jahr den Kopf geschüttelt.

»Ja«, bestätigte Wolfgang Liebers, »und er ist richtig.«

Jonas sah ein, daß es sinnlos war, mit seinem gewendeten Gegenüber zu streiten. Erst recht konnte er sich von ihm keine Ratschläge erwarten, wie er aus der Erpressungsgeschichte herauskam. Daher wechselte Jojo das Thema, fragte Wolfgang Liebers nach dessen derzeitigen Projekten und begann schließlich, von unverfänglichen alten Zeiten zu erzählen.

***

Der Freitag begann im Harz mit Nieselregen. Seufzend zog sich Jonas die Kombi über, deren eingearbeitete Hightech-Membran die Nässe draußen halten sollte, es aber nicht tat. Jojo war ohnehin noch keiner Kleidung begegnet, die auf Dauer wasserdicht gewesen wäre. Er ärgerte sich dabei weniger darüber, naß zu werden – damit mußten Motorradfahrer seit hundert Jahren leben. Was ihn jedoch schabte, war, zu welchem Preis das geschah. Seit über zwei Jahrzehnten wurden diese Schwindelmembranen marktschreierisch angepriesen und kosteten ein Vermögen, waren aber so wasserdicht wie ein Netzunterhemd. Und keiner außer ihm schien das zu bemerken. Des Kaisers neue Kleider. Die Chefredakteure der

Motorradzeitschriften lehnten seine negativen Testberichte regelmäßig ab. Einer hatte ihm sogar offen verkündet: »Unsere Anzeigenkunden können erwarten, daß wir ihre Produkte positiv darstellen.« Soviel zur Pressefreiheit.

Gegen elf Uhr dreißig traf Jojo mit seinem Gespann in Melsungen ein. Hier hatte sich der Himmel aufgeklart, und die Sonne sorgte für einen warmen Altweibersommer. Er wollte Bea überraschen und hatte sich daher nicht telefonisch angekündigt. Doch die Überraschung wartete eher auf ihn selber.

»Frau Aschenbrenner wurde heute morgen entlassen«, erklärte ihm Gisela Breckow, als Jonas mit großen Augen auf die Stelle starrte, wo Beas Bett gestanden hatte. Er suchte das Schwesternzimmer der Station, doch das war leer. Schließlich hielt er einen kräftigen Mann mit dunklem Haarkranz und in weißer Kleidung an, der vorbeihastete. »Gunnaahmp, ich bin hier nur der Physiotherapeut«, erklärte der. »Frau Aschenbrenner? Schauen Sie doch mal vorne im Lesezimmer!«

Tatsächlich fand der Journalist Beate dort. Sie saß auf einem Stuhl neben ihrer gepackten Reisetasche und den Krücken, hatte das Gipsbein von sich gestreckt und blätterte in einer Illustrierten. Sie blickte hoch und lächelte, als Jojo den Raum betrat. »Wie ... warum ...?«, stotterte er.

»Ich darf heute schon nach Hause, meint der Arzt«, erklärte Bea. »Es war ihm direkt unheimlich, wie schnell meine Knochen heilen.« Und nach einer Pause: »Fährst du mich heim?«

»Ja, natürlich. Aber – wo nehmen wir einen Helm her?«

»Doktor Plaut leiht mir seinen. Er fährt auch Motorrad und braucht ihn derzeit nicht, wie er sagt. Zumindest so lange, bis der Gips wieder runterkommt.«

Jojo setzte sich und erzählte von seinen Erlebnissen mit den Beschattern und Erpressern »Meier« und »Schmidt«. Die junge Frau konnte dies mit dem Bericht über Pferdeschwanz-«Müller« ergänzen.

»Da steckt mehr dahinter als nur fünfzig Jahre alte Knochen«, vermutete der Journalist. »Ich habe fast den Eindruck, daß die Geschichte für uns zu heiß ist.«

Doch in Bea war der Kampfgeist erwacht. »Das wäre ja noch schöner, wenn wir uns von ein paar Milchbubis ins Bockshorn jagen ließen! Und deine Stasi-Story? Du hängst jetzt auf jeden Fall drin, ob du willst oder nicht!«

Hier mußte ihr Jonas zustimmen. Lieferte er das verlangte Märchen, konnte er in keinen Spiegel mehr schauen. Lieferte er nicht, war seine Karriere als Journalist beendet. Wie er es auch wendete, er schien gezwungen zu sein, weiter zu recherchieren.

»Immerhin«, munterte ihn Bea weiter auf, »hat mir Doğan durch die Blume zu verstehen gegeben, daß er uns weiter unterstützen will. Wir sollten uns jetzt zunächst mit ihm besprechen.«

Als sie in Landefeld angekommen waren und die Haustür aufschlossen, steckte Frau Rulfes den Kopf aus ihrer Wohnung. »Ah, Frau Aschenbrenner, sind Sie wieder gesund?« Sie nickte befriedigt, als sie Jonas Jordan die Reisetasche der jungen Frau tragen sah. »Ich habe aufgepaßt, daß Ihr Bruder nur Ihren Computer mitgenommen hat!« Sie wartete auf ein Lob.

»Mein Bruder?« Bea und Jojo sahen sich an. »Wann war denn mein Bruder da?«

»Gestern Vormittag«, erwiderte die alte Frau. »Hat er Ihnen den Computer nicht gebracht?«

Bea wollte ihre Vermieterin nicht in Zweifel und Selbstvorwürfe stürzen. »Doch, doch, er kam im Krankenhaus vorbei.« Was ja nicht gelogen war – wenn es sich um den »Bruder« handelte, den Bea vermutete. Und um Frau Rulfes nicht mit Fragen zu verunsichern, schoß sie einen Pfeil ins Blaue: »Wir streiten uns hin und wieder über seine Haartracht. Ich finde, ein Mann sollte keinen Pferdeschwanz tragen.«

»Das denke ich auch«, nickte die Alte eifrig. »Ich habe mich auch gewundert.« Sie zögerte. »Er paßte so gar nicht zu Ihnen.« Sie blickte auf den Gehgips der jungen Frau. »Wenn Sie etwas brauchen, bis Sie wieder ganz gesund sind, melden Sie sich nur bei mir!« Damit trippelte sie zufrieden wieder in ihre Wohnung zurück.

In der Mansarde angekommen, bestätigte Bea, daß ihr Laptop fehlte. Sorgfältig waren Maus und Netzteil ausgesteckt worden und lagen einsam auf dem Schreibtisch. »Waren wichtige Dateien darauf?«, wollte Jojo wissen.

»Nein«, grinste die junge Frau. »Der Pferdeschwanz wird enttäuscht sein. Sein Portrait habe ich hier auf dem Handy. Und was die Dateien zur hessischen Kirchengeschichte betrifft« – sie öffnete eine Schachtel, die im Bücherregal stand, und zog einen USB-Stick hervor – »die habe ich gesichert.«

»Nur der Laptop war nicht billig«, wandte Jonas ein.

»Sicherlich. Aber er hat nicht mir gehört, sondern der Landeskirche. Sie haben ihn mir für das Projekt zur Verfügung gestellt. Ich muß ihn jetzt eben als gestohlen melden.«

***

Beiden hatte der Magen geknurrt, und in Beas Kühlschrank langweilte sich nur ein einsamer Joghurt. »Arm wie eine Kirchenmaus, wie?«, hatte Jojo gewitzelt, Bea inklusive Gips und Gehstöcke auf seinen Beiwagen geladen und sie ins Spangenberger *Stadtcafé* entführt, das entgegen seinem Namen auch durchaus deftige Gerichte anbot, die man allerdings vorbestellen mußte. Doch ein kurzer Anruf hatte geklärt, daß von einer Veranstaltung am Morgen noch etliche Speisen weiterer Hungriger harrten. »Eine Win-Win-Situation«, hatte Jonas daraufhin das Manager-Sprech parodiert und vor lauter Appetit so stark am Quirl gedreht, daß sein Ballast Mühe hatte, nicht aus dem Beiwagen zu kugeln.

Während sich draußen bereits die ersten Blätter bunt färbten, genossen die beiden Amateurdedektive als Vorspeise Maronensuppe, einen herzhaften Gruß aus Deutschlands Süden, wo die wärmeliebenden Bäume wuchsen. Als Hauptgang stand *gratin de cèpes* bereit, ein Auflauf mit frischen Steinpilzen.

Beim *petit café noir,* dem französischen Espresso, lehnte sich Bea satt und zufrieden zurück. »Das war fällig nach dem Krankenhaus-Mampf!«

»Wie geht's nun weiter?«, fragte Jojo.

»Ich denke, wir sollten uns schnellstens beim Kommissar melden«, meinte die junge Frau. »Allein, um einen Ausweg aus deinem Reportage-Dilemma zu finden.« Sie zog ihr Mobiltelefon und wählte seine Nummer.

»Doğan. Hallo, Frau Aschenbrenner«, meldete sich der Polizist. Er klang gehetzt. »Das ist gerade sehr ungünstig.«

»Sagen Sie mir, wann wir mit Ihnen persönlich sprechen können.« Bea faßte sich knapp.

»Kommen Sie heute abend um einundzwanzig Uhr privat zu mir«, schlug Doğan vor. Sowie Bea zugestimmt hatte, drückte er sie weg.

»Der scheint schwer im Streß zu sein«, sagte sie zu Jojo. »Also gut – um neun Uhr heute abend in Wabern.«

***

»Kommen Sie rein!« Obwohl das Mehrfamilienhaus Sprechanlage und elektrischen Türöffner besaß, kam Cemalettin Doğan an die Haustür. Bevor er sie hinter Beate Aschenbrenner und Jonas Jordan schloß, blickte er links und rechts die Straße hinab.

Der Kommissar führte die beiden in sein Wohnzimmer und bot ihnen Sitzplätze und Getränke an. Er lächelte: »Einen türkischen Mokka gefällig? Ich muß doch meiner Herkunft gerecht werden. Oder hätten Sie lieber einen Tee?« Er zeigte auf einen Semaver, das türkische Pendant zum russischen Samowar, der auf der Anrichte brodelte. Bea und Jojo nahmen dankend an.

Während sie den süßen Tee aus stilechten Tulpengläsern nippten, sah sich Jonas um. Die Einrichtung paßte zu Doğans Erscheinung. Vom Semaver abgesehen, deutete nichts auf die Abstammung des Kommissars hin. Die Wände des Zimmers waren mit glattem weißem Kalkputz versehen, der mit einem Hauch Blau dem Raum Kühle verlieh. Bilder fehlten völlig. Auf dem Parkettboden aus Ahorn waren spärlich Möbel mit schlichten Formen verteilt. Fünf Freischwinger-Sessel gruppierten sich um einen glatten niedrigen Tisch aus hellem Holz ohne jegliche Schnörkel. Die Anrichte im gleichen Stil stand einem filigranen Hängeregal gegenüber, das Musikanlage und den unvermeidlichen Fernseher umfaßte.

Cem Doğan folgte Jojos Blick zu dem TV-Gerät. »Ja«, bestätigte er, »ich habe mir einen Flachbildschirm geleistet. Damit er besser zum Programm paßt.« Er sprach das mit todernster Miene aus, so daß die Amateurdedektive ein paar Sekunden brauchten, bis sie den Kalauer erfaßten.

Der Kommissar schien alleine zu leben, zumindest deutete nichts auf eine weibliche Anwesenheit hin – oder eine weitere männliche, wie sich Bea still korrigierte, indem sie an Regierende Bürgermeister und blaugelbe Parteivorsitzende dachte.

Auf ihre Nachfrage erzählte Doğan seine Geschichte. Sein Vater war Anfang der Sechziger Jahre aus Anatolien nach Baunatal gekommen, um bei VW am Band zu arbeiten. Damals nannte man solche Leute »Gastarbeiter«, und Westdeutschland unternahm regelrechte Werbefeldzüge in arme Länder, um Arbeitskräfte anzuwerben. Nach den großen Wirtschaftskrisen wurde man jedoch die Geister nicht mehr los, die man gerufen hatte. Viele hatten sich akklimatisiert und Familien gegründet. Kinder wurden geboren, die nie das Land ihrer Eltern gesehen hatten, kaum deren Sprache beherrschten und nun plötzlich abgeschoben werden sollten. Kurz: Die Industriellen und Politiker der BRD hatten mit Robotern gerechnet, aber Menschen waren gekommen.

Cem Doğan hatte das Glück gehabt, mit achtzehn Jahren die deutsche Staatsbürgerschaft zu erhalten, wozu sicherlich sein für einen Osmanen ungewöhnliches blondes Haar beigetragen hatte. Der Vater war kurz nach Erreichen des Rentenalters gestorben, und die alte Mutter war ihm einige Jahre danach gefolgt. Bis heute hatte Doğan noch nicht einmal im Urlaub die Türkei besucht. Er fühlte sich in Deutschland heimisch, und nur mit manchen Klischees zollte er seinem Namen Tribut. Dazu gehörten eben türkischer Mokka und Tee.

Beim zweiten Glas kamen sie auf den Fall des unbekannten Mädchens zu sprechen. Bea erzählte von ihrem Erlebnis mit dem Pferdeschwanzträger und dessen Diebstahl ihres Laptops. Sie zückte ihr Mobiltelefon, um dem Kommissar das Bild zu zeigen, das im Krankenhaus zur panischen Flucht der schmächtigen Lederjacke geführt hatte. Erstaunt klickte sie auf dem Handy herum und blickte auf. »Das Foto ist weg. Ich finde es nicht mehr.«

Doğan schien nicht verwundert. »Es gibt Hacker-Software für Handies. Wenn Sie telefonieren, klinkt sich der Hacker unbemerkt ein und hat vollen Zugriff. Er wird das Bild gelöscht haben.« Er seufzte. »Es gibt offenbar offizielle Instanzen, die mit Nachdruck Ermittlungen zu dem Fall verhindern wollen. Und wenn sogar die Staatsanwaltschaft vor denen kuscht, wie ich es erlebt habe, dann haben diese Leute ziemlichen Einfluß. Aber fragen Sie mich nicht, wer genau dahinter steckt, ich weiß es selbst nicht. Ich darf mich jedenfalls nicht weiter damit befassen.«

»Aber Mord«, wandte Jonas ein, »ist doch ein Offizialdelikt.«

»Sicherlich«, nickte der Polizist. »Aber da muß die Staatsanwaltschaft handeln, die Polizei ist an deren Vorgaben gebunden. Dazu kommt, daß ich mich um einen aktuellen Fall hier in Wabern kümmern muß, der meine gesamte Zeit und die meiner Kollegen auffrißt.« Er versuchte erfolglos, das Bild des blutverkrusteten Arms aus seinem Kopf zu drängen. »Selbst wenn ich wollte, hätte ich für das Spangenberger Mädchen keine Zeit.« Er zögerte. »Und ich habe das Gefühl, es wäre auch für Sie besser, die Geschichte ruhen zu lassen. Sehen Sie«, bemühte er sich zu erklären, »wir haben in der hessischen Polizei derzeit eine Situation, daß von der Politik versucht wird, jeden einzelnen Beamten stromlinienförmig auszurichten. Wenn wir eine auch nur kleine Kritik an dieser oder jener internen Entscheidung vorbringen, gelten wir schnell als Querulanten. Plötzlich tauchen in den Personalakten geheime psychologische Gutachten auf, die Beförderungen unterbinden, Versetzungen rechtfertigen oder gar Suspendierungen nach sich ziehen. Einigen Kollegen ist das bereits passiert. Sie haben vielleicht von den Fällen der vier Steuerfahnder gehört, denen Psychosen unterstellt wurden, weil sie unbequem wurden?«

»Unbequem für wen?«

»Für einige große Firmen, denen sie an die gefälschten Bücher gehen wollten. Daraufhin wurden die Männer auf Anweisung aus Wiesbaden kaltgestellt. Und das geschieht auch in anderen Landesbehörden wie etwa der Polizei, nicht nur bei der Finanzdirektion.«

Beate Aschenbrenner blickte zweifelnd. »Daß Kritiker für geistesgestört erklärt werden, kennt man eigentlich aus Diktaturen.«

Doğan lachte kurz auf. »Richtig. Aus anderen Diktaturen. Ich möchte allerdings erstens einschränken: In Deutschland ist das noch nicht flächendeckend der Fall. Und zweitens möchte ich Sie dringend bitten zu vergessen, was ich eben gesagt habe. Ich mag meine Arbeit und möchte nicht aufgrund eines plötzlichen psychologischen Gutachtens in den Keller zum Aktenabstauben versetzt werden.«

Jojo dachte nach und entschied sich, dem Kommissar vom Erpressungsversuch in Magdeburg zu erzählen. »Wenn ich einen Ausweg aus der Zwickmühle finden will, bin ich gezwungen, weiter zu recherchieren«, schloß er.

»Und dabei werde ich ihn nicht allein lassen!«, sprang ihm Bea spontan bei, und Jonas registrierte erstaunt, daß ihm bei diesen Worten ein Kribbeln vom Nacken über die Kopfhaut lief. Wurde er etwa rot?

Cem Doğan überlegte. »Ich verstehe«, meinte er schließlich zu Jojo. »Man wird Sie nicht hindern können, sich weiter in den Fall zu verbeißen, nicht wahr? Wenn ich es richtig mitbekommen habe, sind Sie ein Bekannter von Scholle?«

»Wer?« Der Journalist schaute kurzfristig nicht sehr intelligent.

Doğan lächelte. »Céline Nautile. In der Ausbildung hat sie diesen Spitznamen abbekommen, zum einen wegen ihres Nachnamens, zum anderen, weil sie ein Kollege, der ihr geistig unterlegen war, mal voller Zorn 'Plattfisch' genannt hat.«

Jojo mußte lachen. Die Geschichte kannte er noch nicht, und er freute sich darauf, sie Line demnächst unter die Nase reiben zu können.

»Sie könnte Ihnen helfen«, fuhr der Polizist fort. »Sie weiß sehr gut, wie man ermittelt und sollte Ihnen auch Tips geben können, wie Sie sich vor unliebsamen 'Meiers' und 'Müllers' schützen können. Ich selbst hätte dazu keine Zeit und stehe, wie ich fürchte, auch zu sehr im Fadenkreuz der geliebten Staatsmacht.« Die letzten Worte hatte er mit deutlichem Sarkasmus unterlegt.

Die beiden Amateurdedektive waren einverstanden, nachdem Beate Aschenbrenner erfahren hatte, um wen es sich bei »Scholle« handelte. Schließlich kamen sie noch auf Grundlach zu sprechen, den Sportlehrer im Ruhestand.

»Suchen Sie ihn auf, sprechen Sie mit ihm«, empfahl Cem Doğan. »Lassen Sie sich nicht abwimmeln. Vielleicht« – er wandte sich an Bea – »sprechen Sie auch mit seiner Frau. Manchmal erfährt man da mehr als vom Zeugen selber.«

Sie brachen auf. Der Kommissar begleitete seinen Besuch zur Haustür und schaute nochmals prüfend die Straße entlang, bevor er sie entließ. Sie wünschten sich gegenseitig Erfolg.

***

Beate Aschenbrenner hatte sich telefonisch als Historikerin angemeldet und nur leicht geschwindelt, daß sie etwas über die Spangenberger Geschichte erfahren wolle. Als Wilfried Grundlach die Tür öffnete, schien er zum einen irritiert über Beas Gipsbein, zum anderen über ihren Begleiter, mit dem er nicht gerechnet hatte. Doch er bat sie beide hinein.

Grundlachs Arbeitszimmer war an drei Wänden bis unter die Decke mit überquellenden Bücherregalen bestückt, mit dicken Teppichen, einem historischen Schreibtisch aus dunklem Holz und einem Beistelltisch, auf dem zwei Kaffeegedecke ihrer Nutzer harrten. Der pensionierte Lehrer eilte sich, ein drittes hinzu zu stellen.

»Jordan?«, fragte er, nachdem sie sich gesetzt hatten. »Sind Sie mit unserem ehemaligen Pfarrer verwandt?«

Jojo bejahte und bemerkte ein skeptisches Mienenspiel in Grundlachs Gesicht, so, als ob der sich nicht sicher war, wie er ihn einschätzen sollte. Bea gelang es, ihn abzulenken: »Ist Ihre Frau nicht zuhause?«

Grundlach wandte sich ihr zu. »Ich bin nicht verheiratet.« Und als ob damit alle Fragen zu seinem Privatleben geklärt seien: »Sie interessieren sich für die Spangenberger Geschichte? Was wollen Sie von mir wissen?«

Beate Aschenbrenner entschloß sich, ihm reinen Wein einzufüllen. Sie berichtete von den historischen Gebeinen und den Überresten des offenbar ermordeten Mädchens.

»Darf ich Ihnen nachschenken?« Grundlach hob die Kaffeekanne, und die Hand, mit der er den Deckel festhielt, zitterte deutlich. »Ich glaube, etwas Gebäck wäre nett.« Damit stand er auf, verließ das Zimmer, und die beiden Amateurdedektive hörten ihn in der Küche klappern. Nachdem er mit einer Schale Kekse zurückgekommen war und sich wieder gesetzt hatte, schien er gefaßter zu sein. Er nippte an seiner Tasse, und als seine Gäste nichts sagten, sah er Jonas fest in die Augen. »Wenn etwas Entsetzliches auf dem Kirchenboden geschehen ist, so müßten doch gerade Sie als Pfarrerssohn am ehesten davon wissen. Warum fragen Sie mich?«

»Weil das Kind in meinem Alter gewesen sein muß und Sie uns unterrichtet haben.«

Bea hakte nach: »Es soll damals einen Streit zwischen einem Lehrer und einem Pfarrer um ein Mädchen gegeben haben. Wissen Sie etwas davon?«

Es schepperte häßlich, als Grundlach seine halbvolle Tasse aus der Hand glitt und auf dem Tisch zersprang. Der heiße Kaffee lief über die Platte, und Bea versuchte reflexartig, ihre helle Hose und das Gipsbein aus der Gefahrenzone zu bringen. Der alte Lehrer war aufgesprungen und holte hektisch, Entschuldigungen stammelnd, eine Rolle Küchentücher herbei.

Als das Chaos halbwegs beseitigt war, schoß Jojo eine weitere Salve auf Grundlach ab: »Ich habe mit Ihrem ehemaligen Kommilitonen Alfred Siechenhaar gesprochen. Sie wurden in Heidelberg relegiert, nicht wahr?«

Grundlach atmete heftig, und seine Stimme klang gequetscht und schrill: »Ich kann mich nicht erinnern. Wollen Sie mich verhören oder was? Ich dachte, Sie wollten etwas über die Geschichte der Stadt erfahren.« Er stand auf. »Wer hat Sie geschickt? Wer?«

Bea war ebenso verblüfft wie Jonas. »Niemand hat uns geschickt. Wir ...«

»Erzählen Sie das Ihrem Friseur!«, keifte Grundlach. »Ich hätte Sie gar nicht hereinlassen sollen. Sagen Sie Ihren Leuten, daß man mir nichts vorwerfen kann! Es ist alles Jahrzehnte her.« Auch Jonas und Beate waren aufgestanden, und Grundlach schob sie regelrecht zur Tür, wobei die Frau Mühe hatte, mit den Gehstöcken nicht zu stolpern. »Es ist vorbei!«, hyperventilierte der Lehrer. »Mir kann man nichts mehr anhängen!«

Ehe sie es sich versahen, standen die Historikerin und der Journalist auf der Straße. Hinter ihnen fiel laut die Haustür ins Schloß.

Sie sahen sich an. »Was war jetzt das?« Bea schüttelte den Kopf. »Da ist doch etwas oberfaul!«

»Was nun?« Jojo hatte das Gefühl, erneut in einer Sackgasse gelandet zu sein.

Als hätte die junge Frau seine Gedanken erraten, erwiderte sie: »Was macht man, wenn die geplante Strecke durch eine Baustelle versperrt ist?«

»Wenn ich auf einer Enduro sitze, und es ist Wochenende, versuche ich, trotzdem durchzufahren.«

»Und an Werktagen?«

»Nehme ich die Karte zur Hand und plane eine Umleitung, damit ich dennoch ans Ziel komme.«

»Exakt!«, stimmte Bea zu. »Genau das machen wir jetzt. Und

um ein System in die Planung zu bekommen, brauchen wir einen Computer.«

»Landefeld? Nein, deinen Laptop hat ja der Pferdeschwanz.«

Beate Aschenbrenner sah ihrem Recherchepartner in die Augen. »Verfügst du zuhause über ein Gästebett für abgehalfterte Kirchenhistorikerinnen?«

»Nur, wenn sie kein Nachtgebet sprechen.« Im gleichen Moment hätte sich Jonas ohrfeigen können. Mußte er seiner losen Klappe immer die Zügel schießen lassen? Wie wäre es, wenn er seine flapsigen Bemerkungen zur Abwechslung mal durch sein Gehirn filterte, bevor er sie losließ?

Doch Bea erwiderte nichts. Sie preßte ihre Lippen aufeinander und fädelte sich in den Beiwagen ein. »Liebenbach, Landefeld, Sassenheim!«, befahl sie dann und harrte ihres Chauffeurs.

Einundzwanzig

Cemalettin Doğan saß an seinem penibel aufgeräumten Schreibtisch und ordnete Druckbleistift, Kuli, Faserschreiber und Marker zum achten Mal neu. Diesmal legte er sie in versetzter Anordnung, so daß es entfernt aussah wie die Rippen von Haifisch-Kiemen.

Alles hatten sie probiert. Kliniken, Privatpraxen, Polizeireviere und Sicherheitsdienste hatten er und seine Mann- und Frauschaft abgeklappert, zum größten Teil per Telefon. Sogar zu den Bestattungsunternehmen der Region waren sie persönlich hingefahren, hatten die Landwirte befragt, deren Lieferungen zu dem Vorrat an Zuckerrüben beigetragen hatten, aus dem der Frauenarm aussortiert worden war – denn um den Arm einer Frau handelte es sich in der Tat, wie die kriminaltechnische Untersuchung ergeben hatte.

Konnte es in einem dicht besiedelten und hoch organisierten Land passieren, daß jemand den Arm verlor, dies aber offenbar niemandem auffiel? Nirgends war eine Verletzte gemeldet worden, nirgends hatte man von einer Toten gehört, die zu dem Gliedmaß gepaßt hätte.

Cem Doğan blieb nur eine Schlußfolgerung: In irgendeinem Gebüsch, in irgendeinem See oder abbruchreifen Haus lag eine weibliche Leiche ohne linken Arm. Wenn sie nicht ein Wanderer, ein Hund oder ein Angler zufällig entdeckte, hatten sie kaum eine Chance, die Tote zu finden. Die Kolleginnen und Kollegen von der Spurensicherung hatten gestöhnt und die Augen verdreht, als der Kommissar ihnen den Auftrag erteilte, die Traktor-Anhänger aller beteiligten Landwirte nach Textil-, Blut- und Gewebespuren abzusuchen, die zu dem Arm paßten. Verständlicherweise waren davon auch die Bauern nicht begeistert, jetzt in der Erntesaison wurden die Fahrzeuge täglich gebraucht. Stillstand bedeutete Einnahmeverluste.

Wenn dadurch auch die Spusi für einige Zeit ausgelastet war, so wußte das Team um Doğan andererseits nicht, was sie in dem Fall weiterbringen sollte. Sie konnten nur abwarten. Sie waren zur Untätigkeit verdammt, denn sowohl der Polizeichef als auch der Staatsanwalt hatten sich ausbedungen, daß sich die Ermittler ausschließlich um den »Zuckerrüben-Arm« kümmerten, wie das mysteriöse Glied mittlerweile genannt wurde. Sämtliche anderen Fälle hatten zu warten.

Hinzu kamen Presse, Radio und Regionalfernsehen, die sich eine gruselige Story nicht entgehen ließen. »Noch immer keine Spur vom Zuckerrüben-Täter« verkündete beispielsweise die *Hessisch-Niedersächsische Allgemeine*, und Kameraleute hatten mehr oder minder intelligente Kommentare der Waberner Eingeborenen aufgezeichnet und gesendet. So etwas nagte natürlich am Image der Polizei und verstärkte den Druck aus Kassel und Wiesbaden auf Homberg, Ergebnisse zu liefern, mit denen die Chefs bei Pressekonferenzen glänzen konnten. Doch woher nehmen, wenn die Ermittlungen feststeckten? Seufzend stand der Kommissar auf und verließ sein Zimmer.

Es war ihr ehemaliger Polizeidirektor gewesen, den sie aufgrund seiner ausgeprägten Vorliebe für skandinavische Einrichtungen intern den »Elch« genannt hatten. Dieser Chef, mittlerweile pensioniert, hatte sich einst auf einem dreitägigen Weiterbildungskurs zum Thema »Motivationscoaching« vor der Arbeit gedrückt und war voller Ideen für zeitgemäße Mitarbeiterführung zurückgekommen. Er hatte daraufhin die gesamte Direktion zu einer Besprechung zusammengerufen und sie mit watteweicher Stimme in bunten Power-Point-Präsentationen ertränkt. Sie waren sich sämtlich wie in der ersten Klasse einer Waldorf-Schule vorgekommen und hatten mit zusammengebissenen Zähnen den Vortrag des Chefs über sich ergehen lassen, der vor ihnen und seinem Laptop herumtänzelte, als besäße er den schwarzen Gürtel in Eurhythmie. Brennend hatten sie die Kolleginnen und Kollegen beneidet, die an dem Tag durch dringende Außentermine der Esoterik-Folter entronnen waren, und selbst Doğan, der sich einst zwischen seiner muslimischen Herkunft und der christlich-abendländischen Umwelt hatte entscheiden müssen und als Kompromiß den Agnostizismus gewählt hatte, betete im Stillen: »Oh Herr, laß diesen Elch an mir vorübergehen!«

Schließlich waren alle froh gewesen, daß sie dennoch nicht unter der Einrichtung eines Kuschelparadieses im Dienstgebäude zu leiden hatten, bestückt mit schwedischen Feng-Shui-Matratzen »Rölax«, safrangelben Wänden, Räucherstäbchen »Öchö« und mystischer Musik, in das sie zwangsweise wöchentlich einmal eingewiesen worden wären. In Homberg fehlte es zum Glück schlicht an Räumen, in denen sich der frisch motivierte Vorgesetzte hätte austoben können.

Innerhalb nur einer Woche war der Ideen-Tsunami des Elchs abgeebbt, zur Erleichterung der gesamten Belegschaft. Übrig blieb die Einrichtung einer Kaffee-Ecke. Der Chef hatte in höchster Euphorie von einer »Cafeteria mit sozialkompetenter Wirkung« geschwärmt, ein Begriff, den er wohl im Seminar falsch verstanden hatte. Seitdem hieß eine staubige Ecke des Flurs bei allen Insidern »Cafeteria«, indem sie die drei harten Bistrostühle um den einsamen Klapptisch dick mit Ironie polsterten.

Gefrustet vom Stillstand im Zuckerrübenfall, traf nun Cemalettin Doğan dort auf Irene Falter, die trübsinnig in ihren Plastikbecher starrte und versuchte, durch meditatives Umrühren der kaffee-surrogaten Brühe etwas Geschmack zu vermitteln. Irene Falter war eine junge Kollegin, die der Liebe wegen die Gegend um Tauberbischofsheim verlassen hatte und in Doğans Team gelandet war. Die Liebe war allerdings schnell die Efze hinabgeschwommen, da ihr »psychosomatischer Defekt«, wie sie ihren verflossenen Lebensabschnittsgefährten mittlerweile nannte, als Eisenbahner viel unterwegs war und neben den Gleisen die eine oder andere Bekanntschaft schloß. »An jedem Bahnhof eine Braut«, pflegte Falter den alten Seemannsspruch anzupassen und grinste dabei bitter.

Die Polizistin zog dennoch nicht ins badische Franken zurück, sondern blieb. Sie fühlte sich wohl in Doğans Team, die Ermittlungsarbeit machte ihr Spaß. Und sie hatte das Gefühl, daß sie bei der hessischen Polizei nur etwa halb so viele Überstunden vor sich herschieben mußte wie in Baden-Württemberg. Bei den Kolleginnen und Kollegen war sie beliebt, was hin und wieder dadurch getrübt wurde, daß sie schnell sauer wurde. So dauerte es nicht lange, bis sie den Spitznamen erhielt, der nahe lag: Zitronenfalter.

Der Oberkommissar mochte die junge Kollegin. Sie war von Anfang an durch zurückhaltende, aber kluge Gedanken aufgefallen und bewegte sich nach seinem Dafürhalten auf dem sympathischen Mittelweg zwischen Ehrgeiz und Faulheit. Der Tristesse des Zuckerrübenfalls konnte aber auch sie sich nicht entziehen. Der Zwang, untätig abwarten zu müssen, nagte an der Zähigkeit, mit der sie sich sonst in die Arbeit verbiß.

Doğan, vom Aroma türkischen Mokkas verwöhnt, haßte die Soße, die der Kaffeeautomat ausspie und die schmeckte, wie WC-Steine rochen. Obwohl in Deutschland aufgewachsen, hatte er nie verstanden, wie die Abkömmlinge der Völkerwanderung, die sich irrtümlich für Germanen hielten, die arabische Bohne dermaßen versauen konnten, indem sie lauwarmes Wasser über verbranntes Pulver gossen und dies auch noch durch chemiegetränktes Papier filterten. Eine entsetzlichere Art, Kaffee zuzubereiten, gab es nirgends auf der Welt. Außer in der Cafeteria in einem Homberger Flur. Cem Doğan zog sich daher einen heißen Kakao und setzte sich der Kollegin gegenüber.

»Zweiunddreißig«, nuschelte Irene Falter in ihren Becher hinein, ohne den Kommissar anzublicken.

»Bitte?«

»Zweiunddreißig verdreckte Traktor-Anhänger haben die Kollegen von der Spurensicherung schon untersucht. Nix. Da bleiben ja nur noch knapp hundertvierzig.« Falter nahm einen Schluck und stöhnte. Doğan war sich nicht sicher, ob sich ihr Stöhnen auf die geisttötende Arbeit der Spusi bezog oder auf die Dünnsäure aus dem Automaten. »Wir kommen nicht weiter.«

Der Kommissar nickte.

Die Polizistin sah auf. »Irgendwo liegt eine tote Frau ohne linken Arm. Wer sagt uns, daß das in unserer Gegend sein muß? – Niemand«, gab sie sich selbst die Antwort. »Wir sollten bundesweit fahnden. Beschreibung, Foto des Ärmelstoffs, DNA. An alle Dienststellen.«

Doğan war einverstanden. Was blieb ihnen übrig? Das Auswerten negativer Antworten war immer noch besser als Däumchen drehen. »Mach du das.« Er hoffte, mit der Aufgabe die Kollegin ein wenig von ihrer Niedergeschlagenheit abzulenken.

»Gut. Ich leg gleich los.« Frau Zitronenfalter glitt vom Hocker und verschwand hinter der Tür ihres Zimmers. Den halbvollen Plastikbecher hatte sie stehen lassen. Cem Doğan überlegte, ob man nicht mit dessen Inhalt dem Urinstein zu Leibe rücken sollte, der schon seit langem die Diensttoilette verschandelte.

***

»Fast fertig!« Michael Pettel grinste über alle vier Backen und wischte sich die Finger an einem Lappen ab. Jojo und Bea hatten die Strecke über Marburg gewählt, um nachzuschauen, wie weit die Genesung von Beates Guzzi fortgeschritten war. Tatsächlich blieben nur noch der Lenker und die Sturzteile in dessen Nähe auszutauschen. Sogar der Tank strahlte wieder wie neu. Ohne sein Grinsen zu unterbrechen, fuhr Mike Pettel fort: »Leider wird das Ganze etwas teurer als im Gutachten geschätzt. Da muß eben ein Nachtrag geschrieben werden.«

»Die arme Versicherung!«, lachte Jonas. »Das wird ihr Ruin sein.«

Nachdem sie damit den Finanzkonzern angemessen bedauert hatten, widmete sich der Schrauber ausführlich Jojos Gespann. »Kein Lenkungsdämpfer?«, wollte er wissen.

»Braucht's nicht. Die Wasp-Leute haben die Geometrie des Fahrwerks genial zusammengelötet. Obwohl Vorlauf, Sturz und Vorspur nicht verstellt werden können, wackelt das Teil bei keiner Geschwindigkeit.« In der Tat war dies bei Motorrädern mit Seitenwagen selten. Aufgrund der Asymmetrie des Fahrwerks neigten viele Fahrzeuge zu heftigem Lenkerpendeln bei Geschwindigkeiten zwischen zwanzig und vierzig Stundenkilometern. Seit Jahrzehnten bekämpften das die Gespannbauer mit einem Lenkungsdämpfer. Nur wenige waren der Überzeugung, daß bei sorgfältig eingestellter Geometrie ein Dämpfer überflüssig sei, und sie waren in der Lage, dies auch nachzuweisen. Jonas hatte unter den Herstellern nicht gerade Freunde gewonnen, indem er von »Fahrwerkspfusch« schrieb, wenn ein Gespann nur mit Lenkungsdämpfer fahrtüchtig war.

»Willst du eine Runde drehen?«, fragte er den Mechaniker.

Doch Pettel winkte ab. »Ich bin ein Solo-Mensch, das Gespann würde ich nur vor die Mauer setzen. Aber ein paar Kilometern im Beiwagen wäre ich nicht abgeneigt.«

Die eingegipste Beate Aschenbrenner erklärte sich bereit, so lange auf Laden und Telefon aufzupassen. Sie versorgten sie mit Kaffee und Lesestoff, Mike Pettel schmiß sich in seine Motorrad-Klamotten, und schon tobte das Dreirad Richtung Amöneburg. Obwohl Jojo normalerweise ein ruhiger Fahrer war, erwachte doch der Angeber in ihm. Dem Ex-Rennfahrer an seiner rechten Seite wollte er zeigen, wo der Gespann-Bartel den Most holte. Und Pettel hielt mit. Er turnte in dem leichten Enduro-Beiwagen umher, daß es eine Freude war. In Linkskurven schmiß er sich hinter Jonas über das Heck der Maschine und in Rechtskurven von der Plattform, daß nur noch seine Unterschenkel Kontakt zum Fahrzeug zu haben schienen, während sich das Seitenwagenrad in luftiger Entfernung über der Straße von den Linkskurven erholen konnte. In ihren Höhlen aufgeschreckte Waschbären hörten das Benzin in den Vergasern strudeln und die Bremsbeläge altern.

Vor Freude hatten sie beide in ihre Helme geschrieen, und selbst der Sportler Mike Pettel schnaufte heftig, als sie schließlich auf einem Waldparkplatz rasteten. Die angenehmen Temperaturen hatten weitere Motorradfahrer aus den Garagen gelockt, und als Pettel dem Unterholz zustrebte, um einen Baum zu düngen, bogen gerade zwei Maschinen ein und hielten.

Motorradfahrer kennen das langwierige Prozedere, sich aus wurstpellenartigen Kombis zu schälen, das Wasser abzustellen und schließlich wieder in die tote Kuh zu schlüpfen. Als Pettel zum Parkplatz zurückkam, bot sich ihm ein unerwartetes Bild. Die beiden fremden Fahrer hatten sich zu Jojo und seinem Gespann gesellt, einer von ihnen hatte den Seitenwagen angehoben und drohte, das Fahrzeug umzukippen. Der zweite drängte Jonas gegen einen Baum, packte ihn aggressiv am Kragen und ballte die Faust.

Mike Pettel schaltete blitzschnell. Er hatte keine Lust, sich auf eine Schlägerei mit ungewissem Ausgang einzulassen, bemerkte, daß die beiden Fremden die Zündschlüssel in ihren Maschinen hatten stecken lassen, schwang sich auf eine von ihnen, eine Yamaha FZR, startete und gab Gas. Voller Schrecken ließen die beiden Männer von Jonas und seinem Gespann ab, griffen hektisch ihre Helme und hechteten auf das zweite Motorrad, um die Verfolgung aufzunehmen. Als Pettel im Wheelie den Parkplatz verließ, stellte er befriedigt fest, daß Jojo außer Gefahr war. Er kannte die Kurven um Marburg und würde als Ex-Rennfahrer mit den Verfolgern regelrecht spielen können. Was ihn weniger befriedigte, war, daß er seinen Helm hatte zurücklassen müssen. So duckte er sich tief hinter die Frontscheibe. Sollte ihn doch die Polizei anhalten, das wäre ihm gerade recht!

Doch auch der Verfolger hatte seine Maschine im Griff. Er fuhr eine Supermoto, und selbst mit Sozius ließ er sich nicht abhängen. Die Reifengummis beider Maschinen klebten am Asphalt, als besäßen sie Saugnäpfe, und drei Paar Knieschleifer verhinderten in den Kurven, daß sich die Linien der Schräglagenwinkel nicht in zwei Parallelen trennten. Pettel hoffte auf trockene Straßen und darauf, daß kein phlegmatischer Mittelwesthesse seinen Bürgerkäfig inklusive Ehegattin, Brut und Tante mit der Geschwindigkeit einer Wanderdüne über die Straße schob. Doch Mike Pettel hatte Glück. Und er kannte sein Ziel.

***

Beate Aschenbrenner hatte die Zeitschriften nach kurzem Durchblättern zur Seite gelegt. Sie saß hinter den großen Schaufensterscheiben des Ladens, blickte hinaus, nippte an ihrem Kaffee und dachte nach. Ein Kind war erwürgt worden. Beas Nackenmuskeln wurden zu Beton, wenn sie sich dies vor Augen führte. Wie krank mußte ein Mensch sein, der so etwas tat? Obwohl es fast fünfzig Jahre zurücklag, schien es jemanden zu geben, der alle Ermittlungen und Recherchen zu verhindern suchte. Und der auch die Macht dazu besaß. Polizei, Staatsanwaltschaft und selbst der Bischof waren zurückgepfiffen worden, und seltsame Männer versuchten, ihr und Jonas Angst zu machen. Und der Lehrer? Steckte er dahinter oder fürchtete auch er sich? Wo waren die Schülerlisten abgeblieben? Wie hatte Jojos Klassenkameradin mit Nachnamen geheißen? Warum war Jonas' Vater strafversetzt worden? Um welches Mädchen war es beim Streit »zwischen einem Lehrer und einem Pfarrer« gegangen? Wer alles hatte von dem geheimen Kirchenboden gewußt? Es gab zu viele Fragen. Gleichungen mit Unbekannten. Bea nickte. Sie mußte ein System hineinbringen. In Sassenheim, Jonas' Zuhause, wollte sie eine Aufgabenliste anlegen, die sie Punkt für Punkt abarbeiten würden.

In die Stille bohrte sich ein hochfrequentes Motorengeräusch, das rasch lauter wurde. Durch die langgezogene Kurve vor Pettels Laden schoß ein Motorrad, der Fahrer tief über den Tank gebeugt. Er visierte die offene Garage neben dem Verkaufsraum an, stieg in die Eisen, daß sich das Hinterrad kurz vom Boden hob und schrieb einen schwarzen Strich in die Garage hinein. Jetzt tauchte eine zweite Maschine auf, besetzt mit zwei Personen. Gleichzeitig wurde die Tür neben dem Verkaufstresen aufgerissen, und Mike Pettel erschien atemlos, die Haare wild zerzaust. Er warf die Tür hinter sich zu und drehte den Schlüssel zweimal im Schloß. »Komm mit!«, bellte er zu Bea hinüber und war bereits aus dem Laden hinaus. Die zweite Maschine war nun ebenfalls in der Garage verschwunden, Pettel stürzte zum Schwingtor, griff es und schlug es zu.

Beate Aschenbrenner faßte die Krücken, und so schnell es ihr Gipsbein erlaubte, folgte sie Pettel auf den Vorplatz. Der stand vor dem geschlossenen Tor, gegen das es mittlerweile von ihnen wummerte: »Aufmachen, verdammt!«, schrie eine Männerstimme, und jemand rüttelte an der Türklinke zum Verkaufsraum.

»Bleib hier!«, befahl Mike Pettel Bea, bevor sie Fragen stellen konnte, und lief zum Nachbargebäude. Schnell hatte er fünf Männer der angrenzenden Autowerkstatt zusammengetrommelt, die nun im Halbkreis vor dem Motorradladen Stellung bezogen.

Als das Garagentor aufschwang, stürzten zwei rotgesichtige Kerle in Motorradkleidung heraus, blieben jedoch wie angewurzelt stehen, als sie der Überzahl gewahr wurden, die durch eine junge Frau mit Gipsbein und Krücken grotesk verstärkt wurde.

***

Die Außentür zum Laden hatten sie offen gelassen, damit die Männer von der Nachbarwerkstatt nötigenfalls schnell eingreifen konnten. Wie bei einer gruppenhydraulischen Kuschelrunde saßen sie im Kreis: Beate Aschenbrenner, Michael Pettel, Jonas Jordan – den Bea per Handy erreicht hatte – und zwei Motorradfahrer, die zu Boden blickten. In ihren Lederkombis mit den lächerlichen Quasimodo-Buckeln sahen sie aus wie Riesenbabies. Der ältere der beiden, er mochte um die dreißig Jahre alt sein, wirkte trotzig und verstockt. Sein brünettes Haar klebte am Kopf, und da er ihn gesenkt hielt, konnten seine Gegenüber die Stelle bewundern, die sich bereits zu lichten begann. Er hatte den Reißverschluß der Kombination etwas aufgezogen, so daß ein Silberkettchen mit einem Kreuz zu sehen war. Der jüngere neben ihm war blond und blaß, trug eine Brille und hatte die Unterlippe vorgeschoben wie ein Kleinkind, das gleich zu heulen begann. Er mochte knapp über zwanzig sein. Es war still, sah man vom leise schabenden Geräusch seiner Hände ab, die er fortgesetzt knetete.

»Wir hören.« Bea eröffnete das Tribunal.

Wie erwartet, begann der Jüngere. Er holte Luft und setzte ein paar Mal an, bevor er stammelte: »Das ... das war doch Gotteslästerung!« Er blickte auf und sah Beate Aschenbrenner an. »Sie haben die Kirche entweiht!«

Bea und Jojo schauten sich überrascht an. »Bitte?«

»Sie haben die Totenruhe gestört. Hunderten von Schaulustigen haben Sie die Gebeine gezeigt. Das ist obszön!«

Nun assistierte der ältere der beiden: »Mit einem LKW haben Sie sie nach Gießen karren lassen. Wie eine Fuhre Müll.«

»Woher wollt ihr das wissen?« Jojo wäre es unangemessen vorgekommen, die beiden Häufchen Elend zu siezen.

Die Brille sprudelte es nun heraus, und es klang wie auswendig gelernt: »Unser Vikar hat es uns erzählt. Wir sind Mitglieder im *MRM, »Motorradfahrer ruft Motorradfahrer«*. Wir tragen die christliche Botschaft hinaus auf die Straßen. Es gibt schon sechzehn Sprengelclubs in Deutschland. Und wir lassen Blasphemie nicht zu.«

»Ihr seid im Namen des Herrn unterwegs?« Jonas mußte sich ein Lachen verkneifen, als er diese Redewendung aus der Filmparodie »*Blues Brothers*« zitierte.

»Ja, er ist unser Hirte«, nickte die blonde Brille voller Ernst und fuhr fort: »Wir wollten Ihnen aber nur Angst machen. Kehren Sie um! Lassen Sie die Finger von geweihten Orten!«

Beate Aschenbrenner verstand nicht ganz: »Mich wollen Sie einschüchtern, greifen aber meinen Kollegen an?«

Nun sprach der Ältere: »Wir können doch eine Frau nicht bedrohen. Und außerdem sind Sie aufgehetzt worden durch den da.« Er zeigte auf Jojo. »Der Versucher hat Sie aus dem Schoß der Kirche gezerrt.«

Jonas schien die Szene plötzlich irreal. Er fühlte sich wie mit einer Zeitmaschine um 300 Jahre zurückversetzt, umso mehr, als der Jüngere wieder das Wort ergriff. »Frauen«, dozierte dieser, »sind leicht zu beeinflussen. Sie haben keine feste Meinung, weil sie aus der Rippe des Mannes gemacht sind. Deshalb muß man sie zügeln und leiten.«

Bea verschlug es die Sprache. Es gab tatsächlich im dritten Jahrtausend junge Leute, die solchen Quark erzählten? Und das in einer Universitätsstadt, nicht im hintersten Bayerischen Wald!

Mike Pettel hatte dem Gespräch zu Beginn schweigend zugehört. Er war zwischenzeitlich aufgestanden, im Nebenraum verschwunden und kehrte nun zurück. »Woher wußtet ihr, wo sich Herr Jordan und Frau Aschenbrenner aufhielten?«, fragte er nun.

»Der Herr hat uns geleitet.«

»Per GPS-Daten, nicht wahr? Oder könnt ihr Handies orten? Wie heißt euer Vikar?«, fragte der Mechaniker.

Das wollten die beiden Superchristen nicht sagen und schwiegen auch verbissen, als sich Jonas nach ihren Namen und Wohnorten erkundigte. Der Kreuzträger preßte die Lippen aufeinander, als Pettel einen Zettel zückte und ihnen die Kennzeichen ihrer Maschinen vorlas. Beide kamen aus dem Kreis Fulda. Ihr Redefluß schien nun versiegt, sie senkten erneut die Köpfe und zogen sich in ihr inneres Kloster zurück.

»Was machen wir mit ihnen?«, fragte Jonas Bea und Pettel. »Polizei?«

»Wegen ein paar Drohgebärden und geistiger Defekte?« Der Mechaniker winkte ab. »Wir lassen sie laufen. – Meine Herren«, wandte er sich wieder an die beiden Mopped-Missionare, »Ihr könnt fahren. Wir haben eure Kennzeichen, und wenn noch irgend etwas passiert, seid ihr dran!«

Die zwei Kreuzrocker standen wortlos auf, gingen zu ihren Motorrädern, starteten und rollten davon. Jojo wollte es scheinen, als ob sie sehr langsam unterwegs waren und das Gas kaum aufdrehten. Mike Pettel grinste, öffnete die Hand und zeigte ein winziges Metallteil vor, das aussah wie eine zu heiß gewaschene Lüsterklemme. »Damit kann man gut Drehzahlen und Geschwindigkeit begrenzen, wenn man es in den Gaszug einhängt. Unsere beiden Freunde werden eine Weile brauchen, bis sie zuhause sind. Hoffentlich werden sie nicht von hinten durch einen Traktor überrollt.«

Zweiundzwanzig

Kurz bevor sie sein Zuhause erreichten, stoppte Jonas das Gespann vor einem türkischen Supermarkt in Weinheim an der Bergstraße. »Ich habe kaum etwas zum Futtern im Haus«, erklärte er Bea, und gemeinsam kauften sie den Laden leer.

In Sassenheim krempelte Jojo die Ärmel hoch und band sich eine Schürze um, während Bea humpelnd ihr Bett auf dem Sofa in der Bibliothek richtete. Der Journalist betrachtete seine Küche wie eine Werkstatt, und entsprechend viel Spaß machte es ihm, darin zu wirken.

Er schnitt das Lammfleisch klein, röstete die Berberitzen an und mischte die Zutaten. Während er das Gulasch anbriet und vorsichtig ablöschte, um eine Soße zu erhalten, dampfte der Basmatireis auf der anderen Feuerstelle. Mit Ingwer, Koriander, Knoblauch und Honig würzte und band er den Fond. Selten richtete sich Jojo nach Rezepten. Wichtig war nach seiner Überzeugung, daß man Grundrezepte und Behandlungsmethoden kannte. Alles andere ergab sich aus dem Tagesgeschmack, der Erfahrung und natürlich den vorhandenen Vorräten.

Bea erhielt die Aufgabe, einen leicht gekühlten Chardonnay vom hervorragenden Schriesheimer Weingut Bartsch zu entkorken. Entgegen der gängigen Mode bevorzugte Jojo zu den allermeisten Gerichten Weißwein.

Sie hatten beide Hunger und faßten kräftig zu. Zum Dessert bot Jonas Baklawa und Espresso an. »Türkischer Mokka wäre stilgerecht. Aber dazu bin ich jetzt zu faul.« Er erklärte Bea, wie vor vielen Jahrhunderten die osmanische Küche in Europa Einzug gehalten hatte. »Deine geliebten Croissants stammen vom Bosporus, wußtest du das? Ihre Hörnchenform ist der türkische Halbmond. Und der bekannte Apfelstrudel geht auf das Baklawa zurück.«

Erst als sie beide satt und zufrieden am Eßtisch die Beine von sich streckten – wobei Beates Gipsbein ohnehin keine andere Möglichkeit bot –, sah Jojo seine Post durch und hörte den Anrufbeantworter ab. Drei Werbeanrufe löschte er, bevor ihn zwei Mitteilungen fesselten. Grit Xavier hatte offenbar seine Visitenkarte mit der Entschlüsselung der letzten Worte ihres Bruders an der Haustür gefunden, und ebenso offenbar war sie nicht mehr ganz nüchtern gewesen.

Ohne sich vorzustellen – das kannte Jonas ja bereits –, nuschelte sie zusammenhanglos: »Lukas 18, Vers 16. Wie kommst du darauf? Die Eltern leben nicht mehr, und jetzt kommt alles raus. Demant. Die alte Sau. Rosenbeck. Na warte.« Zum Ende war ihre Artikulation immer undeutlicher geworden, bis sie schließlich eingehängt hatte. Noch zweimal hörte sich Jojo gemeinsam mit Bea die Nachricht an.

»*Diamant*?«, fragte die Kirchenhistorikerin. »*Rosenberg*? Man kann es so schlecht verstehen.«

»*Die alte Sau* ist jedenfalls ziemlich deutlich. Grit Xavier scheint zu ahnen, wer ihren Bruder in den Tod getrieben hat.«

»Das kann aber zur Zeit nicht unsere Baustelle sein, oder? Wir kümmern uns um deine Lara, nicht wahr?«

Jonas wiegte den Kopf. »Vielleicht sollten wir trotzdem gelegentlich noch einmal Grit befragen. Immerhin stammt sie aus einer Spangenberger Pfarrersfamilie.« Der Anrufbeantworter zeigte die Nummer, von der aus Grit Xavier telefoniert hatte, offensichtlich mit ihrem Handy. Jojo notierte sich die Ziffern.

Er hörte den zweiten Anruf ab. »Schuster, guten Tag. Herr Jordan, ich bin ein Kollege von Ihnen, und zwar Redakteur beim *Wochenblick*. Uns wurde gesagt, daß Sie Ende September eine hochinteressante Geschichte über ein totes DDR-Flüchtlingskind liefern können, sogar mit Bildern. Wir bereiten zum Jahrestag der Wiedervereinigung eine Sonderbeilage vor, in die wir Ihren Bericht unbedingt hineinnehmen möchten. Wir müßten nur wissen, wieviel Platz wir dazu freihalten sollen und bis wann genau Sie liefern können. Bitte rufen Sie mich doch zurück.« Er nannte eine Hamburger Nummer.

Jojo zog die Luft ein. Der *Wochenblick* war ein seit Jahrzehnten bekanntes Magazin, das sich trotz einiger Konkurrenz noch immer als führendes Leitmedium behauptete. Es wurde von vielen gelesen, die sich für intellektuell und aufgeklärt hielten, und tatsächlich hatte es etliche Skandale aufgedeckt. Zwar hatte vor Jahren bereits ein Journalistenkollege Jojos sarkastisch bemerkt: »Der *Wochenblick* unterscheidet sich von *Bild* nur durch Wortwahl und Satzlänge«, doch Jonas hatte den Verdacht, daß das vernichtende Urteil lediglich darauf beruhte, daß der Kollege noch nie dem Magazin einen eigenen Bericht hatte verkaufen können.

Und nun wurde es ernst. Hinterlist-Meier hatte Jonas in Magdeburg erpreßt und jetzt offensichtlich schon einen Redakteur des Magazins vorgeglüht, wahrscheinlich, damit sich der Druck auf Jojo erhöhte. Dem Journalisten blieb nicht mehr viel Zeit. Er rief in Hamburg an.

»Schuster.«

»Jonas Jordan, guten Tag, Herr Schuster. Sie hatten bei mir auf Band gesprochen ...«

Der Redakteur war sofort im Bilde und unterbrach: »Ja, gut, daß Sie anrufen. Wir nageln morgen die Sonderbeilage fest. Ich habe schon gehört, daß Sie Ihren Beitrag allerdings erst am einundzwanzigsten September liefern können. Geht das nicht früher?«

Jojo preßte die Lippen zusammen. Noch immer wußte er nicht, wie er sich verhalten sollte. Er mußte den Termin wenigstens so weit wie möglich hinausschieben. »Nein, das ist vielmehr das früheste Datum.«

Der Mann am anderen Ende stöhnte. »Na gut, aber ich muß mich darauf verlassen können, hören Sie? Und es geht um ein ermordetes Flüchtlingsmädchen aus der DDR, nicht wahr?«

»Um ein Kind, das Anfang der 60er Jahre verschwand«, antwortete Jonas knapp.

»Gut. Sehr gut. Wir halten Ihnen also fünf Druckseiten frei, inklusive Fotos. Sie haben Bilder von dem Skelett, hörte ich?« Jojo bejahte. »Wunderbar. Wir können Ihnen ein Honorar von pauschal dreitausend Euro anbieten. Wären Sie damit einverstanden?«

Jojo knirschte mit den Zähnen. Vielleicht käme er noch aus der Geschichte heraus, wenn er seine Forderung zu hoch ansetzte? »Inklusive Spesen achttausend. Im voraus.«

Schuster blies Luft aus, als wollte er einen Luftballon füllen. »Viertausend!«

»Acht!«, beharrte Jonas. »Es gibt auch Anfragen von Mitbewerbern«, bluffte er.

»Also gut«, willigte Schuster ein. »Ich lege das Honorar-Formular gleich aufs Fax.«

Mist!, dachte Jojo und wunderte sich gleichzeitig, daß der andere so schnell nachgegeben hatte. Hatten die so viel Geld für eine Story, die sie noch nicht einmal kannten?

»Bei dem knappen Termin«, fuhr Schuster fort, »muß ich aber darauf bestehen, daß Sie ein einwandfreies Typoskript liefern. Ohne Rechtschreibfehler. Und mit allen Bildtexten. Wir haben keine Zeit, es noch einmal Korrektur zu lesen. Es geht dann direkt in den Satz.«

Seufzend stimmte der Journalist zu und hängte ein. »Schöne Scheiße!«, sprach er zu sich selbst, und Bea, die neben ihm stand, gab ihm recht. Zehn Tage blieben ihm noch. Zehn Tage, in denen er so viel Geld für einen Artikel erhielt wie noch nie in seinem journalistischen Leben, zehn Tage, die für ihn vielleicht die letzten in eben diesem Beruf waren.

Die junge Frau riß ihn aus seinen trüben Gedanken. »Los!«, befahl sie. »An den Computer! Wir stricken jetzt einen Plan.«

***

Voller Wärme betrachtete sie das Motorrad. So platt beide Reifen auch waren, so verrostet die Schutzbleche und so blind der Scheinwerfer – es stammte doch aus Barmen. So wie sie selbst. Céline Nautile streichelte über den narbigen Tank der Tornax. Sie hatte die tote Maschine aus einer Scheune gezerrt, unter altem Heu hervor und Eimern voller Hühnerschiß. Der Opa, dem sie gehört hatte, war ins Altersheim gekommen, und nun verhökerten die Enkel den Hausrat. Ein Kollege hatte Line den Tip gegeben: »Du suchst doch alte Motorräder aus der Gegend? Ich wüßte da was.« Mit dem Kastenwagen ihres Mannes waren sie in das Bergische Dorf gefahren, hatten mit dem Enkel gefeilscht wie die Pferdehändler, bis dieser entnervt aufgegeben und ihnen die Tornax überlassen hatte. Angesichts des jämmerlichen Zustandes der einst stolzen Maschine war der Preis dennoch ebenso stolz gewesen.

Doch nun stand ihr Traum vor Line, ein Motorrad aus ihrem Heimatort. Der Motor war fest, der Sattel zerfiel – kurz: Edelrost, stahlfrei. Doch sie würde das Fahrzeug zerlegen, reinigen, restaurieren, Teile austauschen und erneuern, den Rahmen strahlen, grundieren, füllern und lackieren, den Tank schleifen und vernickeln, die Elektrik erneuern – bis schließlich die Barmer Zweiradprinzessin reanimiert und wie neu vor ihr stehen würde. Die Tornax würde wieder fahren!

Mitten hinein in die strahlende Zukunft schrillte Lines Mobiltelefon. »Hallo, Scholle!«, begrüßte sie der Journalist am anderen Ende.

»Wie ... woher ...?«

»Ja, ich weiß mehr über dich als der Innenminister«, lachte Jojo.

Line schaltete rasch. »Cem, nicht wahr? Na, dem Kümmeltürken erzähle ich was!«

»Nichts gegen Doğan! Er hat uns geholfen, obwohl er nicht durfte.« Und Jonas berichtete vom Rückpfiff des Kommissars, von Meier, Müller und Schmidt. Und vom seltsamen Verhalten des alten Sportlehrers Wilfried Grundlach.

Line hörte aufmerksam zu. Als der Freund schließlich vom Angriff der christlichen Motorradfahrer erzählte, fragte sie: »Hast du dich nicht wehren können?«

»Mit was? Ich führe keine Waffen mit mir. Und ich konnte nicht wissen, ob die nicht noch ein Messer zücken würden.«

»Hast du keine Zeitung dabei gehabt?«

Jojo war verblüfft. »Eine Zeitung?«

Die Polizistin konnte nun zufrieden einen Insider-Tip an den Freund loswerden: »Für eine Tageszeitung brauchst du keinen

Waffenschein. Aber zusammengerollt wirkt sie wie ein Holzknüppel.«

»Das tut sie bereits, wenn ich sie nur lese«, flachste Jonas, staunte aber doch über die geniale Idee.

Line fiel etwas ein. »Von wo aus rufst du an? Von zuhause?«

»Natürlich nicht. Obwohl ich ziemlich suchen mußte, bis ich eine noch funktionierende Telefonzelle gefunden habe.«

Die Kommissarin war beruhigt. »Wahrscheinlich wirst du überwacht. Du kannst das folgendermaßen feststellen ...« Sie gab Jojo einen Schnellkurs im Bemerken und Abschütteln von Verfolgern, und nachdem er sich bedankt und eingehängt hatte, zog sie einen Notizblock heran. Ja, zu dieser Person könnte sie ermitteln, und Jojo war sie ohnehin noch einen Dank schuldig für das letzte *peche flambée*.

Sorgfältig notierte sie: Wilfried Grundlach.

Zur gleichen Zeit hatte eine andere Polizistin, rund zweihundert Kilometer von Céline Nautile entfernt, eine Meldung der Polizeidirektion Esslingen aussortiert. Möglicherweise habe man die fehlende Leiche zu dem Zuckerrüben-Gliedmaß. Ein Telefonanruf konnte jedoch schnell klären, daß die Schwaben einen älteren Mann ohne rechtes Bein anbieten konnten, einen Penner, der sich offenbar die goldene Flasche gegeben hatte. Irene Falter begann, am Intelligenzquotienten ihrer Kollegen zu zweifeln. Konnte man den Arm einer jungen Frau mit dem Bein eines alten Obdachlosen verwechseln?

Im Übrigen fanden sich Absagen in der Post. Nirgendwo fehlte ein Frauenarm, sämtliche weiblichen Leichen Deutschlands schienen vollständig zu sein. Aus Ludwigshafen war gar eine seitenlange Liste voller Unfallopfer eingetroffen, denen allen zwar ein Körperteil abhanden gekommen war, die jedoch sämtlich überlebt hatten. Ludwigshafen? Lag das nicht am Bodensee? Die Kommissarin klickte auf die HTML-Ansicht und mußte feststellen, daß die Mail aus Rheinland-Pfalz gekommen war. Richtig: Ludwigshafen am Rhein, die junge Industriestadt gegenüber von Mannheim, die praktisch komplett aus dem Gelände der BASF bestand.

Die Kollegen der Regionalen Kriminalinspektion Ludwigshafen hatten sich die Sache leicht gemacht, indem sie einfach die Patientenliste der örtlichen Berufsgenossenschaftlichen Unfallklinik versandt hatten. Offenbar wurden alle schweren Berufsunfälle dort behandelt. Die Liste umfaßte dreieinhalb Seiten und war anonymisiert. Immerhin waren das Geschlecht der Patienten angegeben, das Einlieferungsdatum und die Art der Verletzung. Letzteres natürlich in Ärzte-Latein, was kein Mensch verstand. Erneut griff Falter zum Telefon. Wozu gab es Pathologen?

Doktor Norbert Mauding war immer überlastet und schlecht gelaunt. Doch die junge Kriminalkommissarin wußte, wie sie ihn zu nehmen hatte. Er wollte höflich gesiezt, für seinen unermüdlichen Einsatz gelobt und bei der Berufsehre gepackt werden. So hatte ihn Irene Falter bald dazu gebracht, sich für ihr Anliegen zu interessieren.

»Was ist das für eine Liste?«

»Sie ist gespickt mit medizinischen Begriffen, und Sie sind doch unser Fachmann. Ich möchte nicht alles übersetzt haben, oh nein. Wir suchen lediglich eine junge Frau, der der linke Arm abgerissen wurde. Ich weiß, daß Sie enorm viel zu tun haben. Könnten Sie sich trotzdem die Liste einmal anschauen?«

Mauding versprach es, wollte sich aber auf keinen Termin festlegen. Falter bedankte sich und faxte die vier Ludwigshafener Seiten hinüber. »Gut«, nickte sie sich selber zu, »weiter im Text.«

Eine Mail aus Minden an der Weser alarmierte die Kommissarin. Sie griff zum Telefonhörer und ließ sich die Information bestätigen. »Und es ist wirklich der linke Arm?«, fragte sie. »Gut, Kollege, vielen Dank! Wir werden uns gleich wieder melden.«

Mit wenigen Schritten stand Irene Falter vor der Tür ihres Chefs, klopfte und trat ein, ohne einen Ruf abgewartet zu haben. Cemalettin Doğan kannte diese Angewohnheit und hatte sie nicht nur akzeptiert, sondern sogar begrüßt. Mit Widerwillen konnte er sich an die Unterwürfigkeit seiner Mutter seinem Vater gegenüber erinnern, als beide noch lebten. Nie hätte sich Ayşe Doğan erlaubt, das Zimmer ihres Ehemanns zu betreten, wenn er sie nicht hereinbat. Der Sohn hatte das als abstoßend empfunden, und so freute er sich als Kontrast über jede Respektlosigkeit einer Frau gegenüber einem Mann, und sei es er selber. Hätte ihn allerdings in diesem Moment jemand an die Begegnung mit Heidelinde Finkelbach erinnert, der Schnepfe aus der Zuckerrübenfabrik, so wäre er in Erklärungsnot gekommen. Von wegen Respektlosigkeit.

Nach langem Warten hatte sich, so erfuhr er nun vom Zitronenfalter, aufgrund der bundesweiten Fahndung eine Polizeidienststelle in Nordrhein-Westfalen gemeldet, in Minden an der Weser. Dort sei tatsächlich eine Frauenleiche ohne linken Arm gefunden worden, ob die Homberger Kollegen die suchen würden? Nein, die Frau liege noch in der Gerichtsmedizin. Sie sei noch nicht freigegeben worden, da sie noch nicht identifiziert sei.

»Wen schicken wir hin?«, fragte Cem Doğan die Kollegin.

»Ich fahre!«, entschied Irene Falter fest.

Doğan überlegte. »Ich komme mit«, erwiderte er schließlich und stand auf. »Ich darf mich ja ohnehin um nichts anderes kümmern.«

Telefonisch meldeten sie sich in Minden an, stiegen in den Dienstwagen des Oberkommissars und starteten. Falter fuhr. Sie waren beide froh, daß sich in dem Zuckerrübenfall endlich etwas bewegte.

***

230 Kilometer weiter südlich regte sich auch in Beate Aschenbrenner neuer Tatendurst. »Gut. Wir wissen jetzt, wie wir vorgehen. Bis ich meinen Gips verliere, haben wir noch zwei Tage Zeit. Dann müssen wir in Melsungen sein. Bis dahin ...«

»... könnte ich bei meinem Cousin vorbeischauen.«

»Du willst jetzt Verwandte besuchen?«

»Das ist doch der, der Näheres über die Strafversetzung meines Vaters wußte. Es könnte doch sein, daß er uns Hinweise geben kann, ob ...«

»... dein Vater etwas mit dem Kindermord zu tun hatte. Ich verstehe.« Bea schaute Jojo an. »Und wenn es so wäre? Wenn dein Vater wirklich ...? Doktor Jekyll und Mister Hyde?«

»Dann ist es eben so. Warum sollte ich einen Mörder schützen, nur weil er mein Vater wäre?«

Beate Aschenbrenner schüttelte den Kopf. »Das könnte ich nicht. Ich meine, es sind schließlich die Eltern.«

»Blutsbande, was?« Jojo lachte. »Eine dumme Illusion. Was können wir für die Taten unserer Eltern? Wir haben sie uns nicht ausgesucht. Unzählige Töchter und Söhne von faschistischen Verbrechern glaubten, ihre Eltern rechtfertigen zu müssen. Nur aufgrund verstaubter Konventionen. Jeder Mensch ist für sich selbst verantwortlich, nicht für andere.«

»Das hört sich kalt an.«

»Das ist es auch. Diese Gesellschaft ist kalt. Morde sind kalt. Wird ein Verbrecher zum Engel, nur weil er ein Kind zeugte? Natürlich wäre ich erleichtert, wenn sich mein Vater als unbescholten herausstellte. Aber wenn nicht, dann gäbe es keinen Grund, das zu verschweigen.«

»Du hast deine Eltern nicht gemocht.«

Jojo widersprach. »Doch. Als Kind bist du gezwungen, die Eltern zu mögen. Du brauchst Essen, Kleidung, Unterkunft, du bist von ihnen abhängig.«

»Und du brauchst Liebe.«

»Ja, Zuwendung. Doch all das könnte auch jemand anderes besorgen als die Eltern. Es gibt viele Kulturen, in denen Kinder von der Gruppe gemeinsam aufgezogen werden. Nötig sind nur eine oder mehrere Bezugspersonen. Ob die mit dem Kind verwandt sind, ist egal.«

Beate Aschenbrenner erschien diese Betrachtungsweise hartherzig. Sollte Jonas eine so lieblose Kindheit gehabt haben, daß er zu solchen Einstellungen kam? Oder lag es an ihr, war sie durch ihr Leben im Mitteleuropa des Zwanzigsten Jahrhunderts so geprägt und festgelegt? Liebe? Sie mußte zugeben, daß es zahlreiche Eltern gab, die ihr Kind lieblos oder gar grausam behandelten, ja, es gar verhungern ließen oder ermordeten.

Der Journalist hatte währenddessen weiter doziert: »Erst wenn das Kind selbständig wird, so zwischen dem zehnten und fünfzehnten Lebensjahr, ist es nicht mehr materiell auf die Eltern angewiesen. Das ist die Voraussetzung, daß es sich von ihnen lösen kann, sich Gedanken über sie macht. Es kann sich nun leisten, auch die schlechten Seiten von Vater und Mutter zu sehen. Das Kind wird eigenverantwortlich. Wir nennen das Pubertät und schieben die Entwicklung des kritischen Blicks auf die Hormone. Doch das ist Unsinn und nur ein Vorwand, damit wir uns nicht mit lächerlichen Moralvorstellungen und Selbsterkenntnis auseinandersetzen müssen.«

»Und wie würdest du deine Eltern beschreiben?«

»Der Vater war ein Mann, der mitten im Leben stand. Die meisten seiner Auffassungen halte ich für richtig. Er liebte seine Kinder. Nie hat er uns geschlagen, und das war zur damaligen Zeit außergewöhnlich. Auf der anderen Seite war er auch in überkommenen Vorstellungen gefangen. Er fühlte sich als Patriarch. Die Mutter mußte jeden Monat um Haushaltsgeld bitten, sie war für ihn zuständig für Küche, Wäsche und Sauberkeit. Er sah Frauen nicht als gleichberechtigt an.«

»Und deine Mutter?«

»Eine zerrissene Persönlichkeit. Ihr Vater hatte sich als erstes Kind einen Jungen gewünscht, einen Stammhalter. Wie das eben üblich war in kleinbürgerlichen Kreisen. Nun kam ein Mädchen zur Welt, und der Vater ließ sie seine Verachtung spüren. Meine Mutter wollte immer ein Junge sein, benahm und kleidete sich wie einer, trieb Sport und büchste aus. Das kollidierte natürlich nicht nur mit dem Elternhaus, sondern mit der gesamten damaligen Gesellschaft. Dazu kam ihre Jugend im Faschismus. Sie war begeistertes Mitglied im BDM, weil sie damit aus der Enge des Elternhauses fliehen konnte, und nahm viel von der faschistischen Ideologie in sich auf. 1945 brach dann ihre Welt zusammen. Sie suchte Zuflucht in einem bigotten Christentum und heiratete einen Pfarrer. Unbewußt wollte sie kein Kind, weil ihr Wunsch nach wie vor war, ein Junge zu sein. Trotzdem kam ich zur Welt. Sie zog uns auf mit ihrer verquasten Mischung aus wilhelminischer Moral, faschistischer Ideologie und frömmelnder Askese. Schließlich zerbrach sie daran und begann zu trinken. Mein Vater verachtete sie dafür, was es nur noch verstärkte. Seit ich acht Jahre alt war, betrank sie sich mehrmals monatlich bis zur Bewußtlosigkeit.«

»Das muß ja furchtbar gewesen sein. Habt ihr euch nicht ärztliche Hilfe geholt?«

»Nein. Ihr Alkoholismus war ein Tabu. Niemand durfte etwas davon erfahren. Wenn sie die Küche vollkotzte und mein Vater und ich sie ins Bett trugen, wurde kein Wort gesprochen. Schweigend habe ich das Erbrochene aufgewischt. Ein einziges Mal in all den Jahren hat der Vater einen Satz dazu gesagt: 'Sie hat von alleine angefangen, dann muß sie auch von alleine damit aufhören.' Eine grausame Einstellung.«

Bea dachte an ihre eigene Kindheit. Die Mutter hatte zwar alle

Arbeit möglichst auf andere abgewälzt, aber Alkohol hatte sie nur in homöopathischen Dosen zu sich genommen. Der Vater trank hin und wieder einen Schnaps, aber Alkoholiker war auch er nicht gewesen. Laut fragte sie: »Wie ist deine Mutter gestorben?«

»Wie sie gelebt hat: Sie hat sich zu Tode gequält. Krebs. Er hatte zum Schluß das Rückgrat befallen und gebrochen. In den letzten beiden Monaten war sie querschnittsgelähmt. Sie konnte nicht loslassen, denn sie hatte schreckliche Angst vor dem Tod.« Er wußte, daß er die folgenden Worte sorgfältig wählen mußte. »Wer glaubt, daß es ein Leben nach dem Tod gibt, hat furchtbare Angst davor. Er weiß nicht, was ihn erwartet, und die Religionen drohen ja allesamt mit brutalen Strafen.«

Da war es wieder, was Bea und Jojo unterschied. Während langer Stunden in der Klinik hatte sich Bea viele Fragen gestellt. Gab es, abgesehen von Religionen, so etwas wie Spiritualität? Konnte man den Geist, die Seele des Menschen von seinem Körper trennen? Beate Aschenbrenner erinnerte sich an einen Biologielehrer ihrer Schulzeit. Der hatte die Kinder gefragt, ob es eine Seele gebe. Die meisten hatten das bejaht. Er hatte weiter gefragt, ob denn alle Lebewesen eine hätten, auch der Regenwurm? Auch Algen? Amöben? Da hatten sich natürlich schon weitaus weniger Arme gestreckt. Und wo denn, bitteschön, in der Evolution die Seele dazukomme? Auf welcher Entwicklungsstufe?

»Nein«, meinte der Lehrer schließlich, »es gibt keine Seele. Bei keinem Lebewesen. Was wir dafür halten, sind neuronale Vorgänge im Hirn, im vegetativen und im limbischen System. Wir sind deswegen noch lange keine Maschinen, aber Geist und Seele existieren nicht!«

Bea und etliche ihrer Mitschüler waren nicht überzeugt gewesen. Taufe, Gebete, Kindergottesdienste, Bibel, Auferstehung am »Jüngsten Tag« – alles Lüge? Und als sie älter wurde: Was war mit sogenannten Nahtod-Erfahrungen, was mit Dingen, die man sich nicht erklären konnte?

Je weiter Beate Aschenbrenner darüber nachdachte, desto mehr kam sie zu der Überzeugung, daß Kirche und Glauben nichts miteinander zu tun hatten, ja, daß sie sich sogar widersprachen. Wer die Werte des Christentums ernst nahm, mußte zwangsläufig Gegner der Institution Kirche werden, egal, welche Richtung diese vertrat.

Noch während Jojo und Bea aufbrachen, dachte sie darüber nach. Der Himmel hatte sich eingetrübt, doch es schien nicht regnen zu wollen. Mit dem satten Schlag des luftgekühlten V2-Motors schob das britisch-japanisch-deutsche Gespann die beiden Amateurdedektive den vorderen Odenwald hinauf. Ritschweier, Rittenweier, Rippenweier – Bea mußte lachen, wenn sie an verzweifelte Touristen dachte, die sich durch die vergeblichen Versuche, sich solche Ortsnamen einzuprägen, in Alpträumen wälzten. Sie durchquerten Ursenbach, das Heimatdorf Helmut Faths, genialer Motorradmechaniker und Gespannweltmeister der 1960er Jahre. Der verschrobene Sonderling hatte seinerzeit den ersten Vierzylinder-Reihenmotor für Motorräder entworfen, selbst gegossen und gebaut, das Kneeler-Fahrgestell für Gespanne erfunden, den Motor hineingesetzt und Preise abgeräumt. Bis heute war das komplette Dorf dem Motorradfieber verfallen, ob Bauer, Hausfrau oder Schulmädchen.

Eng waren die Kurven, die Jojos Dreirad durchzirkelte, und Bea ärgerte sich, daß sie durch ihr Gipsbein am Mitturnen gehindert war. Häuschen mit holzgeschindelten Fassaden schmückten die Ortschaften, und steile Täler wechselten sich ab mit weitläufigen Wiesen und lichten Buchenbeständen. Allmählich ging es hinab zum Neckar, der vor Hirschhorn eine breite Schleife zog und die Uferstraße der Stadt häufig überflutete. Hinter Eberbach bollerte der Zweizylinder wieder in ein Odenwald-Tal hinein.

Kurz danach bog Jonas rechts ab. *Unter-Höllgrund?* Beate hielt den Atem an. Sie meinte, durch eine Märchenlandschaft ihrer Kindheit zu gleiten. Ein schmales Sträßchen, kaum breiter als ihr Fahrzeug, schlängelte sich eine Schlucht hinauf, die mal breit und dann wieder eng wurde. Ein klares Bächlein plätscherte neben dem Weg, der es ab und zu auf einem Steg querte. Vereinzelt duckten sich alte Bauernhäuser und Katen auf die steilen Weiden am Rand, wo Kühe friedlich grasten. Die rotgeschindelten Dächer waren tief über die Fenster gezogen. Hölzerne Mühlräder rauschten gleichmäßig, und es schien, als sei in diesem Tal die Zeit vor vierhundert Jahren stehengeblieben.

Jojo bog in einen Kiesweg ab, und sie stoppten vor einem einzelnen Häuschen, dessen Fenster sich zwischen Sandstein-Laibungen drückten und über dichte Polster voller Geranien die Besucher freundlich anblickten. Bezaubert blieb Bea auf dem Beiwagen sitzen.

Auch Jojo verharrte still. »Schön, nicht wahr?«, meinte er. »Das ist mein Odenwald.« Beate begriff, wie sehr der Journalist seine Wahlheimat liebte. »Wir sind hier am Fuß des *Katzenbuckels*, des zweithöchsten Berges im Odenwald«, erklärte er.

Die Tür des Hauses schwang auf, und ein Mann kam lächelnd auf sie zu. Bea schätzte ihn auf Mitte sechzig. Er trug einen sauber gestutzten weißen Bart, kurze graumelierte Haare und war etwas untersetzt. Ein schwarzes Hemd steckte in einer ebenso schwarzen Jeans, unter der Sandalen herausschauten. Socken trug er keine.

Dreiundzwanzig

Minden liegt im äußersten Nordostzipfel Nordrhein-Westfalens. Die Weser trägt auf ihrem breiten Rücken Lastkähne und Binnenschiffe, die in Bremen ihre Fracht löschen oder holen wollen. Über den Fluß führt in Minden eine breite Brücke. Auf der fahren allerdings keine Autos oder Eisenbahnen. Sondern Schiffe. Dort kreuzt der Mittellandkanal die Weser, und der Wasserstrom wird über die Brücke geleitet. Wie bei einem Autobahnkreuz können die Frachtkähne nach der Trogbrücke rechts abbiegen und gelangen in einer Kurve, nur unterbrochen von einer Schleuse, zur Weser hinunter. Es gibt wenige solcher Wasserstraßenkreuzungen in Europa, und wenn der Tourist über die Brücke geht, die für ihn an der Seite einen Weg bereithält, bleibt er fasziniert stehen, um die zig Tonnen schweren Rümpfe dicht vorbeigleiten zu sehen, während darunter andere Frachter ihre Bahn ziehen.

Irene Falter und Cem Doğan allerdings hatten kein Auge für das technische Wunderwerk, als sie am späten Nachmittag eintrafen. Die Polizistin hatte den Wagen zielstrebig zur örtlichen Kriminaldirektion in der Marienstraße gelenkt, und von dort hatte sie ein junger Kollege zur Klinik begleitet, in der einige Räume für gerichtsmedizinische Untersuchungen zur Verfügung standen.

Als der Pathologe das Fach der Kühlwand aufschob und das Tuch über der Frauenleiche zurückschlug, erbleichte Irene Falter.

Cemalettin Doğan starrte sprachlos auf das Gesicht der Toten. Seine Kollegin hatte sich zuerst gefaßt, und das Blut, das ihr eben noch aus dem Gesicht gewichen war, schoß nun in doppelter Menge zurück. Rot vor Zorn brüllte sie den Mindener Kollegen an, der verschreckt zurückwich: »Was haben wir in der Fahndung geschrieben? Wir suchen eine junge Frau ohne linken Arm! Und dann fahren wir zweihundert Kilometer, um eine Greisin präsentiert zu bekommen? Der nicht der linke Arm abgerissen wurde, sondern der rechte Arm amputiert ist! Ja, sind denn alle Analphabeten? Wie ... wie ...« Der Zitronenfalter, nun richtig sauer, suchte nach Worten.

»Aber ... aber ihr habt doch nach einer Frau ohne Arm ...«, stotterte der Mindener Polizist und blickte hilfesuchend den Pathologen an. Der zuckte nur die Schultern, deckte das Gesicht der Toten wieder zu und schob sie in die Kühlwand zurück.

Cemalettin Doğan winkte müde ab. Sicherheitshalber zog er die DNA-Daten des Zuckerrüben-Arms aus seiner Mappe und gab sie dem Mediziner zum Vergleich. Der warf einen Blick in seine Akten und schüttelte den Kopf: »Tut mir leid. Die sind noch nicht einmal entfernt miteinander verwandt.«

Irene Falter hatte sich nur mühsam beruhigt. Resigniert meinte sie in Richtung des verschüchterten Mindener Polizisten: »Wer lesen kann, ist klar im Vorteil.« Und, auf jenen deutend, zu Doğan: »*Porca westfalica!*«

Der Oberkommissar mußte ebenso grinsen wie der Pathologe. Beide hatten in der Schule Latein gehabt. Die Porta Westfalica befand sich nicht weit von hier, und durch den Austausch eines einzigen Buchstabens wurde aus der westfälischen Pforte ein Borstenvieh.

Eine Klimaanlage im Wagen war nicht nötig, um die Atmosphäre abzukühlen, als der junge Polizist die beiden Homberger zu ihrem Hotel lotste. Sie ließen ihn dort aussteigen, ohne sich weiter darum zu kümmern, wie er zum Revier zurückkam. Wäre der Abschied in einem Comic festgehalten worden, so hätten an den Sprechblasen Eiszapfen gehangen.

Die Kommissarin und der Oberkommissar im Auslandseinsatz bezogen ihre Zimmer. Die waren einfach, aber sauber eingerichtet, was vollkommen genügte, denn in Homberg hätten sie Schwierigkeiten gehabt, eine teure Unterkunft zu begründen. Auch bei der Verbrecherverfolgung mußte gespart werden.

Zum Abendessen trafen sie sich im Restaurant des Erdgeschosses. »Was möchtest du trinken?«, fragte die junge Frau ihren Vorgesetzten.

»Ich hätte Lust auf einen Wein«, gestand Doğan.

Irene Falter riet dringend ab. »Wir sind hier im Norden, wo Wein nur mühsam in rot und weiß unterschieden wird. Du wirst eine Plörre aus dem untersten Regal des Discounters bekommen! Bestelle dir lieber ein Bier, da kannst du nichts falsch machen.«

Cem Doğan sah das anders. »Es gibt auch entsetzliche Biere. Je stärker sie im Fernsehen beworben werden, desto fürchterlicher schmecken sie. Ich werde den Wein probieren. Vielleicht ist das kulturelle Süd-Nord-Gefälle ja gar nicht mehr so deutlich.« Er bestellte ein Glas roten Rheinhessenweins, während der Zitronenfalter auf das Modegetränk Bionade zurückgriff und aus der Karte eine örtliche Spezialität auswählte: Westfälischer Pickert mit Rübenkraut. Doğan orderte ordinäre Schweinemedaillons mit Kroketten, in Ignoranz seiner muslimischen Ahnen.

Als die Getränke gebracht wurden, nahm der Kommissar sogleich einen Schluck. Der Wein war süßer als er sich vorgestellt und gewünscht hatte, und vor allem ... Er rief die Bedienung: »Seien Sie mir nicht böse«, lächelte er sie an, »aber der Wein schmeckt stark nach Kork.«

Die Kellnerin kannte die Regeln, entschuldigte sich und nahm das Glas mit. Als sie mit einem neuen wiederkam, stellte sie es Doğan hin und meinte: »Wenn der auch wieder nach Kork schmeckt, muß ich eine andere Flasche öffnen.«

Ungläubig starrte Irene Falter die Bedienung an, und als diese wieder verschwunden war, flüsterte sie dem Kollegen zu: »Ich habe dich gewarnt! Hier auf den Lofoten ist die Kulinarik in der Eiszeit festgefroren. Wir sind auf dem gleichen Breitengrad wie die Ernst-August-Stadt Hannover, was willst du da erwarten?«

Als jedoch das Essen serviert wurde, mußte der Zitronenfalter sein Urteil gründlich revidieren. Der Pickert, eine Art Kartoffelpfannkuchen nach jahrhundertealtem Rezept, schmeckte zum Hineinknien – wie viele Gerichte, die den Katen armer Leute entstammten. (Oder hatten wir das schon erwähnt?) Noch etwas lernte die Kommissarin hinzu: Der Begriff »Kraut« ist nicht überall das, was der gemeine Deutsche damit verbindet. Im Westfälischen versteht man darunter weder geschnittenen Kohl noch Stengel und Blätter eines Wurzelgemüses. »Rübenkraut« ist vielmehr der aus Zuckerrüben gewonnene süße Sirup, als Honigersatz verwendet und zum Pickert gereichte Soße.

Diese Erklärung der einheimischen Kellnerin führte die beiden Polizisten zurück zu ihrem Zuckerrübenfall. »Das war nix mit diesen *flics*», brachte Cem Doğan seine Enttäuschung über die Mindener Kollegen zum Ausdruck. »Was bleibt uns?«

»Wir können nur abwarten«, meinte Irene Falter. »Immerhin stehen die Antworten auf etliche Anfragen noch aus.«

»Zwei Tage vertan und vierhundert Kilometer vergeblich gefahren«, seufzte der Kommissar. »Andererseits – in Homberg hätten wir auch bloß Canasta gespielt.«

***

»Strafversetzt wegen Hilfsbereitschaft.« Friedrich Körber zog die Stirn in Falten. Jojos Cousin hatte ihn und Bea hereingebeten, und nun saßen sie um einen rustikalen, blankgescheuerten Holztisch vor dampfenden Kaffeetassen. Körbers Frau Ulrike, eine schlanke Brünette in Latzhose und Turnschuhen, hatte sich dazugesetzt.

Friedrich Körber, Sohn der Schwester von Jojos Vater, war ein paar Jahre älter als der Journalist und wußte von seiner Mutter, was es mit der Versetzung von Kurt Jordan auf sich gehabt hatte. »Dein Vater war Dekan in der Kreisstadt und Pfarrer an der Kilianskirche. Er kümmerte sich um seine Gemeinde, und obwohl das Städtchen weitgehend vom Krieg verschont worden war, gab es doch genügend notleidende Familien.«

»Krieg?«

»Der Zweite Weltkrieg, ja. Meist waren Väter oder Söhne gefallen oder verschollen, und die Überlebenden konnten sich nach 1945 nur mühsam ernähren. Nun wurde schon damals jeden Sonntag in der Kirche Geld gesammelt, entweder mit dem Klingelbeutel oder auf Tellern am Ausgang. Die Sammlungen waren meist bestimmt für irgendwelche Missionswerke in Afrika, Asien oder gar im gottlosen Osten. Deinem Vater war als Insider bekannt, daß das Geld selten dort ankam, sondern in dunklen Kanälen der Kirche versickerte. Darüber hinaus waren ihm die Ziele dieser Missionswerke ohnehin nicht geheuer. So zweigte er einiges von den Sammlungsgeldern ab und unterstützte damit arme Familien in seiner Gemeinde. Die Kirchenoberen kamen dahinter und befanden, so sei das nicht gedacht mit christlicher Nächstenliebe. Und versetzten deinen Vater zur Strafe nach Spangenberg.«

Vor dem Haus knirschte der Kies, und ein Motor erstarb. Ulrike Körber sah hinaus. »Ah, die Post!«, meinte sie und verließ das Zimmer. Nach kurzer Zeit hörte man ein Auto wieder starten und davonfahren. Frau Körber erschien erneut und sortierte die Sendungen neben dem Herd.

Beate Aschenbrenner hatte Jojos Cousin fasziniert zugehört. Nun blickte sie Jonas an. »Und über diesen Vorfall durfte in eurer Familie nicht gesprochen werden? Das ist doch nicht ehrenrührig!«

»Vielleicht doch. Vielleicht empfand es mein Vater selbst als Verfehlung und schämte sich. Möglicherweise stand er auch unter Druck vom Landeskirchenamt, zu dieser Sache zu schweigen.« Jojo wandte sich an seinen Cousin. »Und du bist dir sicher, daß die Strafversetzung nichts mit ... mit Pädophilie zu tun hatte?«

Körber sah ihn erstaunt an. »Wie kommst du darauf?«

Jonas und Beate erklärten die Zusammenhänge und erzählten ihm von dem getöteten Mädchen, dem Fund der Gebeine auf dem Kirchenspeicher. Körber schüttelte den Kopf. »Ich kann mir nicht vorstellen, daß dein Vater so etwas getan hätte. Er war ohnehin kein normaler Pfarrer. Würdest denn du ihm einen Mord zugetraut haben?«

»Wahrscheinlich nicht. Aber niemand kann in einen anderen Menschen hineinschauen. In uns mögen Ungeheuer schlafen, die nur geweckt werden müssen.«

Plötzlich meldete sich Ulrike Körber aus dem hinteren Raum. Sie hatte einen Blick in die Zeitung geworfen und fragte nun: »Jonas, sag mal, schreibst du unter Pseudonym für die *Zat*?«

»Nein, warum fragst du?«

»Hier, in der heutigen Ausgabe ist ein längerer Bericht über genau den Fall, den ihr eben geschildert habt. Ein Schulmädchen aus Spangenberg, das 1961 im Auftrag der Stasi ermordet wurde.«

Jojo sprang auf. »Laß sehen!«

Tatsächlich – eine ganze Seite beschrieb die Geschichte, an der er recherchierte. Allerdings war eine gehörige Portion Horrorphantasie hinzugerührt worden, inklusive genau der Schlußfolgerungen und Erfindungen, die der mysteriöse »Meier« von Jonas in Magdeburg verlangt hatte!

Der Journalist suchte nach dem Namen des Autors. Dort stand er: Wolfgang Liebers.

Jonas mußte sich setzen. Der *Zat*-Redakteur hatte ihm die Story geklaut! Eine Unverzeihlichkeit unter Journalisten-Kollegen. Und als ob das noch nicht genügte, hatte er Geheimdienst-Details dazugelogen. Das war ja wohl der Gipfel!

Mitten hinein in Jojos Empörung meldete sich Bea. »Das ist doch gar nicht schlecht!«

»Bitte?«

»Einen größeren Gefallen hätte dir dieser Mensch doch gar nicht erweisen können! Überleg doch: Die *Zat* bringt jetzt die exklusive Story, wie Meier sie haben wollte. Du brauchst sie nicht mehr zu schreiben, du bist aus dem Schneider.«

»Du meinst ...? – Ja, da könntest du recht haben.« Jonas seufzte. Er war tatsächlich erleichtert. Er mußte lachen. Ein Journalist mit ehemals links-alternativem Anstrich, der zum schmierigen Wendehals geworden war, hatte Jonas unfreiwillig aus der Patsche geholfen. Im Grunde war das ein Treppenwitz. »Na, die achttausend Eurosen sind damit aber auch flöten.«

Abermals wollte die Kirchenhistorikerin widersprechen, als Jojos Mobiltelefon wieherte. Er drückte den grünen Knopf.

»Schuster vom *Wochenblick*», brüllte es durch den Hörer, daß alle im Raum es hören konnten. »Sind Sie noch zu retten? Sie wollen uns für ein Heidengeld eine Geschichte verkaufen, die die *Zat* bereits exklusiv hat? Und wir haben das Honorar schon überwiesen! Schicken Sie es sofort zurück!« Er schnaufte wie ein Kompressor ohne Abschaltventil.

Bea schnitt Grimassen und fuchtelte mit den Armen.

»Einen Augenblick, Herr Schuster«, sprach Jonas und hielt das Handy zu, während ihm die junge Frau etwas zuflüsterte. In seiner Handfläche tobte der Hamburger weiter. Schließlich hielt sich der Journalist das Mobilfon wieder ans Ohr.

»Mal langsam, Herr Schuster«, beruhigte er den veitstanzenden Redakteur. »Der Bericht in der *Zat* stammt erstens nicht von mir. Und zweitens enthält er nur die halbe Wahrheit. Ich werde Ihnen die richtige Story liefern. Sie ist hieb- und stichfest, und damit machen Sie die *Zat* vor aller Welt lächerlich.«

Plötzlich war es still am anderen Ende. »Ist das wahr?«, fragte Schuster, nun um mehrere Dezibel leiser und eine Oktave tiefer. Jojo konnte förmlich sehen, wie der *Wochenblick*-Redakteur in der Vorfreude schwelgte, ein anderes Presseerzeugnis abwatschen zu können. Auch in der Medienlandschaft gab es eben nur Raubtierkonkurrenz, Eitelkeiten und Hinterhalt.

»Verlassen Sie sich drauf«, brusttönte Jonas selbstsicherer als er in Wirklichkeit war. Er hatte den Fall noch längst nicht gelöst. Würde es ihm rechtzeitig gelingen? Gut, die fünf reservierten Seiten in der *Wochenblick*-Beilage blieben sicherlich nicht leer, da hatte jede Redaktion Ersatz in der Schublade. Aber nicht nur das Honorar wäre dann flöten, sondern die Schreiberszene würde ihn in Spott und Hohn baden. Na, das wäre immer noch erträglicher als eine hanebüchene Lügengeschichte zu basteln.

»Ich bekomme dann Ihren Text spätestens am einundzwanzigsten September!«, forderte Schuster, verabschiedete sich und hängte ein.

Bea grinste. Sie freute sich für Jonas. Wie sie erstaunt zugeben mußte, war ihr seine Sorge um die Berufsehre näher gegangen als sie vermutet hatte.

Ulrike Körber hatte sich wieder zu ihnen gesetzt. »Du meinst, das stimmt nicht, was die *Zat* da schreibt?«

Jojo erzählte ihr von seiner Begegnung mit Liebers. »Solange solche Typen schreiben dürfen, kannst du nie sicher sein, ob es wahr ist, was du liest.« Er wandte sich wieder an seinen Cousin. »Sag mal, vorhin hast du angedeutet, mein Vater sei kein normaler Pfarrer gewesen. Was meinst du damit?«

Friedrich Körber lehnte sich zurück. »Wie du weißt, habe auch ich ein paar Semester Theologie studiert. In dieser Zeit hatte ich ein langeres Gespräch mit deinem Vater. Er war der Auffassung, es gebe keinen Gott.«

»Wie bitte?«

»Gott war für ihn kein Wesen, kein Schöpfer. Sondern nur ein

Begriff. Ein Synonym für Moral. Kurt Jordan war der Ansicht, daß die Menschheit, um sich zu entwickeln, Ge- und Verbote brauchte, eben einen Moralkodex. Damit sie diese Gesetze aber befolgte, genügte es nicht, sie aufzuschreiben. Es mußte ein höheres Wesen erfunden werden, das diese Vorschriften erließ. So war die Wahrscheinlichkeit am größten, daß sich die Menschen daran hielten.«

»Gott war für ihn eine Erfindung der Menschen?«

»Letztlich ja. Nimm die Zehn Gebote – ein Moralkodex. Oder nimm meinetwegen andere Religionen, den Islam zum Beispiel. Sehr klug hat Mohammed behauptet, Allah habe den Verzehr von Schweinefleisch verboten. Damals wußte man noch nichts von Trichinen. Mohammed sah nur, daß die Leute krank wurden oder gar starben, wenn sie Schweinefleisch aßen. Also ließ er es Allah verbieten. Hätte nur er als Mensch es verboten, wäre ihm kaum jemand gefolgt.«

»Aber heute kennt man Trichinen und kann sie bekämpfen. Das Verbot ist sinnlos geworden.«

»Richtig. Je mehr der Mensch weiß, desto eher kann er vernünftig handeln, desto weniger braucht er Götter. Das zumindest war die Auffassung deines Vaters.«

Jonas war verblüfft, ja, erschüttert. Was er sich mühsam über Jahre erarbeitet hatte, war schon immer die Ansicht seines Vaters gewesen? Und sie hatten nie darüber gesprochen. Doch was, wenn sein Vater das so gewollt hatte? Wenn er Wert darauf gelegt hatte, daß sich sein Sohn die eigene Weltanschauung erkämpfen mußte? Denn klar war: Wer ein Weltbild in den Schoß gelegt bekam, konnte es schnell gegen ein anderes austauschen, es war ja nicht seins.

Körber unterbrach Jojos Gedanken. »Als dein Onkel Leo achtzig wurde, war ich Gast bei der Geburtstagsfeier. Dein Vater war als sein Bruder natürlich auch dort. Und weil der Onkel einst Religionslehrer gewesen war, kam die Sprache auf Glaubensfragen. Und da tat dein Vater einen Ausspruch, den ich nicht unterschreiben kann, der aber zeigt, was er dachte. Er sagte: 'Das Christentum hat nur im Kommunismus eine Zukunft.'«

***

Bereits am späten Vormittag trafen Irene Falter und Cem Doğan wieder in Homberg ein, zu früh, um den Dienst Dienst sein zu lassen. Gemeinsam sahen sie im Büro der Kommissarin die Tagespost und die E-Mails durch. Obenauf lag ein Zwischenbericht der Kollegen von der kriminaltechnischen Untersuchung. Die hatten mittlerweile einen Großteil der Traktoranhänger von Zuckerrüben-Bauern untersucht. Nichts. Keine Spuren, keine einarmige Frauenleiche.

Falter und Doğan beschlossen, die Mittagspause beim Iraker an der Ecke zu verbringen. Den Imbiß hatten die beiden Polizisten insgeheim zu einem Vier-Sterne-Restaurant erhoben. Wer wie sie den ewigen Schnitzel-Pommes-Currywurst-Einheitsmampf satt hatte, leckte sich die Finger nach den Gerichten aus dem Nahen Osten. Wenn es noch eines Beweises bedurft hätte, daß die Wiege der Menschheitskultur im Zweistromland zwischen Euphrat und Tigris lag, dann wurde er hier in einem nachlässig gekachelten Imbiß an einer Homberger Straßenecke erbracht. Cem Doğan und Irene Falter bestellten sich beide Lamm-Tikka, Fleisch-Spießchen mit Basmatireis, dem gehackte Walnüsse und Granatapfelmus zugegeben waren.

Während der Mahlzeit war der Fall des Rübenarms kein Thema. Unausgesprochen waren sich die Polizisten einig, daß dessen Erwähnung nur den Genuß gestört hätte. So unterhielten sie sich über die beiden Katzen von Irene Falter, die sie Oktober und November getauft hatte, nach den Monaten, in denen sie ihr zugelaufen waren.

Beim Mokka, der das Mittagessen abschloß, erzählte die Kommissarin, wie ihr Oktober einst ein totes junges Kaninchen gebracht und nach Katzenart als Geschenk vor die Füße gelegt hatte. Sie hatte befürchtet, daß der Minitiger in das Gehege des benachbarten Kleintierzuchtvereins eingebrochen sei und dort ein Blutbad angerichtet habe. Schuldbewußt habe sie einen Canossagang zum Vereinsvorstand unternommen. Mit gefülltem Geldbeutel, um den Schaden zu begleichen. Zu ihrem Erstaunen aber habe der Mann abgewehrt. Die Käfige seien unbeschädigt, und es könne sich nur um ein Kaninchen handeln, das auf andere Weise ums Leben gekommen und in dem Container für die Tierkörperbeseitigung gelandet sei. Von dort müsse es sich Falters Katze geholt haben, da ein Vereinskamerad kürzlich vergessen habe, den Container abzuschließen.

»Machen sie das häufiger, deine Katzen?«, wollte Cem Doğan wissen.

»Nur Oktober. Der bringt meist halbtote Mäuse oder kranke Vögel. November ist anders. Der hält zwölf Monate im Jahr Winterschlaf.«

Zurück in ihren Büros, begann der Oberkommissar mit der Erledigung von Arbeiten, vor denen er sich immer mit dem Verweis auf aktuelle Aufgaben gedrückt hatte. Nun gab es keinen Vorwand mehr, Berichte nicht zu schreiben, Statistik-Formulare für die Sesselfurzer in Wiesbaden nicht auszufüllen, Protokolle nicht zu prüfen und Abrechnungen nicht zu begründen. Immerhin war kurz vor Feierabend der Stapel unerledigter Arbeit beträchtlich zusammengeschmolzen. Als sich Doğan die letzte Akte griff, die er heute noch bearbeiten wollte, fiel ihm die Ecke eines gelben Klebezettels auf, der unter den Papieren hervorblitzte. Er schob sie beiseite, löste die Notiz von der Schreibtischplatte und las.

Cemalettin Doğan griff zum Telefonhörer und wählte eine zweistellige Nummer. An der Revierpforte meldete sich eine Frauenstimme mit einem Namen, den er nicht sogleich zuordnen konnte. Richtig, war das nicht die junge Kollegin, die erst seit kurzem Dienst tat?

»Doğan hier. Ich habe auf meinem Schreibtisch eine Notiz gefunden, daß ich Doktor Mauding zurückrufen soll. Die Notiz stammt von vorgestern, lag aber als letztes unter einem Stapel alter Akten. Wer von euch hat das hier versteckt?«

Die Frau am anderen Ende schien beleidigt und rechtfertigte sich: »Ich war das. Ich habe das alles chronologisch geordnet, wie sich das gehört!«

Bei älteren, erfahrenen Kollegen hätte der Kommissar jetzt losgebrüllt. Doch er nahm sich zusammen und bat die Polizistin lediglich, zukünftig aktuelle Informationen obenauf zu legen. Er wählte eine neue Nummer.

»Na, Sie machen mir Spaß!«, schimpfte Mauding. »Erst kann es Ihnen nicht schnell genug gehen, und dann lassen Sie sich zwei Tage Zeit zurückzurufen! Als hätte ich nichts anderes zu tun!«

Doğan bat um Entschuldigung und lobte den Mediziner für

seine aufopferungsvolle und schnelle Arbeit, um schließlich nach dessen Erkenntnissen zu fragen.

»Der Zitronenfalter hat mir eine vierseitige Liste von Verletzten der Berufsgenossenschaftlichen Klinik in Ludwigshafen rübergefaxt.«

»Und was stand darauf?« Cem Doğan haßte es, dem anderen alles aus der Nase ziehen zu müssen. Aber er mußte sich darauf einlassen, sonst erfuhr er gar nichts.

»Die Liste war anonymisiert, aber Ihre Kollegin konnte mit den medizinischen Fachausdrücken nichts anfangen. Die sollte ich ihr übersetzen.«

»Alle vier Seiten?«

»Nein, dann hätte ich das ja wohl kaum am gleichen Tag zwischen die übrige Arbeit geschoben. Sie haben ja keine Ahnung, wieviel Aufträge sich hier stapeln. Ständig heißt es: 'Mauding, machen Sie dies, Mauding, untersuchen Sie das', und Hilfe gibt es keine. Und alles muß immer sofort erledigt sein. Ich habe den falschen Beruf ergriffen. Kommissar hätte ich werden sollen. Dann könnte ich mir die Füße unterm Schreibtisch wärmen.«

Cem Doğan war kurz vorm Platzen. Doch er atmete tief durch und säuselte: »Wir wissen Ihre Arbeit sehr zu schätzen, Doktor Mauding. Was wären wir ohne Sie und Ihr Fachwissen?«

Der Pathologe schnaufte befriedigt. »Na ja, der Zitronenfalter hat ja lediglich eine Frau gesucht mit einer *Abruptio lateralis sinistra*.«

Der Kommissar kratzte sein Schul-Latein zusammen: »Äh, *'plötzlich ... links'*?« Aber damit konnte er nichts anfangen.

»Nach einer Frau mit abgerissenem linken Arm. Und da gab es nur eine.«

***

Doğan und Falter brauchten drei telefonische Anläufe, bis sie endlich jemanden aus der Klinik am Rohr hatten, der zumindest einmal etwas von Verletztenlisten gehört hatte. Erst als der Zitronenfalter sauer wurde und mit dem Einsatz der rheinland-pfälzischen Kollegen drohte, wurden sie zum Patientenarchiv durchgestellt.

»Die Daten einer Patientin? Das geht nicht so übers Telefon. Da könnte ja jeder kommen«, meinte die Verwaltungsangestellte spitz. »Kriminalkommissariat? Dann geben Sie mir doch Ihre Adresse. Ich schicke Ihnen dann das Antragsformular zu, das Sie bitte ausfüllen und mit Stempel im Original per Post zurücksenden.«

Der Oberkommissar pumpte wie ein Maikäfer. »Hören Sie, gute Frau«, sprach er gefährlich leise, »es geht hier um die Aufklärung von Verbrechen. Es wäre mir unangenehm, wenn ich Sie wegen Behinderung der Polizeiarbeit anzeigen müßte. Sie vergessen jetzt ganz schnell irgendwelche Formulare, und ich faxe Ihnen eine Bestätigung unserer Dienststelle zu, zusammen mit den DNA-Daten eines Gliedmaßes. Sie prüfen die Übereinstimmung mit der Patientin auf Ihrer Liste. Haben wir uns verstanden?«

»Ich darf aber nicht ...«, schrillte die Frau.

»Oh doch, Sie dürfen!«, versicherte der Oberkommissar frostig. »Ihr Vorgesetzter wird es Ihnen gleich bestätigen, sobald Sie mich mit ihm verbunden haben.«

Kleinlaut nannte die Datenschützerin ihre Faxnummer, während Irene Falter bereits ein kurzes Schreiben verfaßte und mit dem Dienststempel versah. Innerhalb von fünf Minuten lag die Anfrage in Ludwigshafen, und nun galt es abzuwarten.

Vierundzwanzig

Jonas machte einen Schlenker über den Weiler Kortelshütte, Ortsteil von Rothenberg, der sich an die steile Ostwand eines Odenwald-Tales schmiegt. Hier gab es kaum Durchgangsverkehr, und bis Beerfelden waren sie allein auf der Straße, die sich durch Fichten und Laubwald schlängelte und hier und da atemberaubende Aussichten freigab.

Direkt am Hesseneck liegt Schöllenbach, das »geteilte Dorf«. Die Hauptstraße, die hindurchführt, ist gleichzeitig die Grenze zwischen Hessen und Baden-Württemberg. Bei Landtagswahlen im südlichen Bundesland etwa darf nur die eine Hälfte der Einwohner wählen, bei hessischen nur die zweite. Ganz in der Nähe verläuft auch eine andere, historische Grenze: Quer durch den Odenwald zieht sich der Limes, jener Palisadenzaun, den die Römer einst gegen die anstürmenden Krieger aus dem Norden errichteten. Er hat ihnen nichts genutzt. Noch heute sind Hinterlassenschaften zu bewundern. Steinerne Wachtürme wurden restauriert, Palisaden hier und da erneut gesetzt, damit der Tourist eine Vorstellung vom Leben zu Asterix' Zeit bekommt.

Jonas Jordan und Beate Aschenbrenner hielten sich jedoch weder am Limes noch in Schöllenbach auf, sondern lenkten das Dreirad zügig durch Odenwald, Mainebene, Spessart und Rhön Richtung Landefeld. Als sie an Fulda vorbeikamen, fielen Jojo die beiden christlichen Motorradfahrer ein, die ihm aus lauter Frömmigkeit Prügel angedroht hatten. Wie hatten sie ihn und Mike Pettel während einer Ausfahrt aufgespürt? Er hatte sein Handy eingeschaltet gelassen, damit Bea ihn erreichen konnte. War es das? Eingeschaltete Mobiltelefone konnte man orten, da sie sich immer mit dem nächstgelegenen Zellen-Funkmast verbanden. Aber dazu brauchte man Peilgeräte, die illegal waren. Oder nur Polizei und staatlichen Stellen zur Verfügung standen. Meier, Müller, Schmidt: Natürlich, solche Schlapphüte könnten über die Hardware verfügen. Doch wo wäre die Verbindung zu den beiden zwar grenzdebilen, aber doch eher harmlosen Jesusbikern zu suchen?

Als sie in Landefeld eintrafen, war es Abend. Frau Rulfes steckte kurz ihre Nase aus der Tür und nickte freundlich, als Bea und Jojo die Treppe hinaufstiegen. Im Stapel ihrer Post fiel der Historikerin sofort ein Brief des Landeskirchenamtes Kassel auf. Sie öffnete ihn, las und mußte sich setzen.

»*Sehr geehrte Frau Aschenbrenner, wir hatten Sie gebeten, uns einen Abschlußbericht über Ihre Arbeit zu verfassen. Bis heute ist uns nichts dergleichen zugegangen. Wir bedauern daher, uns von Ihnen trennen zu müssen. Bis Ende des Jahres werden Sie noch Ihre Bezüge weiter erhalten. Bitte beachten Sie jedoch, daß Ihnen ab sofort ein Zutritt zu dem Archiv des Landeskirchenamts ebenso verwehrt ist wie zu allen anderen internen Diensträumen kirchlicher Stellen. Wir wünschen Ihnen für Ihre berufliche Zukunft alles Gute und Gottes Segen ...*« Unterzeichner war der Bischof persönlich.

Bea ließ den Brief sinken. »Verdammte Arschlöcher!«, stieß sie hervor. »Diese stinkenden Superchristen! Heuchler! Hinterlistige, dreckige Bande! Bigottes Gesocks!« Sie konnte sich kaum beruhigen.

Auch Jonas hatte das Schreiben gelesen und schüttelte den Kopf. Nun, das kannte er. Für die, die in der Kirchenhierarchie aufgestiegen waren, ging es ausschließlich um Macht und Geld. Die Religion nützte ihnen lediglich als fettige Schminke. »Sei froh«, meinte er, »die bist du los!« Er blätterte Beates Post weiter durch. Aus einem Lebensmittelprospekt fiel ihm ein Zettel entgegen, der wohl hineingerutscht war. »Hör mal«, sagte er zu Bea, »hier ist eine Notiz von unserem Kommissar. Er war offenbar persönlich hier und hat dich nicht angetroffen. Wir sollen bei ihm vorbeischauen, er möchte uns etwas mitteilen.«

»Morgen kommt mein Gips runter. Vielleicht danach? Soll ich ihn anrufen?«

Jonas erinnerte sich an Lines Warnung. »Habt ihr eine Telefonzelle hier im Dorf?«

»Ja, aber da hängt kein Telefon mehr drin. Haben sie wohl abgebaut.«

»Gut, dann rufen wir Doğan morgen früh von Melsungen aus an.«

Als sich Jonas sein Nachtlager auf Beates Sofa herrichtete, brummte sein Handy. Eine SMS von Line, die um Rückruf von einem öffentlichen Telefon aus bat. Gut, das würde er am nächsten Tag gleich mit erledigen können.

Beate Aschenbrenner, müde von Fahrt und Frust, war bald in ihr Bett gestiegen und sofort eingeschlafen. Jojo saß noch im Schein einer Leselampe auf dem Sofa und hatte seinen Minicomputer aufgeklappt. Wenn er den versprochenen *Wochenblick*-Beitrag rechtzeitig abliefern wollte, war es höchste Zeit, damit anzufangen. Zwar kannte er noch nicht das Ende der Geschichte und würde es vielleicht nie erfahren. Doch wenn er nicht die Fakten, über die er verfügte, in eine journalistische Form goß, würde er auf keinen Fall bis zum einundzwanzigsten September fertig werden.

Ein siebenjähriges Mädchen war vor nahezu fünfzig Jahren erwürgt und auf dem Spangenberger Kirchenspeicher zwischen jahrhundertealten Knochen versteckt worden. Möglicherweise handelte es sich um ein Flüchtlingskind, möglicherweise hieß es Lara. Zwei Pfarrer hatten zu jener Zeit in Spangenberg gewohnt, einer davon strafversetzt. Es hatte einen Streit zwischen einem Lehrer und einem Pfarrer gegeben. War es Grundlach gewesen, Sportlehrer von Lara und einst wegen sexueller Belästigung von Kindern relegiert? War der Pfarrer Jojos Vater gewesen? Wo waren Laras Eltern geblieben? Und heute, Jahrzehnte danach, schienen unbekannte halboffizielle Kreise daran interessiert, daß das Verbrechen nicht aufgeklärt wurde. Nach wie vor fehlten wesentliche Puzzleteile.

Jonas wählte die Gegenwartsform und begann mit dem Mord. Er baute die Fragen ein, die sich ihm tatsächlich stellten. Fünf Druckseiten inklusive Fotos standen ihm zur Verfügung.

Schließlich hatte er ungefähr die Hälfte des Rohtextes im Psion. Jetzt mußte er ohnehin auf die Lösung warten. Falls es eine gab. Jonas fielen die Augen zu.

Spät in der Nacht, als Bea einmal hinaus mußte, löschte sie das Licht neben dem schlummernden Journalisten und breitete seine Zudecke über ihn. Sie lächelte. »Teppich« sagte man ja wohl.

***

Früh waren sie nach Melsungen aufgebrochen. Im Warteraum der Klinik leistete Jonas Bea Gesellschaft, bis sie aufgerufen wurde. Sie verschwand mit einer Schwester hinter der Tür des Behandlungszimmers, an einer der Krücken baumelte der Motorradhelm von Doktor Plaut, den sie ihm zurückgeben wollte.

Jojo hatte neben der Pforte ein öffentliches Telefon entdeckt. Bei Line in Wuppertal – nein, in Barmen, bat Jonas für sich um Entschuldigung – war besetzt. Er wählte die Handy-Nummer des Oberkommissars.

»Doğan.«

»Jordan. Sie hatten ...«

Der Polizist unterbrach ihn hektisch. »Heute abend, bei mir, neunzehn Uhr dreißig!«, befahl er knapp, und kaum hatte Jonas bestätigt, schaltete Doğan die Verbindung ab. Jojo wunderte sich. Wurde selbst ein Kommissar überwacht und seine Gespräche abgehört? Er schien es tatsächlich zu vermuten.

Beim zweiten Versuch nahm Line ab. »Hör mal«, meinte sie nach der traditionellen verbalinjurischen Begrüßung, »ich habe mich über euren alten Lehrer schlau gemacht, diesen Wilfried Grundlach.«

»Wie denn das?«

»Wir haben unsere Möglichkeiten«, meinte die Kommissarin sibyllinisch. »Der Bürger ist gläserner als man denkt. Jedenfalls leidet dieser Grundlach seit Geburt unter starker Thrombophilie.«

»Thrombo ... wieviel?«

»Thrombophilie. Das ist das Gegenteil der Bluter-Krankheit. Das Blut gerinnt viel zu schnell, oft sogar innerhalb des Körpers. Es kommt zu Blutgerinnseln, die Durchblutungsstörungen, Schlaganfälle und Herzinfarkte auslösen können.«

»Und was macht man dagegen?«

»Der Mensch braucht zeitlebens Gerinnungshemmer, Blutverdünner. Marcumar zum Beispiel, Rattengift.«

»Und Grundlach schluckt Rattengift?«

»Wahrscheinlich nicht. Dann wäre er nicht so alt geworden. Es gibt spezielle Gerinnungshemmer, die nicht die schädlichen Nebenwirkungen der bekannten Medikamente besitzen. Aber an die kommst du nur mit Sondererlaubnis heran. Das scheint bei Grundlach der Fall zu sein.«

»Na gut«, meinte Jojo, »aber was hat das mit unserem ermordeten Kind zu tun?«

»Das ist noch nicht alles. Grundlach ist schwul. Er hat sich während seiner Studienzeit mit Schülern eingelassen ...«

»... und wurde deswegen von der Heidelberger Uni geschmissen«, ergänzte Jonas. »Aber dann kommt er ja wohl nicht als Mörder eines Mädchens infrage.«

»Das würde ich nicht sagen. Pädophilen ist oft das Geschlecht des Kindes egal, unabhängig davon, ob sie heterosexuell oder homosexuell orientiert sind. Was ich jedenfalls erfahren habe, war es Wilfried Grundlach, der sich monatelang mit einem Pfarrer gestritten hat. Das muß ein regelrechter Kleinkrieg gewesen sein. Und es ging um ein Mädchen.«

»Lara!« Jonas stieg das Blut zu Kopf. »Und wer war der Pfarrer?«

»Ja, das ist komisch«, wunderte sich Line. »Überall, wo sein Name auftauchen könnte, ist der entweder gelöscht oder es fehlen Seiten, manchmal ganze Akten.«

»Hast du noch etwas herausgefunden?«

»Na, hör mal! Das war schon schwierig genug. Eine kleine Kommissarin hat auch nicht freien Zugriff auf alle Dateien, ich habe mir schon hier und da etwas einfallen lassen müssen. Und alles wegen eines faulen Schreiberlings, der morgens nicht aus dem Bett kommt!«, schnaubte sie.

Jojo bat um Entschuldigung, bedankte sich und hängte ein. Grundlach war also ein schwerkranker Homosexueller. Doch hatte er sich auch an Kindern vergangen? Hätte er dann Sportlehrer werden können? Auf welcher Seite hatte er gestanden, als er sich mit dem Pfarrer wegen eines Mädchens stritt?

»Hallo, Herr Jordan«, raunte eine Stimme hinter ihm. Jonas fuhr herum. Beate Aschenbrenner strahlte ihn an, des Gipses und der Gehstöcke ledig. Neben ihr stand Doktor Ferdinand Plaut.

»Du bist schon fertig?«, staunte der Journalist.

»Ja, nicht wahr? Das ging ruck-zuck. Dank Ferdi.« Sie sah den Arzt glücklich an, der zurücklächelte. Als der den Arm um die junge Frau legte, fühlte sich Jojo plötzlich wie ein Pfund Butter, in das ein heißes Messer fährt.

So stand es also? Jonas kam sich vor wie ein Idiot. Natürlich: Die intensive Betreuung in der Klinik, der Arzt, der einer Patientin einfach so den persönlichen Helm leiht, der geringe Altersunterschied zwischen beiden – war er blind gewesen? Hatte er sich als alter Sack, fünfundzwanzig Jahre älter, denn eingebildet ...? Jojo schalt sich einen senilen Narren, und wenn er allein gewesen wäre, hätte er sich auf der Stelle geohrfeigt.

Er versuchte sich zusammenzunehmen und grinste verkrampft. »Na, das ist ja prima.« Er schluckte. »Ääh, was stellen wir noch an bis heute abend? Wir sollen um halb acht in Wabern sein.«

»Ferdi hat jetzt frei«, meinte Bea gutgelaunt. »Wir werden etwas essen gehen. Ich schlage vor«, sagte sie zu Jojo, »wir treffen uns um kurz vor sieben hier an der Pforte. In Ordnung?«

»In ... in Ordnung.« Jonas war sich bewußt, daß er ein selten dummes Gesicht schnitt.

»Bis später dann!«, rief Bea fröhlich und spazierte mit ihrem Arzt händchenhaltend davon. Jojo hörte noch, wie Plaut vorschlug: »Ich kenne da einen netten Tisch im Ratskeller ...« Dann verschwand das Paar hinter einer Tür.

Jonas wußte später nicht zu sagen, wie er den Nachmittag verbracht hatte. Nahm er seine geschwollenen Füße als Indiz, so war er stundenlang in Melsungen herumgewandert. Doch von den schmucken Fachwerkhäusern, den gepflasterten Gassen, der murmelnden Fulda hätte er nichts berichten können. Alles in allem war er froh, nicht Motorrad gefahren zu sein. Sein Zustand war schlicht eine Gefahr für ihn selbst und andere.

Er mußte sich wieder einmal immunisieren. War er nicht seit vielen Jahren Single? Kam er nicht alleine zurecht in der Welt? Er konnte sein Leben organisieren, einen ordentlichen Haushalt führen und sich behaupten. Ha, er mußte nicht lange um ein Ziel diskutieren, wenn er in Urlaub fahren wollte! Kein Mensch stritt sich mit ihm, wenn er einkaufte oder mal bis zwei Uhr nachts ein Buch las. Niemand mußte sich über den anderen ärgern, weil der Teppich nicht gesaugt oder die Betten nicht frisch überzogen waren. Keine Schuhe standen im Weg, über die man stolperte, niemand drehte ausgerechnet dann die Musik auf, wenn man lesen wollte. Kein Mensch schnarchte nachts neben einem, ließ Schubladen halb offen stehen, schmatzte, redete mit vollem Mund oder ließ ein chaotisches Zimmer zurück.

Ihm, Jonas, ging es also gut, basta! Er brauchte keinen zweiten Menschen, der nur herumstand und die Küche blockierte! Du hast ein perfektes Leben!, brüllte er sich innerlich an. Schalte dein Hirn ein! Da gab es keinen Widerspruch. Oder? Oder?

Bauch!, schrie Jojo. Sei still!

***

In manchen Gegenden sagt man »dreiviertel fünf«, wenn man sechzehn Uhr fünfundvierzig meint. Obwohl Jonas ursprünglich aus Nordhessen stammte, hatte er sich vollkommen an diese süddeutsche Uhrzeit gewöhnt. Sie schien auch viel logischer: Von einem dreiviertel vollen Glas sagte man ja auch nicht, es sei »viertel vor voll«. Doch Nordlichter wollten das nie begreifen. Nun gut, ätzte Jojo hin und wieder, die führten ja auch ein schlichtes Leben: Keine Berge. Keine Kurven. Keine Gedanken. Wenn er solche Frotzeleien etwa auf *STRESS-PRESS*-Treffen äußerte, wo natürlich auch einige Nordgoten und Friesen herumliefen, wurden ihm immer wieder mal freundlich Prügel angeboten.

Um dreiviertel sieben stand Jojo an der Klinikpforte. Der Himmel über Melsungen hatte sich seiner Stimmung angeglichen und heulte stellvertretend. Beate Aschenbrenner kam pünktlich, eingetütet in eine viel zu große Regenkombi, die ihr das Aussehen eines Michelin-Männchens verlieh, dem man die Luft abgelassen hatte. Jonas fragte nicht, von wem sie die Kombi bekommen hatte.

Fröhlich, trotz des Regens, nahm sie auf dem Beiwagen Platz. »Auf geht's, nach Wabern!«, trällerte sie. Jonas ließ das Gespann anrollen.

Auf der Höhe Richtung Gensungen, kurz vor der Autobahn-Unterführung, blinkte die Kelle. Nicht schon wieder!, dachte der Journalist und fuhr auf den Parkplatz. Ein sichtlich schlecht gelaunter Polizist, dem trotz seiner Regenkleidung wohl das Wasser in den Kragen lief, trat heran. »Ihre äääh, wohin. Hier jetzt. Papiere!« Lang und schlaksig, tänzelte er neben dem Gespann herum und trat dabei in eine Pfütze, was ihm Wasser in die Schuhe und die Stimme ins Falsett trieb.

Jonas schnaubte. Er hatte den Eindruck, das Organ schon einmal gehört zu haben. »Hier, im Regen, wollen Sie die Papiere sehen?«

»Ja«, fistelte der zappelige Beamte, »trocken, im Auto. Ihr Auspuff. Geräuschmessung!«

Das durfte ja wohl nicht wahr sein! Abends, im strömenden Regen und neben der Autobahn, wollte diese Pappnase den Schalldruck von Jojos Abgasanlage messen? Der Journalist holte Luft.

Doch der Uniformierte hatte bereits weiter geplappert: »Woher. Melsungen. Autobahn?« Und dann, halbwegs zusammenhängend: »Wohin wollen Sie?«

Genau, das war seine Rettung! »Zu Kriminaloberkommissar Cemalettin Doğan!«, rief Jonas. »Und der wartet nicht gern.«

Wäre es nicht so dämmrig gewesen, hätten die beiden Motorradfahrer sehen können, wie der Beamte erbleichte. »Doğan. Äääh, na, Sie, bitte. Ausnahmsweise. Fahren. Können. Äääh.«

Etwas nach der vereinbarten Zeit trafen sie bei Cem Doğan ein. Der Kommissar strahlte erheblich weniger Gelassenheit aus als beim ersten Mal. Während die beiden Besucher ihren Tee schlürften, schnaufte er: »Man hat mich hereingelegt. Nicht nur hat man mir die Ermittlungen zu dem getöteten Mädchen aus Spangenberg entzogen, man hat außerdem mich und nahezu die gesamte Kriminalinspektion mit einem fingierten Verbrechen von anderer Arbeit abgehalten.«

Er erzählte von dem Fund des Zuckerrüben-Arms. Es hatte sich schließlich herausgestellt, daß eine junge Frau aus der Nordpfalz bei der landwirtschaftlichen Arbeit einen schweren Berufsunfall erlitten hatte. Ein Heubinder hatte ihren Arm ergriffen und abgerissen. Die Rettungskette war so schnell gewesen, daß die Verletzte in der Ludwigshafener Unfallklinik nach einer Notoperation überlebt hatte. Der Arm allerdings konnte nicht wieder angepflanzt werden und wurde, wie alle abgetrennten Körperteile von Patienten, in einem Container entsorgt, dessen Inhalt regelmäßig verbrannt wurde. Offenbar hatte aber zuvor jemand den Arm entwendet.

»Wie die Katze das Kaninchen«, meinte Cem Doğan.

»Bitte?« Bea verstand nicht ganz.

»Ich kam darauf, weil die Katze meiner Kollegin ein totes Kaninchen aus einem ähnlichen Container geklaut hatte«, erläuterte der Oberkommissar. »Wie auch immer, der abgetrennte Arm wurde jedenfalls nach Wabern gebracht und in den Vorratsberg von Zuckerrüben geschoben.«

»Wer macht denn so etwas?«

»Diejenigen, die mich von dem Kindermord-Fall abhalten wollten. Offenbar hat man mir mißtraut. Man hat vermutet, daß ich mich trotz anderslautender Anweisungen weiter damit befassen würde. Und ehrlich gesagt – ganz unbegründet war das Mißtrauen nicht. So hat man mir einen fingierten Fall untergeschoben, um mich zu beschäftigen.«

»Das ist doch Wahnsinn«, meinte nun Jonas. »Jemand scheut weder Kosten noch Mühe, die Aufklärung eines fünfzig Jahre alten Verbrechens zu verhindern. Was kann denn daran so brisant sein, daß man Gott und die Welt in Bewegung setzt?«

»*À propos* Gott«, sagte nun Bea und berichtete vom vereitelten Überfall der beiden bibeltreuen Motorradfahrer sowie von ihrer Entlassung aus Kirchendiensten. »Ein Bischof feuert mich, und ein kleiner Vikar läßt seine Kampfhunde auf uns los. Was hat die Kirche mit dem Fall zu tun?«

»Wenn wir das wüßten, wäre der Fall sicherlich gelöst«, nickte Doğan. »Ich habe übrigens noch eine weitere Neuigkeit für Sie. Gestern rief mich das Spangenberger Standesamt an. Sie haben mittlerweile nach Ihrer Lara geforscht«, sagte er zu Jojo.

»Und?«

»Sie haben das Mädchen gefunden.«

»Was?« Jonas sprang auf und hätte fast seinen Tee verschüttet. »Wo ... wie ...«

Der Kommissar referierte: »Es gab eine Lara Cremer, geboren 1955, wohnhaft in Spangenberg. Ende 1962 wurde sie aus dem Melderegister gestrichen, weiterer Aufenthalt unbekannt. Es gibt weder eine Vermißtenanzeige noch einen anderen Hinweis, daß die Eltern den Verlust der Tochter beklagt hätten.«

Jojo ließ sich wieder in die Polster zurückfallen. »Lara Cremer. Nun wissen wir wenigstens den Nachnamen. Könnte man darüber nicht herausbekommen, wo die Eltern heute leben?«

»*Wenn* sie noch leben. *Wenn* ich den Staatsanwalt davon überzeugen kann, eine bundesweite Suche zu starten. *Wenn* man unter den tausenden Cremers in Deutschland die richtigen herausfindet. Und so etwas dauert. Zumal die Polizei nun wirklich nicht Däumchen dreht und aktuelle Arbeit viel dringlicher ist.«

Der Journalist nickte und ließ die Schultern hängen. Beate Aschenbrenner stellte ihr Teeglas ab und begann in ihrer Tasche zu kramen. »Vielleicht kommen wir hiermit weiter«, meinte sie und zog einen USB-Stick hervor. »Darauf ist ein recht gutes Portrait eines gewissen Herrn Müller gespeichert, mein Adoptivbruder aus dem Krankenhaus.« Sie lächelte triumphierend.

Jojo staunte. »Ich denke, sie haben dir das Bild auf dem Handy gelöscht?«

»Ja, aber es gab eine Sicherungskopie. Die habe ich mir heute Nachmittag besorgt.« Bea grinste und dachte an ihren Besuch bei Gisela Breckow, ihrer Ex-Bettnachbarin. Es mußte aber nicht jeder davon wissen.

Der Kommissar holte sein privates Laptop und steckte das kinderschokoladeriegelgroße Teil hinein. Der schmächtige Jüngling mit Lederjacke und Pferdeschwanz war gut getroffen.

»Und wenn Sie ganz unschuldig nach diesem Mann fahnden?«,

schlug die Historikerin dem Polizisten vor. »Müßten sich dann nicht einige aus der Deckung wagen?«

Doğan überlegte. »Das könnte gehen«, meinte er schließlich. »Die Staatsanwaltschaft weiß noch nicht, daß der Zuckerrübenfall abgeschlossen ist. Der Mann könnte ja auch damit in Verbindung stehen. Und wenn sein Bild erst einmal in Presse und Fernsehen veröffentlicht wurde, kann es nicht mehr zurückgezogen werden.« Er begann sich die Hände zu reiben. »Ja, das machen wir! Gleich morgen!«

Der Regen hatte nachgelassen. Als Jojo und Bea von der B253 Richtung Harle abbogen, konnten sie links die Zuckerfabrik sehen. Unter dem dunklen, wolkenverhangenen Himmel war sie von zahlreichen Flutlichtern angestrahlt, und der sanfte Westwind zerfaserte den weißen Qualm aus ihren Kaminen. Die Entfernung war zu groß, als daß die beiden Amateurdedektive hätten erkennen können, daß das rot-weiße Absperrband der Polizei entfernt worden war. Erst recht wußten sie nichts von Manfred Wenderoth, der nun wieder am Schaltpult der Sortieranlage saß. Er hatte sich schnell von seinem grausigen Fund erholt und konnte stolz an den Stammtischen der ereignisarmen Region davon erzählen. Nur zuhause schwieg er mittlerweile still – seine Freundin, die an der Kasse des Supermarkts noch immer darauf angesprochen wurde, mochte die Geschichte nicht mehr hören.

Fünfundzwanzig

Das Telefon rasselte. »Aschenbrenner.«

»Frauke hier, guten Morgen!«

Das Frühstück lag in den letzten Zügen. Früh war Bea aufgestanden und hatte, froh, wieder ohne Krücken gehen zu können, beim Bäckerwagen, der einmal pro Woche in Landefeld Station machte, Croissants, Brötchen, Butter, Käse, Wurst und Eier geholt. Marmelade und Gelee waren daheim noch vorrätig. Währenddessen hatte Jonas bereits die Espressokanne aufgesetzt, und schließlich hatte sich ein ausgiebiges Frühstück angeschlossen. Obwohl der Himmel noch immer mit Duschen drohte, waren sie beide recht guter Laune. Bea, weil sie an ihren Ferdinand dachte, und

Jojo, weil er das Gefühl genoß, die gestrige Erschütterung überwunden zu haben. Hatte das Immunisieren geholfen? Oder war es die Nachricht von Laras Nachnamen gewesen? Sollte er das Puzzle doch noch zusammenbekommen?

Und nun rief Frauke Pressler an, Beas Freundin und Sekretärin des Pfarramtes in Melsungen. Sie erkundigte sich nach dem Bein der Historikerin, und Beate Aschenbrenner gab ihr Auskunft, bevor sie ausführlich von ihrem Arzt und dessen Qualitäten erzählte. Jonas, der notgedrungen zuhörte, dämpfte es die Stimmung.

Die beiden Freundinnen kamen auf die Spangenberger Gebeine zu sprechen, auf Pfarrer Jordan und seinen Kollegen Xavier – »Bruder« sagte man in Kirchenmännerkreisen –, dessen Tochter und ihre undeutliche Nachricht auf Jojos Anrufbeantworter.

»Demant?«, fragte Frauke Pressler nach.

»Ja, oder Diamant. Diese Grit hatte offenbar einen im Tee und nuschelte vor sich hin.«

»Es gibt tatsächlich einen Demant. Hugo von Demant. Bischof im Ruhestand, einer der Vorgänger des jetzigen in Kassel. Demant trat sein Amt meines Wissens 1958 an. Er hat heute seinen Ruhesitz irgendwo in Südhessen. Meint sie den vielleicht?«

»Ein Bischof? Ab 1958? Vielleicht könnte der uns Auskunft geben. Hast du seine Adresse?«

»Da müßte ich länger suchen. Aber er lebt im südlichsten Zipfel des Landes. In der Nähe eines Tiernamens.«

»Eines Tiernamens?«

»Ja, ein Ort, in dessen Namen ein Tier vorkommt. Sauzahn oder so.«

Beate Aschenbrenner blickte den Journalisten an. »Ein Ort in Südhessen, mit einem Tier im Namen.«

Jojo überlegte. »Finkenbach? Falkengesäß? Krähberg? Hammelbach? Igelsbach? Eberbach? Nein, Eberbach gehört ja schon zu Baden-Württemberg.«

»Hast du verstanden, Frauke?«, fragte Bea in den Hörer hinein und stellte das Telefon auf Lautsprecherfunktion, damit Jonas mithören konnte.

»Ja, aber die Orte sind's nicht. Irgendwas mit einem Geweih ...«

»Hirschhorn?«, fragte Jojo.

»Ja, Hirschhorn!«, rief Pressler. »Da in der Nähe.«

Nachdem Frauke Pressler eingehängt hatte, rief Jonas die Auskunft an. »Nein, ein Teilnehmer namens Demant ist in Hirschhorn nicht verzeichnet, auch nicht in der Umgebung. Möglicherweise hat er einer Eintragung im Telefonbuch widersprochen.«

»Grit Xavier«, überlegte der Journalist. »Die könnte wissen, wo dieser Ex-Bischof wohnt.« Erneut griff er zum Telefon und rief in Vadenrod an. Er ließ es lange läuten, doch niemand nahm ab. Jonas hatte sich die Handy-Nummer von Grit Xavier notiert und versuchte es jetzt darüber.

»Ja?« Im Hintergrund war Motorengeräusch zu hören.

»Jonas Jordan hier. Guten Tag, Grit. Du hattest bei mir auf Band gesprochen und einen Menschen namens Demant erwähnt. Weißt du, wo der wohnt?«

»Das Schwein. Ich bring ihn um.« Grit Xavier schnaufte.

»Wollen wir gemeinsam zu ihm fahren?«, schlug Jojo vor. »Ich könnte in einer Stunde bei dir sein.«

»Ich bring ihn um«, wiederholte die Frau und unterbrach das Gespräch.

Alarmiert sahen sich Jonas und Beate an. Die Frau schaltete am schnellsten. Sie zog einen Zettel hervor, nahm Jojo den Hörer aus der Hand und wählte eine Nummer in Homberg.

»Doğan.«

»Beate Aschenbrenner am Apparat. Herr Doğan, Sie erinnern sich an Frau Xavier, die Pfarrerstochter aus Spangenberg? Sie ist möglicherweise auf dem Weg in die Gegend von Hirschhorn am Neckar, um einen alten Bischof aufzusuchen, Hugo von Demant. Sie sagt, sie will ihn umbringen. Wir brauchen eine Handy-Ortung. Können Sie das veranlassen?« Der Kommissar sagte sofort zu, und Bea gab ihm die Mobilfunk-Nummer.

Jojo war bereits aufgesprungen und stieg in die Motorradkleidung. Bea tat es ihm nach. »Ich nehme meine Voxan«, meinte sie. »Dein Gespann ist mir zu langsam.«

Kurz bevor sie die Wohnung verließen, klingelte das Telefon. »Doğan. Ich habe die Peilung hier. Frau Xavier ist in der Nähe von Bad Hersfeld und fährt Richtung Süden. Wir bleiben dran.«

»Wir fahren Richtung Hirschhorn. Ich lasse mein Handy eingeschaltet, aber auf dem Motorrad kann ich es nicht bedienen. Geben Sie mir die Peilung regelmäßig auf die Mailbox durch!« Sie wandte sich an Jojo: »Welches Auto fährt die Frau?«

»Einen alten roten Opel Corsa, ziemlich verrostet. Kennzeichen vom Vogelsbergkreis, VB.«

Während Jojo auf sein Gespann stieg, schob Beate Aschenbrenner das Garagentor auf, setzte sich auf ihre Voxan und startete. »Ich bin schneller und werde vorausfahren«, rief sie dem Journalisten zu. »Schalte ausnahmsweise dein Handy ein!« Der Zweizylinder brüllte auf, und bevor Jonas sein Dreirad gewendet hatte, war die Frau bereits die Dorfstraße hinunter verschwunden.

Sechsundzwanzig

»Ich denke, das war gelöscht?« Der Grauhaarige brüllte es heraus und schlug mit der flachen Hand auf die beiden Zeitungen, die vor ihm lagen und von denen eine das Bild eines der vier Männer zeigte, die um den Tisch herum saßen. Drei von ihnen zogen die Köpfe ein.

»Das war es auch«, murmelte der mit der Pferdeschwanz-Frisur. »Ich weiß auch nicht, wo sie es jetzt herhaben.« Er schaute unglücklich in die Runde.

»Und das hier?«, fauchte der Grauhaarige die anderen beiden an und wedelte mit dem zweiten Blatt.

»Das sollte eigentlich in den *Wochenblick*«, erläuterte der Blonde. »Der Autor ist aber nicht Jordan. Ich habe bei unseren Leuten in der Redaktion nachgefragt.«

»Ach ja? Und warum haben die den Abdruck nicht verhindert?«, schnaubte der Ältere.

»Warum hätten sie das tun sollen? Sie kannten ja die Hintergründe nicht. Und der Report paßt ja auch gut ins Blatt.«

»Aber uns nicht!«

»Ich habe mich natürlich sofort mit Schuster in Verbindung gesetzt«, fuhr der Igelschnitt mit seiner Verteidigung fort, »Jordan will seinen Bericht dennoch liefern, und zwar detailgetreuer. Das wird zwar zeitlich knapp, aber es müßte hinhauen.«

»Das hoffe ich für Sie. Wir haben einen vierstelligen Betrag hineingesteckt, und mit der Reparatur des Wagens und mit Ihren Spesen hätte ich oben Probleme,« – er zeigte an die Zimmerdecke – »einen Mißerfolg zu begründen.« Er wandte sich erneut dem Pferdeschwanz zu. »Mit dem Bild sind Sie verbrannt und aus dem Rennen. Drei Jahre Innendienst. Da haben Sie genügend Zeit zum Nachdenken, wo das Foto herkommen kann! Und die Wohnung ist auch weg.«

»Die Wohnung?«, fuhr der Angesprochene auf. »Aber meine Freundin ...?«

»... ist nicht eingeweiht«, schnitt ihm der Grauhaarige kalt das Wort ab. »Sie werden die Beziehung leider beenden müssen.«

»Das mache ich nicht!«, begehrte der schmächtige Mann auf. »Ich bleibe draußen!«

Der Alte wechselte in die Zeitlupe. Langsam legte er die Unterarme vor sich auf den Tisch, sah dem Pferdeschwanz ins Gesicht und bleckte die Zähne. »So?«, sagte er leise. »Sie bleiben draußen?« Er schüttelte den Kopf. »Draußen ist es aber gefährlich in der heutigen Zeit. Für Sie und Ihre Freundin.« Er fügte eine Kunstpause ein, kniff die Augen zusammen und sprach langsam die Worte: »Ein Unfall ist so schnell passiert!«

Der Pferdeschwanz war bleich geworden und schluckte. Er verfiel in Schweigen.

***

Beate Aschenbrenner hatte zwei Möglichkeiten. Entweder konnte sie über die Autobahn A5 an Frankfurt vorbei zum Neckar gelangen. Das war zwar ein Umweg, aber wenn alles frei war, wäre sie schneller am Ziel als über Landstraßen. Doch sie mußte mit Baustellen bei Alsfeld, mehreren Staus auf der A5 und einer zusätzlichen Tankpause rechnen, was den Schnitt drastisch senken würde. Oder sie hielt sich an die kürzeste Verbindung.

Bea entschied sich für die Landstraße. Sie besaß ein gutes Orientierungsvermögen und hatte noch exakt die Strecke im Kopf, die sie vor ein paar Tagen mit Jonas von Hirschhorn heraufgefahren war. Und wenn sie ab und zu Doğans Peilung von ihrem Handy abrief, bestand die wenn auch geringe Möglichkeit, Grit Xavier noch auf dem Weg abzufangen.

Die Wolken hatten begonnen sich aufzulösen, und ab und zu

blinzelte sogar die Sonne hervor. Der V2 mahlte beruhigend und hing sensibel am Gas. Beate Aschenbrenner war glücklich, daß sie wieder Motorrad fahren konnte, wie hatte sie das vermißt! Das graue Band glitt unter ihr hinweg, Leitpfosten, Bäume, Häuser und Felder schossen vorbei. Weit über den Tank nach vorn gebeugt, schwang sie mit der Voxan durch die Kurven, bremste manche Biegungen kurz an, schaltete herunter und zog das Gas am Scheitel wieder auf. Die Maschine fügte sich willig ihren Befehlen, und Bea überkam allmählich ein Hochgefühl. Sämtliche Bewegungen erfolgten automatisch, die Fahrerin ergab sich ihren Reflexen. Vollkommen konzentriert hatte sie das Empfinden, eins mit dem Motorrad zu werden und jedes Detail der Umgebung überscharf wahrzunehmen. Sie war entspannt. Ihr konnte nichts passieren. Sie hatte alles im Griff.

Bea war im *Flow*.

***

Auch Jonas hatte die direkte Strecke gewählt. Etliche Kilometer hinter Bea drosch er sein Gespann durch die Kurven. Ihm war klar, daß er, zumal ohne turnenden Beifahrer, nur einen Bruchteil der Geschwindigkeit erreichte, die mit einem Solo-Motorrad möglich war. Der Abstand zu Beates Voxan würde immer größer werden, und letztlich konnte er sie nur über das Mobiltelefon wiederfinden. Verbissen drehte er am Gas und warf sich in Rechtskurven hinüber auf den Beiwagen, daß er kaum noch Kontakt zur Zugmaschine hatte.

***

Beate Aschenbrenner hatte Rhön und Spessart durchschnitten und eben den Main überquert. Ihr wurde bewußt, daß Hirschhorn nur ein ungefähres Ziel sein konnte. Hatte Frauke Pressler nicht gesagt, der Altbischof lebe »in der Nähe«? Wo konnte das sein?

Bea mußte sich geradezu gewaltsam zwingen, anzuhalten und die Handy-Mailbox abzuhören. Der Kommissar hatte sein Versprechen gehalten und Grit Xavier weiter angepeilt. Sie sei nach wie vor auf dem Weg Richtung Hirschhorn, aber das genaue Ziel kenne auch er nicht. Das Motorrad hatte kaum Zeit zum Abkühlen gehabt, als Beate Aschenbrenner wieder startete. Wie von einer Zwille geschleudert schoß die Maschine los.

Was hatte Grit Xavier vor? Wollte sie tatsächlich dem Bischof an den Kragen? Bea klangen noch ihre Worte von Jojos Band im Ohr: *Demant. Die alte Sau. Rosenbeck. Na warte.* Wie ein Blitz schoß es Bea durchs Hirn: Natürlich! Das war es!

Beate Aschenbrenner kannte jetzt das Ziel.

***

Jonas Jordan mußte tanken. In ein Enduro-Faß paßte eben nicht so viel hinein. Nachdem er gezahlt hatte, versuchte er, Doğan anzurufen. *Der Teilnehmer ist momentan nicht erreichbar. Bitte versuchen Sie ...* Entnervt drückte Jojo die rote Taste. Der Schultergürtel tat ihm weh vom Turnen. Egal, er mußte weiter. Hirschhorn.

***

Flow bricht ab, wenn man anhält. Doch fährt man bald erneut los und stimmen die Bedingungen wie Kurven, störungsfreies Fahren und gutes Wetter, setzt *Flow* schnell wieder ein. Hirn und Bauch haben dann die Kommunikation untereinander eingestellt. Obwohl das Bewußtsein scharf konzentriert ist, bestimmt das Stammhirn das Verhalten. Das Gefühl der Euphorie ist so übermächtig, daß sich der Fahrer unverwundbar wähnt. So muß es einst Kriegern ergangen sein, die ohne jede Vorsicht in den Kampf zogen, den Yihequan etwa oder den Kelten, die sich gar nackt den römischen Speeren entgegenwarfen.

Es heißt zwar, Angst sei ein schlechter Ratgeber. Doch ein wenig Angst ist Voraussetzung für Vorsicht. Diesen Mechanismus hat die Evolution dem Menschen nicht mitgegeben, um ihn zu ärgern, sondern für Selbstschutz. Angst ist im *Flow* ausgeschaltet.

Bea war die Angst abhanden gekommen. Und mit ihr die Vorsicht.

Zwischen Hetzbach und Beerfelden im Odenwald, dort, wo es rechts nach Etzean abgeht, macht die Bundesstraße 45 eine scharfe

Linkskurve. Beate Aschenbrenner konnte sich gut an sie erinnern, da Jojo vor einigen Tagen in der Gegenrichtung den Beiwagen mit ihr als Ballast in luftigen Höhen hatte schweben lassen. Was allerdings zu jenem Zeitpunkt nicht auf der Straße gestanden hatte, war die dunkelbraune Limousine, die nun von ihrem senilen Fahrer in plattentektonischem Tempo aus der Einmündung auf die Bundesstraße gekullert wurde. Wollte Bea ihre Maschine nicht genau in seiner Fahrertür parken, blieb ihr nichts anderes übrig, als das Motorrad aufzurichten, um hinter dem Wagen geradeaus zu fahren.

Die Bremsen einer Voxan sind gut und giftig. Dennoch reichen sie nicht aus, um sie von siebzig Stundenkilometern innerhalb einer halben Straßenbreite zum Stillstand zu bringen. Gezwungenermaßen nahm Bea den Notausgang in die Botanik, die sich an dieser Stelle hinter einem Graben die Böschung hinaufzog. Die junge Frau war nicht daran interessiert, ihr genageltes Bein einem weiteren Biegetest zu unterziehen, so trennte sie sich kurz vor dem Aufprall von der Maschine und landete bäuchlings im Straßenbegleitgrün, während das Motorrad hinter ihr im Graben erstarb. Der Schmerz von noch nicht verheilten Rippen schoß ihr durch die Brust.

Der Opa hatte nach Greisenart nichts von alledem mitbekommen und kroch im ersten Gang weiter Hetzbach zu, neuen Opfern entgegen.

Die Blüten des *Pennisetum alopecuroides* sind ausgesprochen hübsch und sehen aus wie Flaschenbürsten, was der Pflanze den deutschen Namen *Lampenputzergras* verliehen hat. Beate Aschenbrenner stand der Sinn jedoch nicht nach Betrachtung odenwälder Flora, die auf dünnen Stengeln direkt vor ihrem Helmvisier zitterte. Vorsichtig bewegte sie ihre Glieder, mit den Füßen beginnend. Außer dem Brustkorb tat nichts weh, sie schien unverletzt. Langsam richtete sie sich auf und sah an sich hinab. Bis auf ein paar Gras- und Erdflecken war ihre Kombi unversehrt.

Zahlreiche Autos fuhren auf der B45 vorbei, die Insassen glotzten debil aus den Fenstern. Kein Fahrzeug hielt an. Eine flüchtige Inspektion ihrer Maschine zeigte Bea, daß jene zwar als Exponat bei der Bundesgartenschau geeignet gewesen wäre, ihre Funktionen jedoch nicht eingebüßt hatte, sah man von einem verbogenen

Bremshebel und einem zersplitterten rechten Spiegel ab. Das Motorrad ließ sich im Graben in die Senkrechte wuchten und rückwärts hinausschieben. Die junge Frau stellte die Voxan auf den Seitenständer und säuberte sie grob mit dem Handschuh. Der Bremshebel war noch zu gebrauchen, und Bea richtete die verwundene Gabel, indem sie das Vorderrad zwischen die Knie klemmte und am Lenker zog.

Sie wollte direkt weiterfahren, hinderlich war nur das Adrenalin, das nun einsetzte und Arme und Beine zum Zittern brachte. Wo mochte Grit Xavier jetzt sein? Bedrohte sie bereits Hugo von Demant? Bea erinnerte sich an ihr Mobiltelefon. Die Mailbox zeigte eine Nachricht. Oberkommissar Cem Doğan hatte vor kurzem eine Nachricht durchgegeben: Xaviers Handy war ausgeschaltet worden, die Peilung hatte nicht fortgesetzt werden können. Wie auch immer – Bea wußte, wo sie zu suchen hatte. Es war nicht mehr weit. Sie schwang das Bein über die Sitzbank, und kurz darauf bellte der Zweizylinder Richtung Beerfelden.

***

Jonas Jordan war sich unsicher. Er hatte die Motorradreifen-Fabrik bei Breuberg passiert, die einst Metzeler gehörte, bevor die Marke von Pirelli geschluckt worden war. In Höchst hielt er an und versuchte, Bea auf dem Handy zu erreichen. Niemand nahm ab. So probierte er es bei Doğan. Er hatte Glück.

»Wir haben die Peilung von Frau Xavier verloren«, meinte der Kommissar. »Aber Frau Aschenbrenner scheint zu wissen, wo sie hinwill. Daher haben wir nun deren Handy angepeilt.« Still bewunderte Jojo die schnelle Kombinationsgabe des Polizisten. »Sie befindet sich jetzt zwischen Beerfelden und Hirschhorn, und sie scheint die Parallelstrecke über Rothenberg gewählt zu haben.«

Jonas ging ein Nebelscheinwerfer auf. Demant. Die alte Sau. Rosenbeck. Na warte. »Nicht *Rosenbeck*«, schrie er in sein Mobilfon, »sondern *Rothenberg*! Sie hat genuschelt!« Er hechtete auf das Gespann, ließ den Motor aufbrüllen und zog einen schwarzen Strich auf den Makadam, als er aus Höchst hinausschoß.

***

In Beas nahezu fotografischem Gedächtnis war das Ortsschild von Rothenberg haften geblieben. Da hatte es nur einer kleinen Assoziation bedurft, um Grit Xaviers *Rosenbeck* damit zu verbinden. Das Gasthaus *Zum Adler* liegt mitten im Ort, und schnell hatte Bea hier Auskunft bekommen. Ein Altbischof, noch dazu blaublütig, blieb in einer solchen Gemeinde nicht unbekannt. Von weitem schon sah sie den Corsa mit Vogelsberger Kennzeichen vor dem Haus stehen. Beate Aschenbrenner stellte ihre Maschine gegenüber ab.

Sie stieg die paar Stufen zum Eingang der Villa hinauf und wollte den Klingelknopf unter dem Messingschild mit eingraviertem *von Demant* drücken, als sie bemerkte, daß die Haustür nur angelehnt war. Vorsichtig schob sie sie auf.

Eine Diele mit Möbeln in Eiche-dunkel-Imitat und dickflorigem Teppich fiel über sie her. Neben der Garderobe saß auf einem lackierten Ast ein ausgestopfter Marder, darunter hing ein Holzkreuz. Eine Tür mit nachgemachten Butzenscheiben und auf altdeutsch getrimmten Messingbeschlägen führte weiter. Als Bea die Klinke faßte, hörte sie ferne Stimmen aus dem Haus. Die Historikerin betrat ein mit Biedermeierplagiat-Möbeln häßlichst überladenes Wohnzimmer. Unbequeme Stühle, grün und schwarz gepolstert, umstanden einen dunkel gebeizten Rundtisch. Eine Sofagarnitur in gleichem Stil war um einen niedrigen, mit Delfter Kacheln ausgelegten Tisch gruppiert. Eine Schrankwand in Nußbaum brutal beherrschte die Hälfte des Raums und konnte sich nicht zwischen Gründerzeit und Art Deco entscheiden. Textiltapeten mit englischen Jagdmotiven verschandelten die übrigen Fläche.

Das Zimmer war menschenleer. Im hinteren Teil führte eine Wendeltreppe ins Untergeschoß. Von dort drangen auch die Stimmen herauf, die Beate Aschenbrenner jetzt als eine rauchige weibliche und eine fistelige Altmännerstimme ausmachen konnte. Sie schlich sich an den Kopf der Treppe und spähte durch die Streben hinab.

In einem hochlehnigen Holzsessel saß ein alter Mann. Das Gesicht war blaß, die dünnen weißen Haare standen in einem Kranz von der madigen Kopfhaut ab, unter den wässrigen Augen hingen Tränensäcke. Eine ausgeleierte Strickjacke schlotterte um seinen Oberkörper, die dürren Beinchen bedeckte eine abgewetzte dunkle

Hose, und die Füße steckten in braunen Hausschuhen. Die altersfleckigen Hände umklammerten hölzerne Löwenköpfe, in die die Armlehnen des Sessels ausliefen.

Dicht neben ihm stand Grit Xavier. Bea erkannte sie sofort nach Jojos Beschreibung. Ihren fetten Leib hatte sie mit einem alten Jogginganzug überzogen, die strähnigen Haare hingen über ein puterrotes Gesicht. Mit der linken Hand stützte sich Grit Xavier auf dem Sessel ab, in der rechten hielt sie ein großes Küchenmesser. Das Messer saß am Hals des Greises.

»... nur zum Schutz der Kirche!«, stammelte der Alte gerade. »Ich konnte doch Bruder Xavier nicht ausliefern!«

»Aber das Kind hast du ausliefern können, du Drecksau!«, brüllte Grit Xavier. »Und Lukas!« Sie drückte das Messer noch tiefer in die faltige Haut.

Bea wagte nicht, sich zu bewegen. Es bedurfte nur einer erschrockenen Handbewegung der dicken Frau, um Demant die Halsschlagader zu durchtrennen. Durch die große Terrassentür des unteren Raums fiel die Nachmittagssonne schräg auf die beiden Menschen, der eine erfüllt mit Selbstgerechtigkeit, die andere mit Haß.

Der Alte schluckte. »Ich habe beide nicht umgebracht«, wimmerte er.

»Nein, aber das tote Kind auf dem Kirchenboden versteckt«, spuckte die Frau, »und meinen Vater gedeckt, den Mörder!«

Der Greis blinzelte und sah Xavier an. »Ihr Vater hat das Mädchen nicht ermordet«, flüsterte er heiser. Vor Verblüffung lockerte die Frau die Hand mit dem Messer. Der Alte fuhr fort: »Das war Ihre Mutter.«

Ein gewaltiger Knall barst durch das Haus. Tausende Glassplitter regneten in einer Nebelwolke nieder auf Hugo von Demant, Bischof a.D., und Grit Xavier, Pfarrerstochter, die zurückgesprungen war und zusammen mit einem häßlichen Teewagen zu Boden ging. Drei Männer stürzten mit vorgehaltenen Pistolen durch die zersplitterte Terrassentür auf die Frau zu, einer von ihnen entwand ihr das Messer.

Beate Aschenbrenner hatte sich fürchterlich erschrocken, und sie riß die Augen noch weiter auf, als Jonas Jordan friedlich durch die zerborstene Tür hereinspazierte. Mit zitternden Knien stieg sie die Wendeltreppe in den unteren Raum hinab, wo sie aus sechs Gesichtern erstaunt angeblickt wurde.

***

Drei Männer und zwei Frauen saßen um den Tisch im Vernehmungsraum des Polizeipräsidiums Wald-Michelbach: Ein Kriminaloberkommissar, der aus Darmstadt angereist war; Irene Falter, Kriminalkommissarin aus Homberg, von Cem Doğan bereits auf den Weg geschickt, als er noch den Einsatz koordinierte; Jonas Jordan, Motorradjournalist; Beate Aschenbrenner, Kirchenhistorikerin; und schließlich Hugo von Demant, pensionierter Bischof der Evangelischen Kirche von Kurhessen-Waldeck.

Cemalettin Doğan hatte von Homberg aus die Kollegen in Hirschhorn alarmiert und nach Rothenberg geschickt, nicht ohne sie auf das Motorrad von Beate Aschenbrenner und Jonas' Gespann hinzuweisen. Dieser war in Rothenberg zeitgleich mit den Polizisten eingetroffen. Gemeinsam waren sie zum Haus des Altbischofs gefahren, hatten vom Garten aus die bedrohliche Situation erfaßt und sich schließlich zu stürmen entschlossen.

In Wald-Michelbach zogen nun die Polizisten dem Alten mit Mühe die Leichenwürmer aus der Nase. Ende der Fünfziger Jahre war ein Flüchtlingskind aus der DDR in Spangenberg aufgetaucht. Bei der Pfarrersfamilie Xavier hatte man es untergebracht, weil die leibliche Mutter in eine psychiatrische Klinik eingewiesen worden war. Bald hatte Xavier begonnen, sich regelmäßig an dem Mädchen zu vergehen. Das blieb nicht unbemerkt, und ein Lehrer des Kindes, Wilfried Grundlach, hatte den Pfarrer zur Rede gestellt und gedroht, ihn anzuzeigen.

»Das konnte ich doch nicht zulassen!«, ereiferte sich Hugo von Demant. »Welches Licht wäre da auf unsere Kirche gefallen? Ich wies Grundlach in die Schranken.«

Jojo wurde schlecht. Weil dieses mit Doppelmoral gestopfte Arschloch um den Ruf seiner Institution fürchtete, hatte es zugelassen, daß Lara von einem Perversen gefoltert wurde! Jonas bereute bereits, daß er mitgeholfen hatte, Grit Xavier von ihrem Vorhaben abzuhalten.

Natürlich kam auch Xaviers Frau Hiltrud dahinter, was ihr

Mann trieb, wenn er niemanden im Haus wähnte. In ihrer kranken Frömmelei schob sie die Schuld auf das Mädchen, dem sie vorwarf, ihren Mann verführt und ihre Vorstellung von einer gottesfürchtigen Ehe zerstört zu haben. Ein siebenjähriges Mädchen!

Bea dachte daran, wie Jojo seine eigene Mutter beschrieben hatte. Waren alle Pfarrersfrauen so krank? Machte das die Religion aus den Köpfen? Oder flüchteten sich solche Menschen nur darum in den Schutz der Kirche, um ihre Perversionen zu verbergen?

Hiltrud Xavier steigerte sich schließlich so in den Haß auf das Kind hinein, daß sie es eines Tages erwürgte und die Leiche im Wald versteckte. Ihr Mann hatte darauf seinen Bischof ins Vertrauen gezogen. Sie stellten gemeinsam fest, daß bei warmem Wetter bereits nach kurzer Zeit von einem toten Körper nur noch Gebeine und Knorpel übrig sind, wenn Tiere aller Art ungestört darüber herfallen können. Hugo von Demant hatte dafür gesorgt, daß die Knochen des ermordeten Mädchens zwischen den jahrhundertealten Gebeinen über dem Spangenberger Kirchengewölbe versteckt wurden. Und mit seinen Beziehungen hatte er nahezu alle Akten verschwinden lassen können, die jemals das Kind erwähnten.

»Sie haben mehrere schwere Straftaten vertuscht«, stellte der Kommissar sachlich fest.

»Nur Gott kann strafen«, erwiderte der Alte hochmütig. »Und er weiß, daß alles zu seiner Ehre geschah, um Schaden von seiner Gemeinde abzuwenden.«

Bitter mußte Jonas für sich eingestehen, daß der greise Verbrecher am Ende noch recht bekam. Da nicht dieser persönlich der Mörder war und ihm das Gegenteil nicht nachgewiesen werden konnte, genoß er Verjährung, ganz abgesehen von seinem Alter, was ihn ohnehin haftunfähig machen würde.

Der selbstgerechte Kirchenmann wurde aus dem Raum und Grit Xavier hereingeführt.

»Lukas hat von allem gewußt«, begann sie. »Er ist daran zerbrochen. Ich ahnte es, aber niemand wußte genau, warum er sich das Leben genommen hatte. Erst durch den Hinweis von ihm« – sie zeigte auf Jojo – »wurde mir der Grund klar. Unser Vater war ein Kinderschänder und die Mutter eine Mörderin.«

»Haben Sie nie danach gefragt, warum das Mädchen eines Tages nicht mehr da war?«, wollte Irene Falter wissen.

»Unsere Eltern behaupteten, seine leibliche Mutter sei wieder aufgetaucht und habe es mitgenommen«, erklärte die Frau. »Nur Lukas kannte die Wahrheit. Aber er schwieg, denn die Verbrecher waren ja unsere Eltern.«

***

Von Wald-Michelbach war es nicht mehr weit nach Jojos Zuhause. Doch Bea wollte zurück nach Landefeld. Schließlich wartete ja Ferdinand Plaut auf sie. Sie verabschiedeten sich voneinander.

»Wir kennen jetzt die Mörderin von Lara«, meinte Jonas zu Beate Aschenbrenner. »Aber was mir unklar ist: Warum hat man versucht, uns an der Aufklärung zu hindern? Wer steckt dahinter?«

»Die Gründe auf Seiten der Kirche sind deutlich«, erwiderte Bea. »Sie wollten als untadelig dastehen, kein unmoralischer Fleck sollte auf die weiße Weste der Kirche fallen. Und die Seilschaften funktionierten, vom Altbischof bis zum kleinen Vikar. Aber Müller, Meier und Schmidt waren doch nicht im Auftrag des Herrn unterwegs? Und die Kirche hat doch nicht die Möglichkeit, einen Kriminalkommissar von Ermittlungen abzulenken, oder?«

Auf diese Fragen wußte auch Jonas keine Antwort. »Ich werde jedenfalls meinen Bericht für den *Wochenblick* fertig schreiben«, meinte er. »Montag ist der letzte Termin zur Abgabe.«

Bea umarmte den Journalisten zum Abschied. Ihm wurde ganz warm, doch hatte er sich nicht immunisiert? »Paß auf dich auf!«, mahnte er mit belegter Stimme. Sie stiegen auf ihre Maschinen und fuhren in entgegengesetzte Richtungen davon.

***

Der September war bereits fortgeschritten, und es wurde höchste Zeit für Jojo, seine Reportage abzuschließen. Nur noch wenige Tage trennten ihn vom einundzwanzigsten, dem letzten Termin. Die achttausend Euro befanden sich auf seinem Konto, wie er zuhause beim Blick auf seine Auszüge feststellte. Doch ob er sie zurückzahlen mußte, wenn *Wochenblick*-Schuster bemerkte, daß nicht die Stasi Lara umgebracht hatte? Nun, immerhin konnte er dann Ausfall-Honorar geltend machen, er hatte schließlich einen offiziellen Auftrag erhalten. Der Tag war lang gewesen, und Jojo fiel müde ins Bett.

Gleich am nächsten Morgen setzte er sich an die Tastatur und schrieb. Der *Wochenblick* war dafür bekannt, daß er gerne einmal den etablierten Kirchen und erst recht der Berliner *Zat* eins auswischte. Zielgruppe des Magazins war das Kleinbürgertum, das sich für intellektuell und liberal hielt. Daß man der bösen DDR diesmal das geschilderte Verbrechen nicht unterschieben konnte, mochte sogar ein Vorteil sein, wurden doch die Deutschen seit zwanzig Jahren mit Horrorgeschichten aus Gauck-Birthlers Geisterbahn genervt, was der Sensation durch ständige Wiederholung natürlich die Schärfe nahm.

Gegen Abend war Jonas fertig. Sollte er den Text gleich nach Hamburg mailen? Nein, entschied er für sich, schick es auf den letzten Drücker! Je später, desto weniger Zeit würden sie bei dem Wochenmagazin haben, den Text zu ändern und zu fälschen. Denn das war üblich in deutschen Redaktionen. Selten wurde ein Bericht so veröffentlicht, wie ihn der Autor verfaßt hatte, dessen Name wehrlos darunter stand.

Jojo war zufrieden. Er hatte sich Tafelspitz nach Badener Art verdient. Während das Rindfleisch leise vor sich hinköchelte, richtete Jonas die Preiselbeeren und fügte Sauerrahm an die Meerrettichsoße. Eigentlich gehörten traditionell Salzkartoffeln zu Tafelspitz. Doch Jojo war seine gesamte Kindheit hindurch fast täglich mit dieser Sättigungsbeilage gequält worden, so daß er unter einem Salzkartoffeltrauma litt. Er hielt diese Weise der Zubereitung ohnehin für ein Verbrechen an der Knolle. Es gab so viele wohlschmeckende Arten, Kartoffeln zu garen, sei es als Reibekuchen, Kroketten, Pommes frites oder gar Bratkartoffeln, daß es keinen Grund gab, den Erdäpfeln durch Schälen alle Vitamine und Mineralien zu nehmen, die Knollen in Wasser zu werfen, mit dem die restliche Würze auch noch entfernt wurde, und sie schließlich als geschmacklose, breiige Zellstoffklumpen zu servieren. *Grumbiere* – »Grundbirnen« –, wie der Kurpfälzer sagte, mußten, wenn sie denn unbedingt gekocht werden sollten, ihre Schale behalten, die selbstverständlich mitgegessen wurde. Wo sollte sonst Geschmack herkommen?

Heute entschied sich Jojo für Bratkartoffeln, und zwar auf *jordanische Art,* wie er es nannte, wenn er ein Rezept erfand. Festkochende Erdäpfel wurden geputzt, in der Schale gewürfelt und mit reichlich Olivenöl, Salz, Pul Biber, etwas Zucker und Kräutern der Provence gewürzt. Die Röhre wurde vorgeheizt, ein Backblech eingeölt, die gewürzten rohen Kartoffelwürfel darauf verteilt und unter hoher Temperatur gebacken.

Während Jonas die Garzeit abwartete, klingelte das Telefon.

»Bea hier, wie geht es dir?«

»Gut, ich bin mit meiner Reportage fertig. Wie war der Heimweg?«

»Problemlos. Nur zum Ende hin hat es etwas geregnet. – Du, ich habe im Briefkasten eine Einladung gefunden. Alle Helfer beim Spangenberger Stadtjubiläum sind gemeinsam mit ehemaligen Bürgern jetzt am Wochenende zu einem Fest eingeladen. Magst du auch kommen?«

Jojo überlegte. Sollte er sich als drittes Rad am Motorrad vorkommen, wenn er zuschaute, wie Bea und Plaut miteinander turtelten?

Bea schien seine Gedanken zu erraten und zerstreute die heimlichen Bedenken. »Ferdi hat das ganze Wochenende Dienst, und ich möchte nicht alleine gehen.«

Jojo dachte daran, daß bei Steq und Cläre immer ein gemachtes Bett für ihn bereitstand und er ohnehin noch sein Besuchsversprechen einlösen wollte. So stimmte er zu. Sie verabredeten sich für Samstag Abend.

Siebenundzwanzig

Jonas hatte wieder seine Montesa genommen und war bereits frühmorgens losgefahren. Die Altstadt Spangenbergs war nicht mehr gesperrt, alle Kulissen weggeräumt, so daß er ungehindert durch das Städtchen streifen konnte. Zunächst aber fuhr er zum Bromsberg hinauf und setzte sich zwischen die Ginsterbüsche, die den sandigen Hang bedeckten. Hier hatten sie einst als Jungen Indianer gespielt, sich zwischen den Sträuchern angeschlichen und in die elastischen Zweige fallen lassen. Der Geruch der Büsche versetzte Jojo zurück in die Kindheit, und er spürte erneut die Sonne auf den nackten Armen, fühlte das selbstgeschnitzte Holzmesser in der Hand und hörte die Spielkameraden den Schrei des Bussards nachahmen. Er mußte lächeln, als er an jenes Militärmanöver dachte, das einst hier stattgefunden hatte. Er und Steq hatten sich zwischen die feindlichen Linien geschlichen und Hunderte Meter Fernmeldekabel geklaut. Sie waren, ohne es zu wissen, Partisanen gewesen.

Jojo fuhr in die Stadt zurück. Von seiner alten Grundschule aus ging er hinab, kreuzte die Obergasse, blieb schließlich am Marktplatz stehen und betrachtete den Liebenbach-Brunnen mit seinen Skulpturen, der nun, nachdem die Bühne des Festes abgebaut war, wieder still den Platz beherrschte.

Die Bronzeplastik mit den beiden Sterbenden mochte mancher Tourist für kitschig halten, doch Jonas fand die Darstellung von Erich Hösel nach wie vor großartig. Die Geschichte rührte ihn noch heute, und er erinnerte sich gut, wie er als Kind manches Mal vor dem Brunnen in Tränen ausgebrochen war. Er nahm von dessen Wasser einen Schluck aus der hohlen Hand.

Hatte nicht auch er Lara geliebt? Hatte nicht auch sie durch einen kranken Geist leiden und sterben müssen? Nun war Jonas der Entscheidung enthoben, ob er Lara rächen sollte. Der Schänder und die Mörderin lebten beide nicht mehr. Doch alle Welt sollte wissen, wer die Tat vertuscht hatte, wer den Heiligenschein geputzt und jeden mit frommem Augenaufschlag belogen hatte!

Wie verabredet traf Jojo um achtzehn Uhr Bea im großen Nebensaal von Silvio, wo für Helfer des Stadtfestes und Altbürger gedeckt war. Der Journalist und die Kirchenhistorikerin umarmten sich wie alte Bekannte. Jonas war froh, daß er in Beate mittlerweile den Kumpel sehen konnte, die Freundin, mit der man Pferde stehlen konnte – oder besser Motorräder. Alles andere überließ er Ferdinand Plaut.

Sie nahmen an einem Tisch Platz und lauschten den Reden des Bürgermeisters und anderer Honoratioren, die die Anwesenden für das gelungene Fest lobten.

Silvio hatte seinen Koch zu Höchstleistungen angespornt, und gemeinsam fiel man über das Buffet her. Zum Abschluß bestellte sich Beate Grappa und Espresso, Jonas griff zu einem alkoholfreien Weizenbier. Plötzlich wurde ein Stuhl an ihren Tisch gerückt, und Wilfried Grundlach setzte sich zu ihnen, ein Glas Bier vor sich.

»Sie erlauben?«, begann er, um dann fortzufahren: »Ich möchte Sie um Entschuldigung bitten für meinen Rauswurf neulich. Wie ich hörte, haben Sie die Geschichte ja mittlerweile aufgeklärt.« Blaß sah Grundlach aus, und seine Schultern hingen nach vorn.

»Weitgehend, aber leider nicht ganz«, antwortete Jojo. »Es bleiben ein paar Fragen offen.«

»Vielleicht kann ich noch Fakten hinzufügen«, schlug der Lehrer vor. »Ich habe mich, wie Sie vermuteten, mit Pfarrer Xavier gestritten. Ich wollte, daß er seine Finger von dem Mädchen ließ. Es war die Tochter einer Frau, die aus der DDR abgehauen war, als es noch eine offene Grenze gab, vor August 1961. Einige Organisationen schmuggelten damals Menschen über die Grenze. Die Kosten trugen manchmal die Flüchtlinge, manchmal der westdeutsche Staat. Mutter und Tochter waren also herübergekommen und landeten wie alle in einem Durchgangslager. Dann hat man die Mutter in eine psychiatrische Anstalt eingewiesen, wo sie sich das Leben nahm. Das Mädchen kam in die Obhut der Familie Xavier hier in Spangenberg und wurde später meine Schülerin. Ich merkte bald, daß etwas nicht mit ihr stimmte, zog meine Schlüsse und stellte Xavier zur Rede.«

Jojo dachte an Lara. Dieser Mensch ihm gegenüber hätte die Möglichkeit gehabt, sie zu retten. Doch er hatte es nicht getan. »Sie haben den Pfarrer nicht angezeigt«, stellte Jonas fest. »Sie haben das Kind seinem Peiniger überlassen und später seiner Mörderin.«

Grundlach sank in sich zusammen. »Man muß einen Menschen nicht in ein Lager sperren, um ihm seine Selbstachtung zu nehmen. Sie haben gut gelernt.«

»Wer hat gut gelernt?« Bea verstand nicht.

»Die hier die Macht besitzen. Sie haben von Himmler und Goebbels gelernt. Wie man es nicht machen soll.«

»Und wie *soll* man es machen?«, fragte Jojo, der nicht ganz folgen konnte.

»Nicht so plump wie die Nazis.« Grundlach klang bitter. »Viel feiner. Mit Andeutungen, Drohungen und Existenzvernichtung.«

»Verschwörungstheorien«, winkte Bea ab. »Das funktioniert nicht in einem Rechtsstaat.«

Grundlach hob den Kopf und sah sie an. »Ach so? Verzeihung, dann bilde ich es mir nur ein. Daß man mich unter Druck gesetzt hat, weil ich schwul bin. Daß ich gefeuert würde, wenn ich den Mund nicht hielte. Daß man angedeutet hat, ich müßte auf meine Medikamente verzichten, wenn ich nicht kooperativ sei.« Ihm versagte die Stimme, erneut blickte er in das halbleere Bierglas. »Wer nicht mit der Masse schwimmt«, murmelte er, »wird zum Schweigen gebracht. So oder so.«

»Und weil Sie geschwiegen haben«, setzte nun Jojo nach, »mußte Lara sterben.« Er mußte an sich halten, daß er Grundlach nicht den Rest des Biers ins Gesicht kippte.

»Lara? Welche Lara?«, fragte Grundlach.

»Lara Cremer! Von ihr sprechen wir doch die ganze Zeit.«

»Sie meinen, daß Lara Cremer das Opfer auf dem Kirchenboden ist?«, fragte Grundlach noch einmal. Er blinzelte ungläubig, als müsse er seine Neuronen neu ordnen.

Jojo schwoll die Halsschlagader, er wurde laut. »Weil Sie Ihren Scheiß-Lehrerberuf behalten wollten, haben Sie den Mord an Lara verschwiegen! Ihr sogenannten Pädagogen kotzt mich an!«

»Aber Lara Cremer wurde doch nicht ermordet.« Grundlachs Stimme zitterte.

»Nein? Wie nennen Sie es dann? Wurde sie der Gnade Gottes zugeführt?« Jojo spie die Worte aus.

Grundlach antwortete nicht. Er sah sich um. Schließlich fand er, was er suchte, stand auf, ging ein paar Tische weiter und sprach mit einer Gruppe Menschen, die dort saßen. Ein grauhaariger Mann und eine schlanke Frau erhoben sich und kamen mit ihm zu Bea und Jojo zurück.

»Darf ich vorstellen«, meinte der alte Sportlehrer, »Herr und Frau Haffstetter aus Göttingen.«

»Guten Tag!« Bea und Jojo blickten verständnislos.

»Frau Haffstetter«, bat Grundlach fahrig, »würden Sie unserem Herrn Jordan Ihren Vornamen verraten?«

»Lara«, sagte die Frau erheitert, »Lara Haffstetter, geborene

Cremer. Ich habe ein paar Jahre hier in Spangenberg gewohnt. Das ist allerdings lange her.«

»Wie?« Bea fand zuerst ihre Stimme wieder.

»Bibibitte?«, stotterte Jojo. »Sie – äh, du bist Lara? Vom Bromsberg?« Jojo kam das Groteske seiner Frage gar nicht in den Sinn: »Du lebst?«

»Ich denke, schon. Ziemlich sogar.« Die Frau nickte. »Und du«, fragte sie vorsichtig, »bist der Jonas? Aus der Obergasse?«

Nun mußte Jojo nicken, was für seine Halswirbel gefährlich war, da er gleichzeitig den Kopf schüttelte. »Abebeber du warst doch plötzlich weg, du bist doch verschwunden!« Offensichtlich stritten sich zwei Tatsachen in seinem Hirn bis aufs Messer.

»Jordanien«, sagte Lara schlicht.

»Hä?«

Lara Haffstetter und der Mann, mit dem sie augenscheinlich verheiratet war – der winzige Teil von Jojos Großhirnrinde, in dem bislang noch kein Krieg herrschte, begann darob, sich als dritte Partei ebenfalls einzumischen –, nahmen Platz. »Mein Vater war Architekt. Er bekam einen Großauftrag in Jordanien, und dorthin nahm er seine Familie mit. Erst 1971 zogen wir wieder nach Deutschland, nach Göttingen. Dort bin ich dann geblieben.«

Jojo schwieg und starrte sie lange an. Er bemerkte nicht, daß ihm plötzlich Tränen liefen. Kurbelwellen weinen doch. Er sah das Mädchen vor sich, das neben ihm herhüpfte und den Ranzen schwang. Sie trug ein kariertes Kleid, und der brünette Schopf war verstrubbelt. Ihre Augen blitzten, und der kleine Jonas hätte sie am liebsten in den Arm genommen. Schließlich flüsterte der Erwachsene aus einer tiefen Erinnerung: »Ein Furz ging in die Küche und stahl dem Koch ein Ei ...«

Lara lächelte und fuhr fort: »Da nahm der Koch den Löffel und schlug den Furz zu Brei...«

Vollkommen irritiert blickten Bea, Grundlach und Haffstetter einander an, schüttelten die Köpfe und schauten dann wieder zu Jojo und Lara, die nun im Duett sprachen: »Da kamen viele Fürze und gruben ihm ein Grab und setzten ihm nen Grabstein, worauf geschrieben stand: Ein Furz ging in die Küche ...«

***

Sie hatten sich viel zu erzählen gehabt. Alle waren bereits zuhause oder in ihren Unterkünften verschwunden, allein Lara und Jojo waren noch geblieben. Silvio hatte Verständnis. Als Sizilianer spürte er, wenn Emotionen und Erinnerungen im Spiel waren. Sein Bistro würde ohnehin am nächsten Tag geschlossen bleiben, da konnte es ruhig etwas länger dauern.

Jojo schlief lange. Er erwachte am späten Sonntag Vormittag mit einem Hochgefühl. Natürlich ließ sich die Kindheit nicht zurückholen. Lara war glücklich verheiratet, hatte einen lieben Mann und aufgeweckte, inzwischen erwachsene Kinder. Doch für Jonas war die Hauptsache: Sie lebte!

Jojo erinnerte sich an das Theaterstück rund um die Liebenbach-Legende, das beim Stadtjubiläum Abend für Abend aufgeführt und jedesmal mit donnerndem Applaus bedacht worden war. Ein Satz daraus hatte sich ihm eingeprägt, der ihn tief rührte: *Wer vom Wasser des Liebenbachs trinkt, wird in seiner Seele geheilt.* Ja, dachte Jonas, das traf zu!

Cläre Quick und ihr Mann hatten ein reichhaltiges Sonntagsfrühstück vorbereitet, mit Rührei, Speck, einem Kanten *Ahler Worscht* und anderen Leckereien. Sie waren beide taktvoll genug, Jojo nicht auf Lara anzusprechen und beschränkten sich darauf, seine Freude über das Wiedersehen zu teilen. Als sich Jonas satt und zufrieden zurücklehnte, wieherte sein Mobiltelefon. Cemalettin Doğan war am Apparat. »Entschuldigen Sie, daß ich am Sonntag störe. Frau Aschenbrenner hat mir gesagt, daß Sie derzeit in Spangenberg sind. Ich habe mit ihr vereinbart, daß sie Sie nachher abholt und Sie beide zu mir nach Wabern kommen. Sind Sie damit einverstanden?«

Erstaunt sagte Jonas zu. Was konnte der Kommissar am Sonntag von ihm wollen? Die Protokolle hatten sie doch bereits in Wald-Michelbach unterschrieben.

Eine halbe Stunde später traf Bea am Haus »Zum fremden Hering« ein. Den zerbrochenen Spiegel ihrer Voxan hatte sie bereits ersetzt, nur auf einen neuen Bremshebel mußte sie noch warten. Gemeinsam starteten sie mit ihren Motorrädern nach Wabern.

Cem Doğan hatte türkischen Mokka aufgesetzt. Andächtig rührte er in dem kupfernen Ibrik, dem langstieligen Kännchen, in dem das Pulver mit Zucker aufgekocht wird. Bea und Jojo hatten brav in den Sesseln Platz genommen.

»Gestern meldete sich eine junge Frau bei uns«, begann der Kommissar. »Sie behauptete, die Ex-Freundin des Herrn Müller zu sein, dessen Foto wir von Ihnen haben, Frau Aschenbrenner, und das am Freitag in den hiesigen Zeitungen veröffentlicht wurde.« Vorsichtig leerte er den Ibrik in die kleinen Tassen und jonglierte diese dann zur Sitzecke. Sie nahmen jeder einen Schluck von dem süßen heißen Mokka.

»Dieser Herr Müller, oder wie immer er heißen mag«, fuhr Doğan fort, »hat Hals über Kopf seine Freundin vor die Tür gesetzt und die Wohnung gekündigt. Daraufhin kam sie voller Zorn zu uns aufs Revier und erzählte uns so einiges, was ihr Ex-Freund wohl unvorsichtig ausgeplaudert hat.«

Bea und Jojo hatten ihre Tassen abgesetzt und lauschten gespannt.

»Ich vermute, daß Herr Müller – nennen wir ihn mal so – bei einem unserer zahlreichen Geheimdienste arbeitet oder gearbeitet hat. Er dürfte ja nun nach der Veröffentlichung seines Porträts nicht mehr einsetzbar sein. Jedenfalls scheinen diese Leute schon lange von dem Mord in Spangenberg gewußt zu haben. Die Ex erzählte uns nun, daß wohl enge personelle Verflechtungen mit den Kirchen bestünden und der Dienst den Auftrag erhalten habe, die Ermittlungen zu verhindern. Als das durch Ihre« – er lächelte und wies auf Bea und Jojo – »beharrliche Arbeit nicht mehr möglich schien, hat man den Mord zumindest der DDR-Staatssicherheit in die Schuhe schieben und gleichzeitig politisches Kapital daraus schlagen wollen.«

»Das dürfte nun leicht daneben gehen«, meinte Jonas und erzählte von der Reportage für den *Wochenblick*, die er am nächsten Tag abgeben wollte.

»Dann fügen Sie noch ein Kapitel an«, schmunzelte Doğan. »In den Stasi-Akten in Berlin ist man nämlich fündig geworden, bevor Sie, Herr Jordan, dort vergeblich recherchiert haben. Der DDR-Dienst hat tatsächlich ziemlich genau Bescheid gewußt über das Mädchen, das mit seiner Mutter in den Westen ging. Hinter der Flucht steckte die *KgU*, die *Kampfgruppe gegen Unmenschlichkeit*, eine militante Organisation aus Westberlin, die im Kalten Krieg viele Menschen gegen Cash aus der DDR holte, teilweise gegen deren Willen oder mit Erpressung. So auch Lina Henze und ihre Tochter Anette, das später ermordete Mädchen, das übrigens eine Parallelklasse von Ihnen besuchte, Herr Jordan. Lina Henze wurde im Durchgangslager Gießen wie alle Flüchtlinge eingehenden Befragungen durch unsere Geheimdienste unterzogen. Offenbar aber spielte sie nicht mit und wurde daher in die Psychiatrie eingewiesen, obwohl sie eher einer Entziehungskur bedurft hätte. Durch die Trennung von ihrer Tochter hoffte man, sie zur Mitarbeit zu bewegen, doch sie nahm sich das Leben. Das Kind wurde, wie Sie wissen, einem Spangenberger Pfarrer zur Obhut gegeben. Nachdem die Peinigung des Kindes bekannt wurde, sollen Agenten der DDR-Staatssicherheit sogar versucht haben, das Mädchen zu retten. Vergeblich.«

»Und das alles will die Ex-Freundin von diesem Müller erfahren haben?«, zweifelte Bea.

»Müller ist wohl ein ziemlicher Angeber. Wie Sie ihn aus dem Krankenhaus beschrieben haben, ist er ein Waschlappen und versucht, dies durch Heldengeschichten wettzumachen. Jedenfalls scheinen die Fakten zu stimmen, uns sind keine Widersprüche aufgefallen. Müller hat offenbar keine Ahnung, was ihm droht, wenn sein Dienst herausbekommt, daß er geplaudert hat. Wir haben daher seiner Ex eine SU angeboten.«

»Bitte? Sie wollen sie in die Sowjetunion bringen?«

Der Kommissar lachte. »Die Sowjetunion gibt's schon lange nicht mehr. *SU* heißt *sichere Unterkunft*, praktisch ein Geheimquartier, von dem niemand etwas weiß. Wir müssen die Frau zumindest eine Zeitlang schützen.«

Jojo beugte sich vor und sah Doğan in die Augen. »Die Polizei dieses Landes schützt eine Bürgerin vor einem Geheimdienst dieses Landes?«

»Ja«, sagte der Kommissar schlicht. »Die Exekutive ist weniger miteinander verquickt, als viele sich denken. Noch gibt es Polizisten, die selbständig denken und handeln können.«

Jojo dachte nach. »Was passiert«, fragte er schließlich, »wenn ich dies alles so in die Reportage hineinschreibe?«

»Sie müssen Namen und Orte ändern, einige Personen gar nicht erwähnen. Ich traue Ihnen genügend journalistisches Gespür zu, niemanden zu gefährden, auch nicht sich selber.«

Jonas war verblüfft von so viel Vertrauen, das ihm Cem Doğan entgegenbrachte. Der schien seine Gedanken zu erraten und lächelte: »Scholle hat mir einiges über Sie erzählt. Bedanken Sie sich bei ihr, sie hält große Stücke auf Sie.«

Jojo wurde warm ums Herz. Wie hatten sie sich doch vor vielen Jahren angegiftet! Ja, man mußte Menschen kennenlernen und ständig bereit sein, Urteile auch zu revidieren. Vielleicht sollte auch er sich daran halten? Etwa, was seine Eltern betraf, Doktor Plaut oder Wilfried Grundlach? Vielleicht auch die Familie Xavier oder gar Hugo von Demant? Er nahm sich vor, sie alle, sofern sie noch lebten, noch einmal zu besuchen. Gib jedem Menschen mindestens eine zweite Chance!

Achtundzwanzig

Es half nichts, daß Meier brüllte. Schuster zog den Kopf ein und stammelte: »Ich kann es nicht mehr ändern, das Heft ist ausgeliefert. Ich ... ich hab gedacht, die Story wird so wie in der *Zat*, nur detaillierter. Ich konnte doch nicht ahnen ...«

Meier resignierte. Es war wirklich nicht mehr rückgängig zu machen. Ausgerechnet der *Wochenblick* brachte eine exakt recherchierte Story, die den Dienst an den Pranger stellte und, schlimmer noch, den verblichenen Unrechtsstaat aus der Schußlinie nahm. Ihn schauderte, wenn er an die unvermeidliche Aussprache mit seinem Vorgesetzten dachte. Er mußte ihm eine andere Story anbieten, ein Gegengift. Ja, das war es! Meier würde ihre Frau beim *Stern* aktivieren. Die sollte sich etwas einfallen lassen, sie war ihm ohnehin noch eine Gefälligkeit schuldig.

***

»Sie haben mir die Rücknahme der Kündigung angeboten, stell dir das vor!« Beate Aschenbrenner hatte Jojo angerufen. »Sie haben mir den Laptop zurückgeschickt, die Drecksbande steckte wohl mit diesem Müller unter einer Decke. '*... ist uns der Computer irr-*

tümlich zugegangen ...' Daß ich nicht lache! Und gleichzeitig die Kündigungs-Rücknahme. *'... bedauern wir, Sie aufgrund falscher Informationen voreilig von Ihrer Tätigkeit entbunden zu haben. Wir würden uns freuen, wenn Sie wieder ...'* und so weiter.«

»Und? Schlägst du ein?«

»Was glaubst denn du? NIE IM LEBEN!« Bea schrie fast. »Dieses Heuchlerpack! Miese Schleimer! Gestern habe ich meinen Kirchenaustritt unterzeichnet. Stell dir vor, fünfzig Euro wollen sie dafür! Diese raffgierigen Stricher! Bei keinem Kaninchenzüchterverein mußt du bezahlen, wenn du austreten willst.« Beate Aschenbrenner konnte sich kaum beruhigen.

Jojo lachte. »Sei froh, daß du nicht mehr auf dem Scheiterhaufen landest. Derzeit jedenfalls nicht.«

»Nein«, meinte Bea, »morden trauen sich die Superchristen heutzutage nur in anderen Ländern. Na, mit denen bin ich durch.«

»Wie geht's Ferdinand?«, wechselte der Journalist das Thema.

»Gut. Stell dir vor, er hat mir eine neue Stelle besorgt. Ab Januar bringe ich das Melsunger Stadtarchiv auf Vordermann.«

»Gratuliere! Vielleicht kriegst du dann sogar raus, wann Spangenberg wirklich erstmals die Stadtrechte verliehen bekam. Und dann feiern wir das Stadtfest gleich nochmal!«

»Ja!« rief Bea. »Das machen wir!«

Danksagung

Die Szene an den Tanksäulen steuerte Céline Nautile bei, der der Autor für zahlreiche Tips aus dem Polizeialltag dankt. Bedanken möchte er sich ebenso bei Birgit Hoss, die den Text von mancherlei Fehlern befreite, und vor allem bei seiner Frau Renate, die ihn, nach einer Kindheit voller salzloser Salzkartoffeln, vom Gegenteil überzeugte – nämlich gutem Essen – und ihm gleich das Kochen beibrachte. Viele gute Hinweise erhielt er auch von Sylva Harasim und Martin Schempp vom Highlights-Verlag. Die Zusammenarbeit war erstaunlich entspannt.

Kurbelwellen-Rezepte

Das Leben ist viel zu kurz, um es nicht zu genießen. Jojo meint: Küche statt Kirche! Im Verlauf seines ersten Falles stieß er auf zahlreiche Gerichte, die der Autor seinen Leserinnen und Lesern nicht vorenthalten möchte. Alle angegebenen Mengen für vier Personen.

• Vesper

Ahle Worscht – Alte Wurst

Ahle Worscht ist eine nordosthessische Spezialität, deren Herstellung man am besten einem guten Hausmetzger überläßt oder sie bei einem Urlaub in der malerischen Region kauft. Die Ahle Worscht eignet sich hervorragend zu Frühstück oder Vesper.

Ausgangsmaterial ist das Muskelfleisch und der Speck schwerer Wurstschweine, was schlachtwarm (bis drei Stunden nach der Schlachtung) oder schlachtfrisch (bis 24 Stunden nach der Schlachtung) grob zerkleinert wird. Gewürzt wird der Fleischteig mit frisch gemahlenem Pfeffer, etwas Salinensalz, in Alkohol eingelegtem Knoblauch, Senfkörnern, etwas Haushaltszucker und etwas Salpeter. Die Wurstmasse wird in Därme gefüllt und anschließend einer natürlichen Reifung durch Lufttrocknung über mehrere Monate unterzogen. Die lange Lufttrocknung gibt der Wurst den Namen.

• Vorweg

Zuppa di zucca – Kürbissuppe

Für eine gute Suppe eignet sich am besten der Hokkaido-Kürbis. Er ist am schmackhaftesten, und seine Schale kann mit verwendet werden.

Hokkaido-Kürbis	1, etwa 700 g
Möhren	700 g
Butterschmalz (Ghee)	3 EL
Chilischoten	2
Paprikaschote	1
Orangensaft	½ Liter

Kürbiskernöl	
Gekörnte Brühe	3 EL
Ingwer, frisch	1 EL
Crème fraîche	200 g
Pfefferkörner	½ TL
Koriander	1 TL
Senfkörner	½ TL
Kürbiskerne	4 EL

Kürbis in zwei Teile schneiden, Kerne und Fasern aus der Mitte entfernen. Kürbis in walnußgroße Stücke würfeln, ebenso die Möhren. Die Pfeffer- und Senfkörner mit dem Koriander in einer kleinen Pfanne anrösten. Danach Kürbiskerne separat anrösten und beiseite stellen. Kürbis- und Möhrenstücke im Butterschmalz andünsten, mit einem halben Liter Wasser und dem Orangensaft ablöschen. Geschälten, kleingehackten Ingwer sowie die kleingeschnittenen Chili- und Paprikaschoten zugeben und die gekörnte Brühe unterrühren. Fünfzehn Minuten bei mittlerer Hitze kochen lassen. Mit dem Pürierstab im Topf sämig pürieren. Zum Schluß Pfeffer, Senf und Koriander unterrühren und die Crème fraîche unterheben. Auf Suppenteller verteilen, mit Kürbiskernen und einigen Spritzern Kürbiskernöl garnieren.

***

Soljanka

Soljanka ist eine dicke, pikante Suppe, die *Stschi* (Weißkraut und saure Sahne) und *Rassolnik* (Salzgurken) vereint. Die Anzahl der Rezepte ist gleich der Anzahl russischer Hausfrauen. Die meisten Suppen enthalten Fleisch, doch Jojo ißt hier eine reine Pilz-Soljanka. Essig hat in Soljanka übrigens nichts zu suchen.

Pilze, gemischt	500 g
Gurkenbrühe von Salzgurken	500 ml
Oliven	12
Weißkraut	200 g
Sauerkraut	200 g
Möhre	1

Petersilienwurzel	1
Dill	2 EL
Saure Sahne	200 g
Sellerieblätter	1 Bund
Zwiebeln	2
Butterschmalz	2 EL
Tomaten	2
Zitronensaft	½ Zitrone
Lorbeerblätter, Pfeffer, Salz	nach Belieben

Pilze, wenn noch nicht geschehen, kleinschneiden und mit einer gewürfelten Zwiebel, der gewürfelten Möhre und der kleingeschnittenen Petersilienwurzel in Butterschmalz andünsten. Mit einem Liter Wasser und der Gurkenbrühe ablöschen und kochen. In separatem Topf Weißkraut, Sauerkraut mit geschnittenen Tomaten und der zweiten gewürfelten Zwiebel gardünsten. Knoblauchfans geben noch das Mus von drei großen Zehen hinzu. Inhalt beider Töpfe zusammengeben, die Gewürze zufügen und abschmecken und fünfzehn Minuten bei mittlerer Hitze kochen. Topf vom Herd nehmen und mit Zitronensaft und Salz abschmecken. In Suppenschälchen verteilen und jedes mit einem Klecks saurer Sahne garnieren.

***

Cousinat – Maronensuppe

Eßkastanien (Maronen) sind bekannt als geröstete Knabberei auf Jahrmärkten und als Geflügelfüllung. Sie eignen sich aber auch für eine cremige Suppe im Herbst. Es ist dringend abzuraten, ungeschälte Früchte zu verwenden, denn es ist ein elendes Geschäft, sie zu schälen. Es gibt sie geschält und eingeschweißt zu kaufen.

Maronen, geschält	200 g
Möhre	1
Zwiebel, klein	1
Ghee (Butterschmalz)	1 EL
Ananas in Stücken	100 g
Crème fraîche	100 g

Schinken, mager	2 Scheiben
Gemüsebrühe	1 EL
Thymian, Muskatnuß, Pfeffer, Salz	nach Belieben
Weinbrand	4 cl

Zwiebel und Möhre klein würfeln und in Butterschmalz andünsten. Maronen hinzugeben, kurz dünsten und mit einem Liter Wasser ablöschen. Zum Kochen bringen, gekörnte Brühe hinzugeben und verrühren. Eine halbe Muskatnuß hineinreiben. Alles im geschlossenen Topf bei niedrigster Hitze zwei bis drei Stunden köcheln lassen. Ananasstücke hinzugeben und alle festen Stücke im Topf mit Pürierstab sämig pürieren. Statt Ananas kann auch traditionell Honig verwendet werden. Eventuell mit weiterer Wasserzugabe die Konsistenz der Suppe nach Belieben verändern. Mit Pfeffer und eventuell Salz abschmecken. Topf vom Feuer nehmen und Crème fraîche sowie den Weinbrand hineinrühren. Mit Schinkenstreifen oder -würfeln und Thymianblättchen garnieren und servieren.

• Mittendrin

Weckewerk

Weckewerk ist ein nordhessisches Schlachtgericht. Der Name Weckewerk kommt von den Brötchen (Wecken), die mitverarbeitet werden. Es wird mit Pell- oder Bratkartoffeln und grünem Salat mit Schmand-Kräuter-Dressing gereicht. In Nordhessen bekommt man fertiges Weckewerk in jeder Metzgerei.

Schweinefleisch mit Schwarte	800 g
Schweineleber	50 g
Zwiebeln	2 große
Brötchen	2
Speckschwarte/Schweineschwarte	2 Stück
Pfeffer	2 TL
Muskatnuss	nach Belieben
Salz	2 TL
Knoblauch	1 Zehe
Majoran, Nelkenpulver	

Fleisch mit Schwarte und die Leber in große Würfel schneiden. Alle Stücke und die Speckschwarten in einen Schnellkochtopf legen, mit Wasser auffüllen und zehn Minuten kochen. In dieser Zeit die Zwiebeln schälen und vierteln und den Knoblauch schälen. Die Brötchen in Wasser einweichen. Das Fleisch aus der Brühe nehmen und mit den anderen Zutaten durch den Fleischwolf drehen.
Die Masse kräftig mit Salz, Pfeffer, Majoran, Muskat und Nelkenpulver würzen und gut durchmengen und etwas von der Fleischbrühe angießen, damit eine geschmeidige Masse entsteht. Alles zusammen kräftig in einer Pfanne braten, bis es knusprig und braun wird. Weitere Fettzugabe ist dabei meist nicht nötig. Die äußerst gehaltvolle Speise erfordert als Beilage Bratkartoffeln und grünen Salat oder Rote Bete, ein kräftiges Bier und hinterher einen Schnaps.

***

Speckkuchen

Speckkuchen ist eine nordhessische Spezialität aus Roggenbrotteig auf Sauerteig-Basis.
Traditionell wurde der Speckkuchen in den nordhessischen Dörfern an Backtagen in den Öfen der Dorfgemeinschaften hergestellt. Der Speckkuchen wurde in dem noch heißen, jedoch für das Backen von Brot schon zu kalten Backofen als Essen für den Tag gebacken. Beliebt war und ist er in Kassel als schneller Imbiss, insbesondere an Markttagen.
Das Gericht wird auf dem Land bei Veranstaltungen wie der Kirmes in größeren Mengen zubereitet und verzehrt. Speckkuchen wird an Imbissständen und in Bäckereien verkauft. Wie bei vielen regionalen Spezialitäten hat jedes Dorf und jeder Bäcker sein eigenes Speckkuchen-Rezept.

Brotteig (Sauerteig)	125 g
Lauch	800 g
Speck, frisch	400 g
Eier	5
Brötchen vom Vortag	4

Milch	500 ml
Öl	100 ml
Salz	2 TL
Semmelbrösel	
Schmand (saure Sahne mit mindestens 20%)	400 g

Brotteig auf einem Backblech ausrollen. Den gewaschenen Lauch klein schneiden. Die Brötchen würfeln und in Milch einweichen, dabei nur so viel Milch verwenden, wie von den Brötchen aufgesaugt wird. Die Eier verquirlen und mit den eingeweichten Brötchen und dem Schmand verrühren. Salz, Öl und Lauch dazugeben und gut miteinander vermengen. Die Masse auf dem Brotteig verteilen. Den Speck würfeln und in Semmelbröseln wälzen, dann auf der Teigmasse verteilen und den Kuchen bei 180 Grad ca. 40 Minuten backen. Speckkuchen sollte heiß gegessen werden.

***

Böhmische Schnitten

Tschechien ist bekannt für seine reichhaltigen Speisen, darunter die Knödel. Hier werden sie in einer Gugelhupf-Form gegart.

Mehl	500 g
Hefewürfel	1
Schinkenwürfel	250 g
Ei	2
Schweineschmalz oder Butter	etwa 2 EL
Petersilie	1 Bund
Brötchen vom Vortag	1
Mineralwasser mit Kohlensäure	ca. 0,3 Liter
Salz, Zucker	

Die Hefe in eine kleine fest schließende Dose krümeln, eine Prise Zucker sowie eine halbe Tasse Mineralwasser (mit Kohlensäure) dazugeben. Dose verschließen und schütteln. Etwa fünf Minuten warten, bis sich die Hefe verflüssigt hat. (Den Zucker schmeckt man hinterher nicht mehr.)

Das Mehl in eine große Schüssel sieben, die Hefe und etwa ein halbes Glas Mineralwasser dazugeben. Den Teig kneten und nach und nach mehr Mineralwasser dazugeben, dann Eier, Fett und Salz, bis ein glatter Teig entsteht. Die Herstellung von Hefeteig ist gut geeignet, um Aggressionen abzubauen: Man benötigt einige Wut, um den Teig lange und kräftig zu kneten und zu schlagen. Er darf zum Schluß nicht mehr an den Händen kleben. Tut er es nach einer Viertelstunde dennoch, noch etwas Mehl dazugeben.
Nun das altbackene Brötchen sowie den Speck klein würfeln und in der Pfanne anrösten. Den Teig zu einem quadratischen Kuchen formen, mit der kleingehackten Petersilie, den Brötchen- und Speckwürfeln bestreuen und zu einer Wurst aufrollen. Flach drücken, daraus wieder einen rechteckigen Kuchen formen und, quer zur ersten Richtung, erneut zu einer Wurst aufrollen.
Die Gugelhupf-Form mit Schweineschmalz einfetten. Die Wurst wird nun in die Form gelegt, mit einem Geschirrtuch abgedeckt und in der warmen Küche gehenlassen, bis sich das Volumen deutlich vergrößert hat.
Schließlich wird die Form mit dem Teig vorsichtig in einen Topf mit kochendem Wasser versenkt. Wasser darf dabei nicht in die Form zum Teig gelangen. Der Teig geht noch einmal auf und ist nach etwa einer Stunde gar. Die Form aus dem Wasser nehmen und stürzen, den Knödelkuchen in Scheiben schneiden und zu Gulasch servieren.

***

Pasta al pesto dell'aglio orsino – Nudeln mit Bärlauchpesto

Ein Schnellgericht muß nicht langweilig schmecken, und Bärlauch ist nicht nur gesund, sondern auch ein kulinarischer Genuß.
Bärlauch kann im April und Mai am Rand von Bachläufen und auf feuchtem Boden im Halbschatten geerntet werden. Verwendet werden vor der Blüte die Blätter, die aussehen wie die von Maiglöckchen, mit diesen giftigen aber nicht verwechselt werden dürfen. Das ist kein Problem, da nur Bärlauch weithin nach Knoblauch duftet. Die Blätter werden in dicken Bündeln gewaschen und mit einem langen scharfen Messer möglichst klein geschnitten. Ein Mixer oder Pürierstab eignen sich nicht, da damit der typische

Geschmack verloren geht und das Pesto nur noch nach Gras schmeckt. Das geschnittene Grün wird mit Olivenöl gemischt und in kleine Schraubgläser gegeben. Das Pesto läßt sich so verpackt hervorragend einfrieren und bei Bedarf verwenden.
Einen eigenen Krimi wären die Verbrecher wert, die auch heute noch Nudeln nach dem Garen mit kaltem Wasser abschrecken. Gehören auch Sie dazu? Bereuen Sie! Nudeln werden durch Abschrecken lediglich kalt und ungenießbar – daß sie dadurch nicht verklumpen, ist ein uraltes Gerücht und ebenso falsch wie das, geschnittene Kartoffeln müßten in Wasser gelegt werden, um Oxidation zu verhindern. Oxidation verhindern wir durch Schwenken in Olivenöl, was im Gegensatz zu Wasser Vitamine, Mineralien und Geschmack in der Kartoffel beläßt. Auch bei Nudeln sorgt ein Schuß Öl ins Kochwasser dafür, daß sie nicht verklumpen, gemeinsam mit knapp bemessener Garzeit.
Am besten eignen sich für das Gericht dünne Spaghetti aus Hartweizengrieß, über die bei Tisch auf dem Teller das Bärlauchpesto und geriebener Parmesankäse gegeben werden.

***

Pere con formaggio di roquefort – Birnen mit Roquefort

Der gemeine Würstchenfresser wird zunächst stutzen – das soll ein Essen sein? Doch der französische Schafskäse mit Edelschimmel peitscht die Birnen zum kulinarischen Höhepunkt.

Birnen	750 g
Weißbrot	12 Scheiben, ca. 300 g
Butter	80 g
Edamer, gerieben	100 g
Weißwein, trocken	125 ml
Roquefortkäse	160 g
Schinken, gekocht	100 g
Eier	2
Süße Sahne	125 ml
Milch	125 ml
Salz	½ TL
Pfeffer, gemahlen	

Eine niedrige Auflaufform mit 30 Gramm Butter ausfetten, eine Schicht Weißbrotscheiben hineinlegen und mit der Hälfte des Weins beträufeln. Birnen schälen, entkernen und Schnitzen schneiden. Die Hälfte davon auf die Brotscheiben in der Form legen. Den geriebenen Käse darüber streuen. Den Roquefort würfeln und die Hälfte davon darüber verteilen, ebenso den in Streifen geschnittenen Schinken. Nun kommt die zweite Schicht Weißbrot und der restliche Wein. Die zweite Hälfte Birnen dekorativ auflegen und mit dem Rest Roquefort bestreuen.
Eier mit dem Schneebesen verrühren, alle übrigen Zutaten zugeben, nochmals verrühren und über den Auflauf gießen. Im vorgeheizten Backofen auf der unteren Schiene bei 200 Grad 20 Minuten backen. Dann die restliche Butter in Flöckchen darauf legen und weitere 20 bis 30 Minuten backen, bis die Oberfläche braun und die Flüssigkeit gestockt ist.

***

Krautshäuptchen mit Meerrettich

Krautshäuptchen ist eine nordhessische Spezialität. Die zur Zubereitung traditionell verwendeten speziellen Krautshäuptchenformen gibt es als Puddingformen mit Deckel zu kaufen, sogar aus Edelstahl. Einfacher allerdings ist die Zubereitung in einer Auflaufform.

Weißkohl oder Wirsing	1 kg
Hackfleisch gemischt	500 g
Eier	2
Brötchen, alt	1
Senf	1 EL
Kümmel, Salz, Pfeffer	
Semmelbrösel	
Zitrone	8 Scheiben
Merrettichsoße	separates Rezept, siehe Tafelspitz

Weißkohl ohne Strunk in nicht zu feine Streifen schneiden. Fünf bis zehn Minuten in Salzwasser blanchieren, damit er geschmeidig wird. Brötchen einweichen, gut ausdrücken und mit dem Hack-

fleisch, Senf, Salz, Pfeffer und den Eiern zu einem Teig verkneten. Mit dem Weißkohl vermengen, dabei nach Geschmack Kümmel dazugeben. Eine Auflaufform (oder mehrere Puddingformen) ausfetten, mit Semmelbröseln ausstreuen und den Kohlteig einfüllen. Mit Semmelbröseln bestreuen, ein paar Butterflöckchen draufsetzen und bei 180 Grad 40 bis 60 Minuten backen. (Falls Puddingformen mit Deckel verwendet werden, können diese im Wasserbad gegart werden.) Wenn die Oberfläche zu schnell bräunt, mit Alufolie abdecken. Die Auflaufform stürzen, den Inhalt in Scheiben schneiden und in der Pfanne in heißem Butterschmalz nochmals goldbraun anbraten. Mit Bratkartoffeln, reichlich Meerrettichsoße und zwei Scheiben Zitrone servieren.
Jojos Rezept für Bratkartoffeln: Festkochende Erdäpfel werden geputzt, in der Schale gewürfelt und mit reichlich Olivenöl, Salz, Pul Biber, etwas Zucker und Kräutern der Provence gewürzt. Ein Backblech wird eingeölt, die Röhre vorgeheizt, die gewürzten rohen Kartoffelwürfel darauf verteilt und unter hoher Temperatur gebacken.

***

Löffelnocken

Das thüringische Gericht kann als Hauptgang mit Kartoffelsalat oder als Vorspeise ohne Beilagen gereicht werden.

Rinder-Hackfleisch	500 g
Schweinespeck	125 g
Eier	3
Weißwein	3 EL
Zwiebel	1
Sardellenfilets aus dem Glas	4
Semmelbrösel	3 EL
Mehl	2 EL
Ghee (Butterschmalz)	50 g
Gekörnte Brühe	für ½ Liter
Gehackte Kräuter	1 EL
(Petersilie, Estragon, Basilikum)	
Zitronenschale	gerieben, von ½ Zitrone

Speck, Zwiebel und Sardellenfilets durch den Fleischwolf drehen und mit dem Rindfleisch, den Kräutern, den Eiern, dem Wein, Semmelbröseln, Mehl und Zitronenschale zu einem Teig vermengen. Daraus mit den Händen oder Löffeln Bällchen (Nocken) in der Größe von Mirabellen formen. Das Butterschmalz in einem Bräter zerlassen und die Nocken darin rundherum anbräunen. Mit einem halben Liter Wasser ablöschen, gekörnte Brühe hinzugeben, verrühren und zehn bis fünfzehn Minuten bei niedriger Hitze zugedeckt köcheln lassen. In der Brühe servieren.

***

Gratin de cèpes – Steinpilz-Auflauf

Am besten schmecken natürlich selbstgesammelte Steinpilze. Wer sich darauf beschränkt, kann noch nicht einmal etwas falsch machen, denn der einzige Pilz, der mit dem Boleten verwechselt werden kann, ist der Gallenröhrling, von dem eine kleine Probe bereits so bitter schmeckt, daß man sie gleich wieder ausspuckt. Wer keine Steinpilz-Stellen im Wald kennt oder zu faul ist, kann sie natürlich auch kaufen, getrocknet oder in Dosen.

Steinpilze	400 g (Dose) oder 100 g (getrocknet)
Weißbrotscheiben	200 g
Speck, durchwachsen	125 g
Zwiebeln	2
Knoblauch	½ Zehe
Saure Sahne	400 g
Nudeln (Farfalle o. ä.)	500 g
Petersilie	1 Bund
Eier	2
Emmentaler	150 g

Olivenöl, Butterschmalz, Salz, Pfeffer, Muskat, Pilzwasser

Getrocknete Steinpilze eine Stunde wässern, bei Pilzen aus der Dose diese vom Wasser trennen. Wasser nicht wegschütten. Nudeln separat kochen, *al dente*, mit einem Schuß Olivenöl im Wasser. In einer Pfanne Speck auslassen und darin die gewürfelten Zwiebeln glasig dünsten. Den gemusten Knoblauch, die gewürfelten Schalotten und die Pilze zugeben und mitdünsten. Mit dem Pilzwasser ablöschen, Topf vom Feuer nehmen und 100 g Sahne zugeben, mit Salz und Pfeffer abschmecken. Währenddessen die Weißbrotscheiben würfeln und in einer separaten Pfanne anrösten. Eine Auflaufform mit Butterschmalz ausfetten, Hälfte der Nudeln einfüllen, Pilzmasse darüber gießen, Brotwürfel darüber streuen, Rest der Nudeln darüber schichten. Restliche Sahne mit Eiern verquirlen, 100 g geriebenen Käse dazugeben, mit Salz, Pfeffer und Muskat abschmecken und über den Auflauf gießen. Den restlichen Käse darüber bröseln. Bei 200 Grad etwa 30 Minuten backen, bis der Käse gebräunt ist und die Eier gestockt sind.

***

Lammgulasch mit Berberitzen

Die Berberitze, auch Sauerdorn genannt, ist in Deutschland vornehmlich als Zierstrauch und Hecke bekannt. Ihre länglichen kleinen roten Früchte passen aber hervorragend zu Fleischgerichten und Reis. Vom Selbersammeln ist abzuraten, Berberitzen können aber beim Perser, Türken oder Inder gekauft werden. Sie heißen dort *sarı çalı* (türkisch) oder *Zereshk* (persisch).

Lammfleisch (Schulter oder Schlegel)	700 g
Zwiebeln	3
Olivenöl	3 EL
Paprikapulver	2 TL
Zimt	½ TL

Salz, Koriander (gemahlen), Kreuzkümmel, Curcuma, Chilipulver, Nelkenpulver, Safran, Salz, Pfeffer, Koriandergrün (frisch)

Ingwer, frisch, gehackt	2 TL
Knoblauch	Zehen nach Bedarf
Lammfond	300 ml
Zitrone	2
Honig	3 EL
Tomatenmark	3 EL
Berberitzen	50 g
Mandeln, gehobelt	50 g
Pistazien	50 g

Das Lammfleisch würfelig schneiden und mit dem Olivenöl und den zusammengemischten trockenen Gewürzen (von Paprikapulver bis Safran) in einen Gefrierbeutel geben. Die Luft möglichst herausdrücken und den Beutel dicht verschließen, das Fleisch im Beutel mit den Gewürzen und dem Öl vermischen, den Beutel durchkneten. Im Kühlschrank einige Stunden durchziehen lassen, dabei immer wieder durchmischen.
Eine ausreichend große Pfanne erhitzen, die Berberitzen kurz anbraten, herausnehmen und beiseite stellen. Das Fleisch in der Pfanne portionsweise anbraten, ebenfalls herausnehmen und beiseite stellen. Im Bratenfond die gewürfelten Zwiebeln glasig werden lassen, bei Bedarf etwas Öl dazugeben. Frischen Ingwer und Knoblauch fein hacken, dazugeben und mitbraten. Nach einigen Minuten das Fleisch wieder in die Pfanne geben. Tomatenmark und einen Eßlöffel Honig sowie die geriebene Zitronenschale dazugeben und einige Minuten mitbraten.
Den Lammfond angießen und alles etwa zwei Stunden zugedeckt sanft schmoren lassen, dabei gelegentlich umrühren, bei Bedarf etwas Flüssigkeit nachgießen. Mandelblättchen und Pistazien dazugeben und durchrühren. Eine Viertelstunde weiter schmoren lassen. Die Berberitzen dazugeben und durchrühren, weitere fünfzehn Minuten schmoren lassen. Mit Salz, Pfeffer, Zitronensaft und eventuell noch etwas Honig abschmecken.
Mit frisch gehacktem Koriander bestreut servieren.

***

Pickert mit Rübenkraut

Pickert ist eine westfälische Spezialität und wird entweder mittags als Hauptgericht oder nachmittags zum Kaffee gegessen. Hier ist süßer Pickert beschrieben, aber ohne Rosinen kann er natürlich auch deftig sein, etwa mit grünem Salat und Leberwurst statt Rübenkraut.

Kartoffeln	500 g
Mehl	750 g
Eier	5
Milch	4 TL

Hefe	40 g
Rosinen	100 g
Salz, Zucker	je 2 TL
Butterschmalz	3 EL

Die rohen Kartoffeln reiben und den Saft abgießen. Mehl, Eier, Salz und einen Teelöffel Zucker mit den Kartoffeln und den Rosinen zu einem Teig vermengen und in die Mitte eine Kuhle drücken. Die Hefe mit der lauwarmen Milch und einem Teelöffel Zucker anrühren und in die Kuhle des Teigs geben. Alles an einem warmem Ort 30 Minuten gehen lassen. Danach alles miteinander verrühren und nochmals ein bis zwei Stunden an einen warmen Ort stellen. Schließlich aus dem Teig kleine Fladen formen und diese in einer Pfanne von beiden Seiten backen. Zum Pickert wird Rübenkraut (Rübensirup) gereicht, der auf die Fladen gestrichen wird.

***

Lamm-Tikka – Fleischspießchen

Gutes Lammfleisch holt man sich am besten frisch beim Türken. Mit eingeschweißtem neuseeländischem Lamm dagegen ist der Autor schon einmal furchtbar reingefallen.

Lammrücken (Lammkarree)	800 g
Petersilie	2 Bund
Zitronensaft	4 cl
Frischkäse	400 g
Joghurt	400 g
Walnußkerne	200 g
Granatapfelmus	200 g
(oder getrocknete Pflaumen)	
Rote Currypaste	2 TL
Schalotten	4
Eier	2
Öl, Masala, Kreuzkümmel, Salz, Pfeffer, Koriander (gemahlen)	
Basmati-Reis	400 g
Gekörnte Brühe	3 TL

Joghurt mit Frischkäse verrühren, gewürfelte Schalotten, Knoblauch, Kreuzkümmel, Petersilie, Salz, Pfeffer und Zitronensaft unterrühren und kalt stellen.
Basmatireis mit Öl anbraten und mit einem halben Liter Wasser ablöschen. Das Brühepulver unterrühren und den Topf mit Resthitze ziehen lassen, bis das Wasser völlig vom Reis aufgesogen ist. Dann ist auch der Reis gar. Während dieser Zeit den Reis nicht mehr umrühren, sonst brennt er an.
Lammfleisch spießgerecht würfeln. Eine Gewürzmarinade erstellen aus Öl, roter Currypaste, Masala, Kreuzkümmel, gemahlenem Koriander, Salz und Pfeffer. Alles verrühren und Fleisch damit einreiben. Die marinierten Würfel auf Spieße stecken und 18 bis 20 Minuten unter Wenden grillen.

Knoblauch und Schalotten in einer Pfanne anbraten, ein ganzes Ei dazugeben und mit dem Reis zu einem Reiseintopf verrühren. Walnußkerne hacken, rösten und mit dem Grantapfelmus und Öl verrühren, zusammen mit der Joghurtsoße über die Fleischspießchen gießen und mit dem Reis servieren.

***

Tafelspitz Badener Art

Baden zieht sich wie eine spiegelverkehrte Sieben von Basel den Rhein hinauf bis Mannheim und von dort nach Osten bis kurz vor Würzburg. Der mit Württemberg 1952 zwangsvereinigte Süden des Landes ist mehrheitlich alemannisch, der Norden kurpfälzisch, odenwälderisch und fränkisch. Diese Völkermischung und der jahrhundertelange Einfluß der nahen französischen Küche machen Baden zu einem kulinarischen Paradies von reicher Vielfalt.

Rindfleisch (Ochsenbrust)	1250 g
Butterschmalz	50 g
Zwiebeln	4
Semmelbrösel	30 g
Fleischbrühe	½ Liter
Meerrettich	150 g
Crème fraîche	150 g

Suppengrün	1 Bund
Zitronensaft	2 EL
Lorbeerblätter, Pfeffer, Salz	

Zwiebeln und Suppengrün hacken, mit zwei Lorbeerblättern, Pfeffer und drei Teelöffeln Salz in zweieinhalb Litern Wasser zum Kochen bringen. Das Fleisch hineinlegen und zwei Stunden bei kleiner Hitze kochen lassen. Achtung: Das Fleisch muß von der Brühe vollständig bedeckt sein! Notfalls mit einem Keramikteil beschweren.
Butterschmalz in einem separaten Topf zerlassen und mit den Semmelbröseln verrühren. Mit der Brühe ablöschen, den geriebenen Meerrettich zugeben und mit dem Schneebesen gut durchschlagen. Topf vom Feuer nehmen und Crème fraîche sowie den Zitronensaft unterheben.
Das Fleisch nach dem Garen aus dem Topf nehmen, in Scheiben schneiden und auf einer gewärmten Platte servieren. Die Meerrettichsoße getrennt servieren, dazu Preiselbeeren und Bratkartoffeln.

***

• Und zum Schluß

Peche flambée – Flambierte Pfirsiche

Peche flambée ist ein alkoholisches Dessert, das auf STRESS-PRESS-Treffen erfunden wurde und in der Regel sämtliche Nachtische in den Schatten stellt – allein wegen der Flamme.

Pfirsiche 1 Dose	(460 g Abtropfgewicht)
Rum oder Wodka 100 bis 300 ml je nach Geschmack	
Eierlikör	10 cl
Schlagsahne	200 g
Schokostreusel	
Feuerzeug, Teller	

Tassen oder Schälchen und Löffel für alle Gäste bereitstellen. Sahne schlagen. Pfirsiche in mundgerechte Stücke schneiden und zusammen mit der Flüssigkeit langsam erhitzen. Nicht kochen. Alkohol zugeben. Topf auf den Tisch stellen, Licht löschen und mit Feuerzeug oder Streichholz das Flambieren beginnen. Die Gäste die blaue Flamme etwa 20 Sekunden bestaunen lassen, dann mit dem Teller löschen. Mit der Schöpfkelle Pfirsiche und Sud auf die Schälchen verteilen, Sahnehaube drauf, Eierlikör und Schokostreusel drüber. (Reihenfolge beachten!) Voilà!

***

Sizilianische Edelsteine – Schokoladen-Knoblauch-Konfekt

Die »Sizilianischen Edelsteine« besitzen das Aussehen kleiner Schokoladen-Ostereier, und oberflächlich beleckt sind sie das auch. Freunde warnt man vor, Feinde nicht. Sparsam genossen, eignen sie sich hervorragend als Abschluß eines reichhaltigen Essens, speziell für Knobi-Fans.

Knoblauchzehen, groß, geschält	30
Kuvertüre	250 g
Orangenlikör	1 TL

Knoblauchzehen in Wasser mit Eiswürfeln einlegen oder kurz ins Gefrierfach geben. So werden die Aromastoffe für die Pralinenherstellung »eingefroren«. Kuvertüre im Wasserbad oder doppelwandigen Topf (Simmertopf) schmelzen, Likör einrühren. Knoblauchzehen trocknen und durch die Schokolade ziehen. Auf Pergamentpapier oder Alufolie erstarren lassen.

***

Türkischer Mokka

Mokka ist eine Kaffeezubereitung, benannt nach der Hafenstadt Al Mukah am Roten Meer, dem späteren Mokka, von wo aus früher Kaffee verschifft wurde. Ebenso wie das Wort Kaffee bezeichnet Mokka regional unterschiedliche Zubereitungsarten. Im deutschen Sprachraum ist heute meist der türkische Kaffee oder der arabische Mokka gemeint, in Österreich jedoch ein schwarzer Kaffee, vergleichbar dem Espresso.

Der türkische Mokka wird stets gesüßt und eventuell mit Rosenwasser oder Kardamom gewürzt. Der traditionelle griechische Mokka hingegen ist ungewürzt und wird mit wenig bis gar keinem Zucker getrunken.

Das langstielige Kännchen für die Zubereitung eines Mokka nennt sich Ibrik, je nach Sprache und Land auch Cezve genannt (in Bosnien: džezva oder ezva). Schlechter Stahl kann den Geschmack beeinträchtigen, Edelstahl ist perfekt. Stilecht ist ein Ibrik aus inwendig verzinntem Kupfer oder Messing. Üblicherweise ist auf dem Boden des Ibrik eine Zahl eingeschlagen, die angibt, für welche Tassenanzahl der Ibrik bestimmt ist.

Ursprünglich wurde das Kännchen nicht direkt erhitzt (Herdplatte, Gasflamme), sondern in einem heißen Sandbett auf einer Feuerstelle langsam auf Kochtemperatur gebracht; eine alte Zubereitungsart, die auch noch vereinzelt in Griechenland anzutreffen ist.

Der Kaffee für einen Mokka kommt vorzugsweise aus den Anbaugebieten Äthiopien und Jemen, aber es kann ohne weiteres auch anderer Kaffee verwendet werden, so lange er staubfein gemahlen wurde. Dieser staubfeine Kaffee wird auf dem Balkan als »Minas kafa« verkauft.

Kännchen zu zwei Dritteln mit Wasser füllen. Vier gestrichene Teelöffel Zucker dazu. Auf die Flamme damit. Vier Teelöffel Mokkapulver (das staubfein gemahlene aus dem Türkenladen) zugeben. Mit langstieligem Teelöffel (Eislöffel) ständig rühren, bis kurz vorm Kochen. Es bildet sich Schaum auf der Oberfläche. Wenn der heller und feinporiger wird, das Ganze am Rand aufwallen lassen. Vom Feuer nehmen, den Kaffee sich beruhigen lassen, wieder aufs Feuer stellen und noch einmal aufwallen lassen. Wiederholen. Endgültig vom Feuer nehmen und Kanneninhalt auf (kleine Mokka-)Tassen verteilen. Dabei auch den Schaum gleichmäßig verteilen.

Hans Dölzer

Hans Dölzer, Jahrgang 1955, wuchs in der nordhessischen Provinz auf. 1974 Flucht aus dem Fürstentum Waldeck nach Heidelberg. Er arbeitete als Buchbinder, Taxifahrer, Reifenmonteur, Fahrlehrer, Grafiker, Busfahrer, Dozent, Fachkraft für Arbeitssicherheit und schließlich als Journalist und Schriftsteller. Unter seinem Mädchennamen Hans Hohmann veröffentlichte er Technik- und Reiseberichte, Bücher und Buch-Übersetzungen, meist rund um Motorräder. Er lebt heute an der Badischen Bergstraße.

Mord im Motorradsattel

Lauert der Mörder Julian und Mercy am Canyon du Verdun auf?

Julians und Mercys zweiter Fall:

Ein Motorradbekleidungshersteller hat einen bekannten Modeschöpfer engagiert, der eine neue Kollektion entwerfen soll. In einem Hotel am südfranzösischen Lac de Ste. Croix treffen sich die Assistenten des Meisters mit den Vertretern des Herstellers, um Prototypen zu testen. Zufällig wohnen die Tourguides Mercy und Julian mit ihrer Motorradreisegruppe in diesem Hotel. Da geschieht ein Mord. Mit der Ruhe ist es nun vorbei – Mercy und Julian werden in die Affaire verwickelt.

www.motorrad-krimi.de

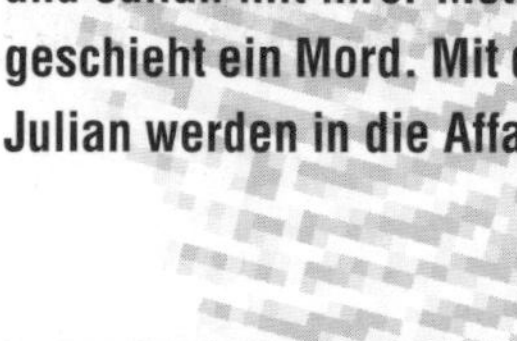

Karin Schickinger
Die Leiche im Lavendelfeld
Taschenbuch, 240 Seiten
ISBN 978-3-933385-51-2

Als Jan im Schuppen seines Onkels Pit eine alte Triumph findet, kommen unangenehme Familiengeheimnisse ans Licht. Jans Vater und sein Bruder Pit waren in den Siebzigern in Hamburg als Rocker unterwegs. Bis Pit das Opfer eines mysteriösen Motorradunfalls wurde. Hat Störte, damals ein Freund aus der Rocker-Clique und später eine bekannte Kiezgröße, etwas mit dem Unfall zu tun? Jan macht sich mit der Triumph auf die Suche. Schon bald gerät er in tödliche Gefahr ...

Hans Kettwig

Auf St. Pauli stirbt man zweimal

Taschenbuch, 192 Seiten

ISBN 978-3-933385-55-0

Ein Muss für jeden Hamburg-Fan

Mord im Motorradsattel

www.motorrad-krimi.de